大盜蒙太奇

MONTAGE BURGLARS

圓
角
著

目次

0／達達

2021
12.25
（六）

「……呼、呼……不哭……呼、呼……不、不要哭……呼、呼……千萬不、不能哭……」

抱緊孩子，孩子也緊抱著我，快步下樓梯，後背冒汗，雙腿發冷，瞅見樓下已有傭人在打掃，暗罵一聲，改道穿過長廊，一眼瞥出落地窗。陽明山上，黑夜的邊緣開始變淡。

跑，快點跑，再慢就走不了了——

「達達，達達？……達達！」蘇特助在無線耳機裡大喊，「快來人啊！達達被黃小姐帶走了！」

可惡。轉彎，從皮包裡拿出手機，點開，顯示出別墅裡的所有針孔監視器畫面——前方走道，兩個保鏢正朝我跑來。

急忙躲進一株小聖誕樹後方，胡亂轉開一旁門把，進入，反鎖。壁燈微弱照射下，雕刻櫥櫃、鑲嵌檯燈、描花瓷器、精工藝品、油畫水墨、書桌餐椅、電腦主機、大型電器……華麗與昂貴成堆。這麼大的儲藏室，必定有暗門。碎步彎腰閃避障礙物，除了心跳與喘息，不敢發出半點聲音。

外頭聲音大喊：「快找啊！把整棟房子翻過來也一定要把人找到！」

走廊上約莫有七、八個保鑣，腳步聲散開，其中一人迅速靠近，轉動門把發出喀啦喀啦聲。我不該因為害怕而回頭，才側過身，達達的腳碰倒一尊玉觀音，鏗然摔在地上，祂兩隻手臂與襁褓中的嬰孩碎開，霎時青色碎片飛濺，我眼眶一紅，淚水差點噴出來。

「……不、不能哭……呼、呼、呼……絕對……不能哭……」

「這個房間有聲音！」「上鎖了！」「那女人躲在這個房間裡！」「進去！快進去！」「拿鑰匙！」「撞開門！給我衝進去！」「用力！用力！」

門板每發出一下撞擊聲，我的心臟就漏一拍。穿過層層障礙，在壁紙上亂摸，摸到一個帶電子按鈕的凹槽，按下，推開一道縫，急忙閃出身，拽著力又將暗門闔上。保鏢們正好破門進入。

「開燈！」「這裡只有一個出口。」「她一定還躲在這裡！」「你那邊！你這邊！」「不要放過任何角落！」「小心打破東西！」「破就破！不要管！」……碰碰撞撞，翻箱倒櫃。

劇烈的心跳促使我低頭查看，胸前，達達抬起一張圓臉，兩個瞳仁又黑又亮，珍珠般完美無暇，令我不敢直視……

「乖……乖喔……」

「……」

挪動腳步，轉身，慢慢加速，切換手機監視器畫面，找到傭人的樓梯，下到一樓卻上了鎖，又向上，跑過二樓客房，奔下大理石旋轉樓梯，竄進一樓餐廳，裡頭有人，忙躲入旁邊的大窗簾。是柳姨，她花了一分鐘才擺好碗盤餐具。我悄聲跟在她身後，越過無數緞帶彩條與聖誕紅盆栽，還有一棵大聖誕樹，樹尖幾乎碰到挑高天花板，閃爍著金色燈泡與各色電鍍玻璃球，美得令我分神……聽見保鏢們也追下旋轉樓梯，我忙踏進廚房，關門反鎖，伏身繞過白鐵烤箱，躲進雜物間。

等柳姨穿上圍裙，認真搓揉起麵團，我趁機探出頭，打開後門，迎著刺骨寒風，快步跑過庭院，草皮上卡夫和夫卡兩隻黑色杜賓犬迅速起身，歪著頭，朝著我倆不停張望。

圍牆外傳來動靜，我忙躲到外門的後邊，張大耳朵。

松哥按響對講機，喊著要柳姨開門，外門隨即彈開。松哥搬著一大隻牛腿走進來，由後門進了屋裡。我才閃身出去，卻與一人撞個正著，他手上瓦楞紙箱翻倒，馬鈴薯、胡蘿蔔、洋蔥四處彈跳。

「小心，艾、艾兒……我、我是說黃小姐。」是松哥的兒子阿榮，帶傷的臉上露出一絲害怕，隨即又浮現狡黠的疑問，「啊？你們這是……」

「呃……」我嘴邊吐出凝結的白煙，「達達肚子不舒服啦，我帶他出來走走，透透氣。」

「外面很冷吔，你們只穿睡衣，會不會太——」

「我們沒事的。」抬頭一瞥，太陽已探出頭，厚重雲層呈現出令人窒息的灰白。我逕自繞過他，馬路又直又長，兩邊是其他別墅的圍牆與樹叢，向前走，不忘回頭偷瞄。

阿榮撿妥東西後終於進到庭院裡，我迫不及待跑起來。一陣悶響，松哥似乎和保鏢們發生衝突，爭吵聲驅趕了山裡的靜謐。阿榮大喊兩聲，領著所有人走到馬路上，透過微光朝我一指：

「她就在那邊——！」

「可惡啊！」

我奮力奔跑，距離卻迅速被拉近，轉彎，搜尋路邊停駐的車輛，找到那台青色廂型車，繞到車尾，扶著門板蹲下，將身體縮到最小，牙齒打戰、渾身顫抖，左手無名指上的白金鑽戒不停敲在門板上，發出急促細碎的喀喀響音……

「快，快點，快點開門……開門……開門……」遲遲沒有回應，感覺身體好重、好冷，彷彿一場急雪將我掩埋。

「這邊！」保鏢們也轉過彎，腳步聲愈來愈近，距離十五公尺……十公尺……五公尺……

耳邊響起金屬彈響，車廂後門打開一邊，一人抓住我的上手臂，輕易將我們拎進去，隨即又關上門，四周頓時陷入幽暗。我才要說話，一隻粗糙的大手立刻摀住我的嘴。

保鏢的腳步聲靠近，隔著窗簾，就在玻璃窗外頭，到後車門外了，一陣憤怒的髒話，盤桓的腳步漸趨慌亂，加快速度奔去，愈來愈遠後各自散開，遍尋不著蹤跡……

我掙脫他的手，隨即聞到淡淡的木頭香。他站起身，瞬間打開所有燈光，亮得我眼前一恍……溫馨的原木小房間裡，站著一個乾淨卻凌亂的男人，因車頂而偏著脖子、屈著腰，紅著一雙深邃的眼睛，閃爍著冷冽與哀傷，留著短落腮鬍的下巴似動非動，低沉嗓音緩緩說道——

「妳聽過蒙太奇嗎？」

「啊……？」我縮頭一愣，好容易聽懂這突來的話語，卻被往事逗得苦笑，「呵呵，藍秩雲先生，你在跟我開玩笑嗎，我們可都是鉑宇的被害人，不就是因為蒙太奇，我們才合作的嗎？——」

「我說……妳聽過蒙太奇嗎……？」他忽然掏出手槍，對準我的眉心，「……回答我的問題，黃曉艾小姐。」

「我、我聽過，現、現在就說給你聽……」心頭一塞，眼眶發燙，彷彿血液瞬間被抽乾。

1／勝雪

2020 02.06（四）

年還沒過完，口罩實名制第一天。本來只想多睡五分鐘，一瞇眼卻已十點，急忙跳下床，換上緊身V領T恤，戴上皺巴巴的口罩，差點沒忘記健保卡。一路趕到附近藥局，口罩早就賣完了。附近還有一家，十一點才開門，一路飛奔，遠遠看見門口已站著一大排人，排到巷尾。

一旁有十元麵包店，菠蘿、蔥花、肉鬆、椰子各買五個，接上隊伍最後面，手機登入「星魚直播」APP，開啟「艾兒波波大吃大聊大現場」直播間。

第一個鏡頭就是我呼之欲出的34C，拉遠些，雖然沒洗臉，好在有美顏濾鏡加持，顯得非常亮麗。五分鐘就吸引了三百多個老觀眾，我邊吃邊聊，從口罩到防疫，從保險聊到我之前的車禍，賣肉、賣萌、賣慘，接連有人刷麵包、刷燈籠、刷食人魚……

一個小時後，二十個麵包下肚，兩片口罩入袋，價值一千五百元的虛擬禮物也到手。平台與我六四分，扣掉麵包錢兩百塊，實拿四百元。我立即搜尋台北的吃到飽下午茶，準備下一場吃播。叮咚。手機傳來一則訊息，還附了連結，打斷我一整天的計畫。

豹子哥：已經約好了，今晚七點，這間餐廳，不准遲到。

我一下子緊張起來，跑美髮店、美妝店、美甲店，回家換最好的衣服，噴最貴的香水、穿上最高跟的高跟鞋……

◇　◆　◇

晚餐時間，我在東區「雪濱歐式牛排」門口等帶位。想開直播，卻怕留下證據，無聊看看菜單，最便宜的牛排漢堡套餐就要四千！還要加一成服務費！我差點把胃噴出來，扯起長裙，躲到角落柱子後面打手機。對方按了視訊。

「小矮子，穿得不錯喔。什麼事？等等，九筒碰。」嗓子沉，聲音響，畫面裡的男人快四十歲，身體健壯，穿著豹紋襯衫，粗脖子上戴著厚重的金項鍊，黝黑精幹的臉上佈滿淡淡紅斑，聽說是火拚時被人潑了熱油，看著很是怵目。

「豹、豹子哥，這間餐廳太貴了，我不敢進去啦……」

「搞什麼，不是妳自己說要吃牛排的嗎？」

「是啦……可是我沒想到要這麼貴啊，不過是見個面，這太不合理了吧？」

「拜託，黃小姐、黃曉艾、艾兒波波……他這一兩個月來，在妳直播間刷了五十幾萬，多少鑽石火箭噴得妳滿臉都是，我當妳經紀人一年多，沒看過這麼大手筆的。為了吃頓飯，又花了二十萬，不過吃個牛排，再多花個八千、一萬又算什麼呢？二索我要。」

「我就是不懂，他為什麼要花這麼多錢啊？」

「妳問我？我也不懂啊？妳明明長得很普通，除了胸部有點料，瘦得連屁股都沒有，人又矮，當初跟妳簽經紀約的小蔡，早就被開除了。」他說，其他打牌的人都在笑。「妳那什麼臉，那是公共場所，怕什麼！現在疫情不景氣，能遇到這種人是妳的造化，別不知感恩。現在就給我進去喔，要不然我馬上就從高雄殺上去，一巴掌打醒妳！」

「喔……等、等一下，你剛剛說他花了二十萬跟我吃飯。那你怎麼才給我五萬？」

「靠！妳這個小矮子，原來是嫌少啊！妳兩個月前出車禍，到底是欠了人家多少錢？」

「這……對方是輛法拉利，說是一台一千萬，我撞壞他一個車門和半邊車頭，要賠三百萬啦。」

「哭夭！這麼多啊，難怪妳要接飯局。」

「要不是學姐突然跑回花蓮老家，我一個人付房租，又沒人輪流開車，怎麼會疲勞駕駛——」

「嘖！不要提徐立莉那個麻煩精……」豹子哥離開座位，說話聲音也輕了不少，「……那……八萬啦。妳快進去，不要讓人家久等，壞了我的名聲。」

「六四分喔，這又不是合約裡面的……我要十、十四萬！」

「妳這小矮子啊……十萬，五五分。妳給我知足點，我沒開過比這更好的價錢。」

「十、十二！」

「妳——。唉，成交成交。看在妳排除過幾次系統當機，幫過平台不少忙，就算獎金吧。妳快點給我進去，現在。」

「喔……」看在錢的分上，「好啦……」

◇　◆　◇

往餐廳裡頭走，大理石裝潢，弦樂聲不大不小，略不足的燈光，呈現出剛剛好的優雅。然而一眼望去全部都是情侶，讓我更加緊張……

服務生指出桌位。我深呼吸鼓起勇氣，才走近，隨即聞到一股油膩的臭烘味，低頭一瞥，他的頭髮全部黏在一起，還布滿頭皮屑，襯衫的衣領袖口都是黃垢，還有他的臉……快步向前通過。

「艾兒波波！這是艾兒波波穿過的紅色雪紡洋裝。是妳嗎？真的是妳嗎？」

「靠……」早知道隨便穿了。拿下口罩，轉身……蒼白皮膚、青春痘、法令紋，猶如A漫中的猥褻男。

「嗯，是我，艾兒波波。你就是『風中凌阿斯』吧，我們在直播時聊得好開心，謝謝你長期以來的支持，終於見到你，真的是……聞名不如見面呀。」

「我才是！我才是真的榮幸！」他在桌下拉上拉鍊，起身，從胯下伸出兩隻誠懇的手。

「噁……呃……」我不禁後退半步。天啊！他在幹什麼啊？

「嗯……？」他盯著我直看，露出一臉猶疑，「妳……妳是哪一位啊？妳……妳不是艾兒波波，妳長得好醜。」

「啊？」我先是一愣，接著爆氣，「你他媽我就是艾兒波波，也不照照鏡子，你長得才醜咧！」

「妳說我醜！妳醜！妳最醜！妳醜斃了！」他指著我鼻子大吼，「妳不是艾兒波波！妳是小偷！妳偷了艾兒波波的衣服，妳是假的！妳這個臭小偷！」

「我、我、我……」簡直要氣瘋，「你才是變態！每天在聊天室留言『阿斯、阿斯』，別以為我不知道『啊嘶』是什麼意思。要打手槍回家打，不要在餐廳裡丟人現眼！」

「妳！妳一定把美顏都開到最大！大家快看，這個女的是個直播主，每次都用小臉！磨皮！美瞳！根本就是詐欺！是個下賤的騙子！妳給我把衣服脫下來，妳不配穿它，妳不配！」

他衝向我，扒我的衣服，力氣好大，我忙伸手去擋卻擋不住，洋裝肩帶雙雙斷開，nubra直接露出來。我急忙蹲下，驚聲亂叫，就像隻不願變成香腸的豬。這個人真的瘋了！四下張望，眾人卻離得老遠，沒半個人想伸出援手，頓時眼淚奪眶而出。

突然——好快一陣風！好長一條腿！好猛一腳踹！凌阿斯頓時向後飛摔。

……雕花皮鞋，棉麻長褲，織花皮帶，毛呢外套，絲質襯衫，鑲鑽手錶……微捲的頭髮飄逸飛動，花瓣般的嘴唇緊閉，筆挺鼻樑，雙眉如劍，眼神中宛如有星辰閃耀……俊朗帥氣的外貌下，透著一股尊貴的氣息，散發光芒，彷彿不是凡人，而是……救世主。

凌阿斯狼狽起身，掄起拳頭打去。那男人踏並步伐閃開，趁隙往凌阿斯鼻子上揮了一拳。凌阿斯又哭又叫，狂罵幾句髒話，抬腳就是一個飛踢！卻見那男人輕哼一聲，緩緩轉身避開，手肘順勢向後一繞，正好碰在凌阿斯下巴上，他頭一歪，兩眼一翻，摔落地面滾了兩圈，撞翻隔壁桌椅後暈倒，半塊牛排正好落在他臉上，紅酒傾倒染出一地血紅，猶如命案現場。

先是一陣沉默，全餐廳的人旋即拍手歡呼。我正不知道該怎麼辦，男人倏地抽開一旁的蕾絲桌巾蓋在我身上，一手環住我肩頭，一手捧著我雙腿，將我輕輕抱起，緩緩走向餐廳門口……

拚命擦，滿臉又腫又痛，還是擦不乾淚水。我本想道謝，脫口卻沒有那樣說……

「你……你是誰……？」

「妳聽說過蒙太奇嗎？」那個男人聲音溫柔，露出皓白牙齒，感覺不到三十歲。

「嗯……那、那是一種剪接手法，是嗎？」

「呵，不完全是。『蒙太奇』是全世界最頂尖的影片剪接軟體，也是鉑宇系統科技公司最驕傲的產品。」

「鉑宇……」那可是市值兩千億的國際大公司呀，「……所以……你、你到底是？」

「我叫白勝雪，鉑宇系統科技公司總裁。妳放心，之後的事我來處理，我的司機會先送妳回去。」

「……白勝雪……你……總裁……喔……嗯……」

我不禁嬌嗔，抱緊這個帥氣多金、年輕有為、富有正義感的男人，靠在他胸膛，聞著他身上的紫羅蘭香水味，有一點過濃，就像不斷逼近的幸福。

2／秩雲

2021
12.25
（六）

搖搖晃晃坐在床板上，我心裡訝異：沒想到會是這麼一台別緻整潔的改裝露營車。車長約五公尺，寬應該有兩公尺半，車廂高我一些，一百六十公分上下。正副駕駛座後面還加了一個單人座位，就在正中間。櫥櫃延伸出桌面，座椅攤開成床鋪，電器櫃隔開流理台，全是原木打造。椅墊、抱枕、窗簾用青色棉麻布料縫製，很搭配米色的壁燈。車頂開了一個大天窗，看得見青天、白雲、樹梢，不時還會飄進落葉……一切那麼祥和美好，唯獨開車的男人，映著駕駛座上方的圓鏡，對我露出過於和藹的燦笑。

藍秩雲說：「這輛車是我自己設計的喔，叫做『青田號』。接下來幾天我們就住這裡了。」

「青田號，難怪用了這麼多綠色……」我看向他，等他解釋。

「手機關定位、關機了嗎？」他說。我嗯了一聲。「好，那就不會被追蹤了。我們先去華山市場吧，那裡的燒餅豆漿很不錯，是來台北必吃的經典早餐喔。」

「藍先生你……你剛剛還好嗎？」我說。他給了我一個沒聽懂的表情。「就在三十分鐘前，你拿手槍指著我，逼我說了半天有關蒙太奇的事，你現在怎麼突然——」

「妳說這把槍啊，假的啦，只是模型玩具而已，不信妳看。」他把槍往後一丟。

「啊！」我趕忙接住，好輕，槍孔只是個凹槽。「那你剛剛那個狀態是？」

「你就是達達啊？」藍秩雲看向副駕駛座，「你比照片可愛多了吔，今年幾歲了？」

「……」達達綁著安全帶，伸出手比四。我幫忙著說：「不是啦，達達，你今年已經五歲了，下個月五號你生日，你就六歲了。」達達點頭，加上兩根手指。

藍秩雲又說：「所以你真的不會說話嗎？」

「……」達達搖搖頭。我又幫腔道：「也不是完全不會，特別練幾天的話，還是會喊人、打招呼什麼的。我們剛見面的時候，他就叫過我『姆姆』，就是媽媽的意思喔。」

「嗯……」藍秩雲點點頭，「那你喜歡糖果嗎？我有巧克力喔。」達達搖搖頭。「不喜歡啊。你脖子上的香火袋好舊了，是誰送你的？」

「呃……」達達愣住，看向我。我用嘴形暗示他：阿公、阿公……

「太複雜就沒辦法用比的了呀。」藍秩雲說：「那我買玩具給你，還是你比較喜歡玩平板電腦？」

「……」達達立即伸手比二。

「第二個選項是吧，嗯……好聰明喔。」藍秩雲輕拍他的頭頂，從櫃子裡抽出一台10吋平板遞給達達。達達立即開機，短小的手指滑來滑去。藍秩雲又從鏡子裡看向我，一臉不敢置信的表情，說道：「黃小姐，這就是妳說的最後王牌啊？」

「沒錯。我相信，只要能查出達達的身世，就可以抓到白勝雪的把柄，讓鉑宇對我們撤告。」

「我也查過，這位白昱達小弟弟，傳言是白勝雪和酒店小姐一夜情生下來的，媽媽是誰都不知道，腦袋還有點……。感覺白勝雪並不會特別疼愛他……妳綁架他，真的有用嗎？」

「嘖！」我差點拍桌，「我說過，這不是『綁架』達達，我是在救他！」

「救他？」

「今天早上我親耳聽到，白勝雪他要買凶殺達達吔！」我看見他面露狐疑，「是真的啦，白勝雪好幾次想害達達，白家許多人都說過，我也親自經歷過一次，要不是達達運氣好，早就沒命了。」

「有這種事？白勝雪要殺他的親生兒子？」

「是真的，白勝雪親口承認過的！你不要不信……達達你說，我是不是還救過你一次？」

「……」達達緩緩點頭。

「喔……」藍秩雲揉著短落腮鬍，將達達從頭看到腳，又從腳看到頭，「如果這件事是真的，白勝雪真的要殺達達，那妳這個計畫，確實有機會可以賭一把。」

「你說這話是什麼意思？你之前認為我沒機會成功嗎？」

「呵，我是說——會更有機會成功的意思啦。黃小姐，火氣不要這麼大，放輕鬆。」

「這……如果你還有別的方法，儘管說，只要能比我的計畫更有效，我絕對照辦。」

「呵。我要是有辦法，就不會到今天這個地步了。」他想了想，「妳是什麼時候結辯？會判多少錢，心裡有底了嗎？」

「就在春節過後吧，大概……會判賠七千萬。」巨大的壓力頓時讓我全身緊繃。

「七千萬！天啊，我才被判賠一千七百萬吔……嘖，也是啦，妳直接從鉑宇總公司偷出蒙太奇 α 給大家下載，也算是活該——」

「你——」我一拍桌面，「我說過，我是被白勝雪騙的！你才是真的活該！其他下載盜版的人都協商了，繳了二十萬權利金就沒事，就你一個人不願意！聽說你剪接影片，一分鐘就收幾千塊，這台車也很貴吧！你還不去開庭、不請律師，被法院通緝完全是自找的，根本沒必要搞這麼複雜！」

「複雜嗎？還好吧。」他僵著嘴角一笑，「而且，要是我沒被通緝，誰來幫妳呢？」

「我、我聽你在胡扯……」

「呵，黃小姐，適當發洩一下，有助於放鬆心情，能夠增加效率喔。」

「你……這……」發過兩通脾氣，肩膀真的放鬆不少，也消除了初見的尷尬，「……你不要轉移話題啦，回答我，你那個頹廢的狀態到底是怎麼回事？」

「沒什麼，就是突然心情低落，很多人不是都會這樣子嗎？」

「我從來沒見過誰會那樣——」

「華山市場到了，達達你快看，好多人在排隊喔，繞了快一圈吔，我們要去裡面吃大餐喔！」

「哇！」達達看向窗外，滿臉開心。

「唉……」我望向窗外的人潮，「……我吃不下。藍先生，還是快點照計畫行動吧，不要去人多的地方，我怕拖太久，他們要是抓到我們，那就——」

「不要急，趕在妳上電視之前，我們得把握時間做好一切準備，先讓節奏慢下來。只有保持冷靜，認真投入這段旅程，事情才能夠順利。」

「上電視？……」我想了一下，霎時心臟怦怦直跳，「對，有道理……那該怎麼做？」

「我們要抓緊時間，練習當一家人。」

◇ ◆ ◇

我與達達換妥了衣服，三人戴上口罩、帽子，一起進入華山市場。

起初我真的沒胃口，拿好餐點就座後，頓時感覺餓壞了，一邊大吃一邊評價：「厚餅好有嚼勁，蔥花蛋好鬆軟，夾起來一口咬，靈魂都被填滿了！」「油條酥脆爽口，油汁像焰火一樣在嘴裡迸開！」「鹹豆漿攪拌一下，竟然凝固成超嫩的豆花吔！」「焦糖甜餅又酥又甜，臉頰都要融化了！」

藍秩雲全程難掩笑容，離開時對我說：「妳吃得真投入。」

我直搔頭，說：「沒辦法，吃播太久了，下次一定改進。」

「不用改，妳這個狀態不錯，很放鬆。只是啊，兒子吃得滿臉的時候，記得幫他擦一擦。」

「喔，是啦是啦，抱歉抱歉……」

再次上路，青田號以最低速限前進，由國道1號出台北，經蘆洲、五股、林口，到桃園龜山，抵達林口長庚醫院。停好車，藍秩雲先帶我看了一圈車上的設備，並準備去看一趟醫生。

「老婆，我要去拿兩個星期的血壓藥，妳要不要一起去，隨便看個什麼病，免得短時間內沒機會用到健保卡了。」

突然被叫老婆，有點害羞，我說：「要走快走，別在這說蠢話，健保就是被你這種人拖垮的。」

「嗯……這句話罵得好，有幾分家人的意思了。」

「……你真的是喔。」氣得我好笑。

我陪達達玩了好一陣子，等藍秩雲回來，帶我們到附近一家東北牛肉麵店吃午餐，我又開始評論：「牛肉的刀工雖然寫意，卻可以吃出各種口感。」「麵條有彈性，湯頭超濃，喝一大口好暢快。」「藍先生你……」我見他嘴形暗示，立刻改口，「……老公，你沒有很喜歡啊。達……」我再度改正，「兒子，你怕燙，多吃點水餃和斤餅，很香很Q喔，媽媽幫你擦擦嘴。」藍秩雲立刻朝我比出大拇指。

下午，我們就近到桃園A8環球購物中心，買衣服，買鞋子，買變裝道具，買齊所有生活用品和各種零食點心，還有兩支新手機和兩張預付卡晶片……都是藍秩雲付錢。我們互叫老公、老婆，把達達叫做兒子，一搭一唱，對著櫃哥櫃姊，瞎掰出許多襪子亂丟、牙膏亂擠、亂買微波食品之類的瑣事，所有人都認為我們是一家人。

◇　◆　◇

青田號駛從國道1號，經台61線，一路抵達新竹運動中心，我做重訓，藍秩雲打沙包，達達跳彈簧床，之後痛痛快快洗了熱水澡。

天暗下來，買了鹹水雞、各種蔬菜、烤地瓜、花生豬血糕，加上一整條的生乳捲奶油蛋糕，湊成豐盛的聖誕大餐。開車到經國大橋下一處雜草地，待在青田號裡，邊吃邊看數位電視。七點整，新聞台播報頭條新聞，全球確診人數即將突破三億，死亡人數也已經突破五千萬……然後該來的終於來了，我和達達的照片占滿整個螢幕。

女主播打著蘋果光，報導著清晨於陽明山白家別墅發生的綁架案……畫面切換，鏡頭給到一名男性，約莫四十歲，穿著黑色皮衣、牛仔褲，體形魁梧，頂著平頭，狹長的臉型有點帥氣，眉宇間還帶著一股堅毅的陽剛，彷彿是一位剛剛退伍的特戰隊軍官。字幕打著：刑警大隊偵五隊隊長朱志城。

我忍不住瞇起眼睛說：「……他是朱志城？」

「妳認識？」藍秩雲說。

「不，不認識……」

電視畫面裡塞滿了攝影機、麥克風、相機，記者們蜂湧上前：「朱警官，這件事與黃曉艾盜取蒙太奇α的事有關嗎？」「聽說白家搜出了很多監視器鏡頭，卻沒有錄到任何畫面，是被刻意破壞的嗎？」「黃曉艾拿刀砍傷五歲的白昱達，現場都是鮮血，是真的嗎？」「聽說她帶走很多珠寶，大概價值多少錢呢？」「白昱達已經被撕票了嗎？」「白家已經付七千萬贖金了嗎？」「白昱達的屍體已經解剖了嗎？」……

「你們到底是哪裡聽說的，全不是事實！」朱志城皺起眉頭，方正不阿的臉上頓時充斥著厭惡，「由於作案情節重大，一切尚在調查，不能吐露任何細節。警方已緊急發布通緝通告，絕對會動員最大警力，以最快時間救回人質，偵破此案！」

記者還想追問，朱志城已退回警察局，留下一片混亂。

畫面切回女主播，公布了一組電話與網站，請求觀眾協尋。突然又緊急插播一則最新消息——白勝雪在個人臉書發表了簡短聲明。她看著截圖朗讀道：

「黃曉艾小姐，求妳放過達達，他只是個五歲的孩子。有什麼不甘、什麼企圖、什麼目的，請都衝著我來，不要牽連無辜！不要一錯再錯！請求妳，務必要斷絕貪婪的念頭，不要被邪惡控制，不要傷害達達。否則，我將用盡一切手段，讓妳付出最慘痛的代價！」

我瞪著螢幕，不由得咬緊牙齒。轉台，同樣的新聞……再轉，還是一樣……達達都看愣了。

「太快了，」藍秩雲關上電視，揉了揉短落腮鬍，「報警就算了，但才經過十二小時，就完全披露給所有電視台知情，真的太快。我一開始的預想是先獨家，之後才會大肆播報呢。」

「確實快……」我可以想像白勝雪得逞的表情。

「更沒想到，其中還有那麼多假情報，這一手可以說是又妙又狠，占據了發言權，胡亂栽贓，一下子就把仇恨值拉到最高點。」

「是呀，他就是個說謊大師……」我早該看透的。

「再加上這番聲明。若是一般綁架犯聽到，不說撕票，也不說發起狠來，切斷幾根手指，至少也得把肉票抓來揍一揍。老婆啊，看來白勝雪不打算留下任何餘地，就是想要激怒妳呢。但他愈是這麼做，愈是要逼妳對達達下手，這就說明，他不知道我們的計畫，認為妳是一時激動才帶走達達。更證明妳說的沒錯，這個男人真的想要害死達達，而且手段很卑劣。」

「沒錯，他就是個大人渣。」我咬牙切齒，愈咬愈緊，直到牙齦滲出一絲血腥味，突然警醒：我做這一切，可不是為了傷害我自己呀。「算了。老公，我今天已經很累了，不管他，我要睡覺了。」

「嗯……」藍秩雲看我開始鋪床，不住點頭微笑，「好，很好，妳很冷靜，這樣很好。雖然計畫才剛開始，但是我相信，距離成功已經不遠了。」

「呼——。要是真的這樣那就太好了。」

「放心啦，一定會的。我去外面上個小號。」

趁他下車，我悄聲衝到駕駛座，手伸進車門置物籃，找出他從長庚醫院帶回來的藥袋，一看：

姓名：藍學峰。科別：精神科。

忽然之間背脊一涼，不禁感到前途多舛，卻已經沒有回頭的餘地了。

3／約會

2020
02.07
（五）

睡夢中，我又一次逃出凌阿斯的魔爪，被白勝雪抱起，上了他的賓利轎車，還有個安安靜靜的灰髮司機送我回家，我一到家就洗澡，搓了又擦，一出浴室倒頭就睡，睡著了又開始作夢，一次，再一次，又一次，進入無盡的循環……

直到肚子咕嚕直響，我恍恍惚惚從床上坐起身，這才發現忘了留白勝雪的手機，甚至沒加個通訊軟體，不禁跳下床，懊惱得大吼又跺腳、猛敲腦袋，終於耗盡能量，餓得站都站不穩。

臉都沒洗，穿著小可愛，拿出冰箱裡的冷凍食品，義大利麵、餃子、炒飯、唐揚雞塊，一共八盒全部微波加熱，在星魚直播上洩憤式地狂吞猛塞，粉絲們不停為我刷禮物……兩個小時入帳六百元。拖著鼓脹的小腹，想出去補個貨，一開門，感覺破舊的走廊忽然亮起來——二十朵粉色鬱金香，搭配雛菊、滿天星，家門前像放了一大束春天，還有三個閃閃發光的香奈兒紙袋！

「怎、怎麼回事？」忍不住先確認門牌，趕緊彎腰去拿，花香得我內心一顫。再看紙袋裡，優雅的米色襯衫與長褲、經典的米白色斜紋軟呢外套、美呆了的白色單肩包。花束間還有張燙銀蝴蝶圖案的手抄紙卡片，趕緊掀開：

尊貴的小姐：昨晚匆忙一會，還未及知曉妳的芳名。冒昧詢問司機，得知妳的住處，獻上道歉的禮物，望妳勿怪。此外，我以真摯仰慕的心情邀約，是否有榮幸，能於今晚七點過來接妳，共進晚餐？

2020.2.7。白勝雪　敬上

我頓時感到子宮一陣收縮。

◇　◆　◇

七點，來的是同一位灰髮司機，年紀那麼大，還恭恭敬敬地請我坐到後座，讓我很不好意思。

「司機先生，昨天真是謝謝你。我那時實在是被嚇傻了，竟然忘記向你道謝。」

「這都是我分內的工作，您不用謝。」他在後視鏡裡朝我微笑點頭。

「怎麼不用，一定要，要不是有你，我昨天都不知道要怎麼回家呢。對了，不要叫我『您』啦。我姓黃，不知道你怎麼稱呼？」

「呵。我姓連。」

「連先生，你開車技術真好，超穩的。不像我，前不久一個瞌睡，就把車子撞壞了。」

「這樣啊，那得多多小心，要眼觀四面，耳聽八方。像我，就從來沒發生過車禍。」

「你開車好多年了吧？技術才能這麼好。」

「呵呵，是啊。我年輕的時候，本來是做保鏢，就是太瘦弱了些，被公司派來當駕駛，想不到我開車還有點天分，連續開了二十五年，每個雇主都很滿意。」

「你……都是幫白總裁開車的嗎？」

「我是十年前到的鉑宇，幫白總裁開車只是這兩年的事。本來我是準備退休養老，讓兒子接手，唉……」他搖搖頭，「我兒子啊，他車開得比我好，汽修科的嘛，還懂得維修。可惜啊，他之前撞壞白總裁的車，被開除了，之後回去新竹，到城隍廟找他媽媽賣肉圓去了，我這才留下來。其實我腰不好，久坐加上天氣冷，痠得不得了，上次去一家中醫，沒健保的，光是掛號費就要九百——」

「原來是這樣啊，」扯到哪去了，「連先生，其實我……我就是想請問一下……請問白總裁他……有沒有女朋友？是不是常常帶女孩子出去玩？或是……帶回家？」

「這個嘛，」連司機坐直腰背，「年輕的時候，任誰都比較貪玩，但現在不一樣。白總裁一心忙著工作，人不是在公司，就是回家休息，頂多去健身房，人際關係很單純，認真又有修養，實在是難得一見的好青年呀。」

「那實在太好了。」我說，安心了，也羞得臉紅。

◇◆◇

連司機又把我送到雪濱歐式牛排館。明天是元宵節，市政府沿路掛著燈籠，繽紛亮麗，卻比不上白勝雪一半奪目。只見他一身亞麻西裝，肩寬腿長，玉樹臨風立於門口，在路人豔羨的目光下為我開車門，穩穩伸出手臂，讓我攙著下車。

「太好了，」他說：「我就知道這套衣服適合妳的氣質，穿在妳身上太美了。」

「啊，我……這……」羞得話都說不清，「……白先生，昨天真的很謝謝你救了我。」

「叫我勝雪就好。」

「喔，勝雪……」雙頰發燙，「……謝謝你的花，我最喜歡鬱金香。還有禮物，太貴重了，你人真的是太好了，但真的沒必要這樣。」

「不瞞妳，這是我和朋友合開的餐廳，我有義務讓所有客人賓至如歸，尤其是像妳這樣高貴的小姐。對了，一直沒請教妳的芳名？」

「我、我姓黃，黃曉艾……曉得的曉，艾草的艾。」

「『曉』是日出，『艾』代表美好漂亮的人。一個美好的人正在看日出。曉艾，真是好名字。」

「謝、謝謝你的稱讚。」熱到出汗。

走進餐廳，白勝雪替我脫外套，我發現店裡除了服務生，竟空無一人。每張桌子上點著七、八盞蠟燭造型的小燈，高高低低幾百個亮點，輕輕走過，彷彿穿越璀璨的魔法。

「怎麼都沒有人？」我不禁縮起脖子，「你、你該不會把餐廳包下來了吧？」

「喔……」他對我微微一笑，「……之前是試營運，這兩天休息，我要在正式開幕前調整菜色，所以就想到，能請妳來試菜是最好不過了。」

「你太聰明了。如果真的包下餐廳，那得花多少錢啊？太浪費了，我想都不敢想。」

「妳真是太賢慧了。難怪，我第一次見妳，就感覺非常不一樣。」

賢慧……這不是形容妻子的詞嗎？我心臟猛跳，猶如心律不整，急忙走向桌邊，他快我一步拉開椅子，等我坐好後，他才就坐……真是紳士。

先上白酒，開胃菜是玫瑰醋比目魚慕斯佐蛋白餅，前菜是番紅花鵪鶉螯蝦山藥塔，接著是法式龍膽鮮魚湯、佛卡夏麵包與松露奶油，我每道都吃得精光。換上紅酒，端上八盎司菲力牛排，切下一塊放入口中，我再也忍不住，開啟吃播模式……

「哇——！外表微焦的香料味衝進鼻腔，牛肉嫩中帶有彈性，彷彿在給牙齒按摩，醇香的油脂溢滿口腔，簡直是牛肉炸彈！天啊！這肉質太好了！我的嘴巴要發光了，這完全是神牛的肉啊！」

「呵呵……黃小姐果然有品味，這是頂級A5和牛，早上在日本鹿兒島宰殺，三個小時之內就能空運到台灣。就是有了這條線，我才有信心開這家餐廳。」

「三個小時，這麼短的時間，那不是用急速冷凍吧？肉那麼厚，應該是用硬風急速冷藏，再搭配奈米級的保溼器，這樣不需要解凍，不會破壞肉質，到店就能直接料理。」

「正是這樣沒錯，妳怎麼那麼內行？」

「當然，我大學學的就是壓縮機和冷鏈。其實我也會程式語言，本來想做通訊，但是教授說，今後運送生鮮產品的需求正在增加，卻沒人研究，我才換了主題，我、我……」我趕緊住口。

「冷鏈？程式語言？通訊？黃小姐妳大學讀的是什麼科系啊？」

「我……我是讀電機系……」

「女生讀電機系很少見吔，是哪間大學？」

「呃……海大。」

「哇！海大電機，很厲害吔——」

「沒有啦……」糟糕，再聊就會聊到我被退學的事，「……那你大學是讀什麼科系呢？」

「我讀雲科大，畢業論文寫的是餐飲管理與工商心理學，一大本分成兩小本，拿到企管系所的學士和碩士。」

「哇，餐飲管理、工商心理，你完全學以致用吔。」

他搖搖頭，感覺絲毫沒放在心上，說：「那黃小姐妳呢？現在從事什麼樣的工作？」

「喔……我是個模特兒啦，還沒很出名……」直播主的工作也是少提為妙，「……再聊聊你吧……你身手真好，你是運動員嗎？還是什麼武術大師的傳人？」

「呵，沒有那麼誇張。我父親怕我們被綁架，自小就請了教練，讓我們兄弟練習一些格鬥和防身術，雖然只有幾招，但是應付昨天那個瘋子也是綽綽有餘，對了，那個男人跟妳是什麼關——」

「噗！」剛入口的牛排噴出來，差點彈倒玻璃杯，白勝雪忙遞紙巾給我。「對對對，鉑宇科技的董事長，白碩坤，白董嘛。我以前常看他上電視，常常參加國際會議，靠著程式系統，幫台灣賺了好多綠色外匯，被總統接見，頒發了好多勳章，還得了國內外好幾個名譽博士，我全都記得……對了，白董他最近好嗎？他已經七十了吧，很久沒看到他上電視了吔。」

「父親半年前中風，之後一直在家復健休養，比較少出現在螢光幕前，也不太參與公司決策了。」

「突然中風，」那下任董事長就會是……「我記得他常跑馬拉松，身體很好。怎麼會這樣？」

「就是……家裡發生了一些事。」

「啊，我想起來了，白董有個兒子，好像叫做白……白宇光，對，當年財經雜誌還評選他是台灣黃金單身漢第三名呢。是不是因為他突然過世那件事？嗯？不對，那是四、五年前的事……等等，我記得雜誌裡說過，白宇光是白董的……的獨生子？」

「白宇光是我的哥哥，」他的聲音帶著一絲虛弱，「他五年前到澳洲跨年，順便過生日，駕駛的小飛機卻墜毀了……那時我才二十四歲……」他端起酒杯喝了一口，卻似乎止不住口渴，「……其實，我是父親的私生子，從小戶籍登記在白家一個遠房叔叔家。雖然我也姓白，也與我哥一起長大，但是，我被父親正式辦理收養，其實不到半年，剛剛才接下總裁的位置。」

「我記得，這件事好像有本八卦週刊報導過，可是新聞都沒有說，我還以為是亂寫的……」

「其實，這件事很多人都知道，只是父親動用關係壓下來，各大媒體都不去提罷了，」他的眼神露出難得的黯淡，「所以，就這樣，我偷偷摸摸地，又成了父親的兒子。」

「這……你……這……我……」

這事情遠遠超出我能安慰的範圍，但是身為專業吃播主，絕不會讓場子冷下來。誇獎完肉質，那就說說配菜和食用花，讚美了紅酒的香醇，又品鑑起紅茶的香氣，最後，以金箔熔岩巧克力蛋糕佐天然香草籽冰淇淋為主題，誇出一篇小論文。

◇　◆　◇

用完餐，白勝雪讓連司機先下班，親自開車載我往台北101。九點半，已過了觀景台開放時間，但竟有專人替我們開啟高速電梯，從五樓直達八十九樓，三、四十秒之間，我的心跳愈來愈快。電梯門打開，快步向前，大面落地窗外，台北盆地在黑夜的底層，裝載著千萬億兆燈火，美到了極致。

「天啊！天啊！天啊！」我忘記呼吸，卻停不下讚嘆，「太美了！太美了！太美了！」

「呵，」白勝雪緩步走到我身邊，「妳繞一圈看看。」

我立刻邁開步伐，像是飛翔在天空，不，比天更高，彷彿將銀河踩在腳下，一步一步逍遙自在，一幕一幕印入腦海……見白勝雪還站在起始處等我，滿臉寵溺的笑容。我用衝的，衝進他的懷抱。

「勝雪，謝謝你！這裡真的太美了！我從來、從來沒見過這麼美麗的景色！」

「妳喜歡就太好了。」白勝雪又帶著我走一圈，為我指出哪裡是中正紀念堂、大巨蛋、台北車站、饒河街夜市、摩天輪、故宮、鉑宇科技大樓……「那棟紅色大房子妳一定認識吧。」

「我知道，那是圓山大飯店。我去吃過他們的自助餐，海鮮超讚，酒可以隨便喝，甜點也很精緻，那餐就賺了一千多……我、我是說，才一千多塊，真的超划算，賺翻了，呵呵呵……」

「我從來沒去過圓山飯店，真的有這麼好吃嗎？」

「啊？你竟然沒去過啊？有錢人不是最喜歡辦在圓山大飯店嗎？」

「是啊，我父親每年的年夜飯，都是辦在圓山飯店。」

「那你怎麼說沒去過？」

「呃，沒有啦，」他不禁撥了撥頭髮，掩不住臉上一絲苦澀，「我進入白家那天，太太就搬回娘家住了，只有過年會回來……不過，太太回來的那個星期，我必須去住附近的酒店……」

「太太……」說的必定是白碩坤原本的太太。「那……那你媽媽呢？」

「我不知道，我從來沒見過她。聽說我一出生，她就因難產過世了。我……我從來沒和家人一起吃過年夜飯，今年也是，我在飯店點了餐，自己一個人……」

「……」我想像兩星期前的除夕夜，他該有多麼寂寞。

「抱歉，不用在意，我沒想到會對妳說這麼多。怎麼說……我感覺妳很特別、很不一樣……」

「勝雪……」我不禁牽起他的手，搓摩他微微發涼的手背，好傳遞一些溫暖過去，撫平他的傷疤，「……以後，我都陪你吃飯，好嗎？」

「嗯。」他點點頭，眼淚滴落，落在我的手上，好燙，把我的心也融化。

我不由得踮起腳尖，攀上他的肩膀，吻他。

4／車伕

2021 12.26（日）

「哈哈哈！哇哈哈哈哈哈！啊哈哈哈哈哈哈哈哈！」藍秩雲一邊大笑，一邊用力拍打方向盤，把青田號開得左歪右傾，路上車輛紛紛閃避。

我在床上坐不穩，杯裡的即溶咖啡都灑到手上，叱道：「老公你、你笑什麼啊？」

「妳、妳真的信他說的鬼話嗎？因為沒吃年夜飯在傷心？真他媽太扯了！哈哈！哈哈哈哈哈！」

「怎麼會扯？我查證過，他說的這些事情都是真的！」

「天啊！妳到現在還信他的鬼話呀！哈、哈哈哈！哇哈哈哈哈！就算事情是真的，哀傷的心情也不一定是真的啊。妳是不是當晚就跟他上床了？是不是？」

「我、我、我……」沒錯，我吻他之後，他也回吻我，彼此忘情愛撫，差點當場就做了，僅存的理性讓我們趕緊離開台北101，找到最近的旅館，開最好的房，翻雲覆雨，一晚就花了一萬二……

「哈！被我說中了！妳不懂心理學，也該看過連續劇吧，只要男主一提到家人的事，女主就會雌激素氾濫，母愛爆炸，產生哺乳的欲望，進而想要脫光衣服。這麼老的招妳也會中，見面兩次就上床，老婆啊，妳到底是多天真！」藍秩雲一直笑。達達似乎也被感染，滑著平板，衝著我呵呵傻笑。

「達達，連你都……」我臉更紅了，「你、你不要笑了啦，很煩吔！就算是假的，那也是我這輩子最浪漫的一天……不要再笑了！」

「呵呵呵，好好好，噗！好，不笑、不笑了……真的不笑了，呵……」圓鏡裡，藍秩雲忍得全身發抖，好不容易才稍微恢復平靜，「對了，我看妳昨晚在床上翻來翻去的，有睡著嗎？」

「有啦……還是有睡著幾次。不過我每次醒來，都看到你在駕駛座上用筆電，是在剪片子嗎？」

「是啊，就是隨便接些工作。雖然被通緝了，但是我還有一個帳號，是專門在社團和論壇裡吵架用的，比我原本的帳號還活躍，反正錢匯給銀行就行了，沒人會發現的。」

「原來是這樣。你還真是喜歡剪接吔。」

「剪接嘛……算還好吧，也可以說是喜歡……其實我最最最喜愛的東西是記憶，只不過，剪接可以塑造出記憶的樣子，所以我才投入這一行。」

他轉頭對我笑，不愧是通緝犯的前輩，已有泰山崩於前而色不變的氣概。正有些放心，心中兩個疑問冒出來：「藍學峰」是誰？「精神科」又是怎麼回事？想問，不敢開口，一時間僵住了臉。

◇　◆　◇

青田號開到新竹都城隍廟附近，四周餐飲店和小吃攤層層包圍，除了廟宇華麗的屋頂，看不清廟的本體。路太窄，又沒停車格，只好找了個大門寬敞的收費停車場。

戴上帽子與口罩，「一家人」手牽手，先到廟口覓食。早上八點半，店家大都還沒營業，藍秩雲帶我們到廟口的百年潤餅店排隊，我們點葷的，一口咬下，我不禁又開始直播：「潤餅皮很薄卻很有彈性，好Q！」「豆乾、韭菜，還加了蛋酥和蘿蔔乾，脆感超有層次！」「高麗菜和豆芽鹹味中帶著清甜……竟然還加了肉鬆！跟花生粉好搭！鹹鹹香香，真的會愈吃愈著迷吔！」

「嗯……」藍秩雲咬了兩口，閉上眼睛品味，「還不錯。」

「什麼還不錯，實在是超香、超好吃的，兒子，你跟爸爸說對不對、好不好吃？」

「……」達達猛點頭。

「呵，其實我覺得另外兩家也不輸它。」藍秩雲看著我狼吞虎嚥的模樣，又說：「老婆，我看妳啊，吃什麼都覺得很好吃的樣子，胃口這麼好，小心早晚變胖子喔。」

「老公啊，這你就不知道了，我的體質不一樣，一連幾天多吃也不長肉的。而且，真的要胖，都是先從胸部胖起的喔，不信你看。」

我驕傲地挺胸，雙手捧起我的34C。藍秩雲斜眼蔑視，呿了聲，找達達玩去了。我忽然感覺自己簡直三八到了極點，雖然喊人家老公，但嚴格說起來，對方其實只是個剛見面兩天的陌生人，我怎麼會做出這麼親暱的舉動呢……趕忙收斂姿勢，整理衣服，盡量表現得端莊一些。

吃飽後，我們便展開行動：尋找一對姓連、賣肉圓的母子。

十點過後，所有店面都已開始營業，我們一家一家肉圓店詢問，沒有半點收穫，後來沒賣肉圓的店也進去問，還是找不到。我們去了另一家百年老店吃午餐，香噴噴的炒米粉配摃丸湯，那個老闆早上就被我們問過一次，中午再被問一次，晚上達達還想吃那家，老闆又被問了第三次。

老闆娘好心幫我們打電話問她媽媽，她媽媽又去問到她鄰居的乾兒子的女兒，終於有線索：這個女兒半年前遇到她國中時的學長，跟媽媽在城隍廟後面的巷子擺攤到下午，賣油飯和冬粉，也有兼賣肉圓，忘了是姓連，還是姓黎。

2021 12.27 (一)

在車上過了一夜，受到昨晚的好消息影響，總算能一覺到天亮。

我正刷牙，藍秩雲對我說：「我昨天在想，我們就這樣過去，人家憑什麼跟我們說實話？」

「對吔……」吐掉泡沫，「要是對方看過新聞，把我認出來怎麼辦？」

「所以啊，不如我就裝成警察，」他說，從口袋掏出一個皮夾套，用力甩開，亮出裡頭一個金光閃耀的玩具刑警徽章，「怎麼樣？我之前在蝦皮買的。」

「你、你真的是有備而來吔……但是，你又不清楚白家的情況，」我摸著身旁的皮包，猶豫著要不要展現出所有法寶，「沒有我第一時間在旁邊反應，我怕你不知道要問什麼。」

「這我也已經想到了，用無線耳機加上手機，妳就能一邊聽，一邊給我提示。妳覺得怎樣？」

「嗯，這樣也可以，」指尖離開皮包扣環，「我覺得可行，確實是個好主意。」

我戴上鴨舌帽、墨鏡、口罩，先一步抵達城隍廟後面，在一根電線桿旁邊找到那個攤位。

老闆娘身材微胖，綁著碎花頭巾，在白鐵製的攤子裡張羅擺設、備料備醬，雖然客人不多，她還是笑容滿面，感覺很好親近。不一會，藍秩雲來了，套上西裝外套，還梳了頭髮，不僅能擋住無線耳機，看著也嚴肅不少。

「聽得清楚嗎？」他在耳機裡說。

我朝著手機說：「可以，很清楚。」

「好，那我上了。」藍秩雲走向攤子，迅速亮出警徽又收了起來，「老闆娘你好，我這裡是新竹市刑事大隊。打擾一下，妳先生是否姓連，在鉑宇系統科技公司上班，擔任白勝雪總裁的司機？」

「是、是啊……」連太太笑容盡失，忙放下工作，「怎麼了嗎？我先生他怎麼了嗎？」

「妳先生沒事。我是想調查一下，有關白勝雪的兒子被綁架，妳有看到新聞嗎？」

「喔，有有有，鬧得好大喔！今天早上白總裁又發文了，那個女綁匪真的是前科累累，太惡劣了，還做過什麼不正經的直播妹，簡直就是——」

我嘖了一聲。藍秩雲立刻說：「那個無所謂啦。我是想請問，連先生是否有向妳說過什麼訊息？是有關那個孩子的事情。無論大事小事都可以，全說出來，都可以幫助我們追查那個綁架犯。」

「嗯……我昨天有打電話給我先生啦，但是他說，警察要他什麼都不能講，所以我也不知道吔……你怎麼不直接去問我先生？」

「這……」藍秩雲有點遲疑。我忙提詞：「你說連先生都說了，是找她再次確認證詞，讓她不要說謊，不然會害連司機被台北的警察認為是做偽證！」藍秩雲照樣說了一次。

連太太說：「原來是這樣！好，我什麼都告訴你啦。我想一下……啊，確實有一件事。應該是在五年前，再兩個月就過新年了吧，那時候，我老公是給白董當司機，我打手機問他過年休幾天。他說，白董要生孫子，但是胎兒情況很不穩定，這段時間隨時要載白董跑醫院，他沒敢問放假的事。我就覺得很怪，白董的兒子不是死了嗎？我老公就說，不是大兒子，是白董的私生子，是白勝雪要生兒子。」

藍秩雲說：「妳也知道白勝雪是私生子？」

「不只我，聽我老公說，那時在白家工作的人全都知道。」

「原來如此。那是在哪家醫院生的？」

「我記得很清楚，在高雄榮總。」她說。藍秩雲發出疑問的聲音。「你不要以為很遠，白董在高雄也有別墅，有錢人嘛……不過別墅太舊，現在已經賣掉了啦。」

「喔。高雄榮總……妳請繼續，然後呢？」
「然後啊，我老公就忙了兩個月，要過年了才回來。回來之後，他就一直怪怪的。我問他，他就跟我說了一件怪事，說是從頭到尾，從來沒看見過孩子的媽媽。後來才知道，這個孩子，是白勝雪跟酒店小姐亂搞，這才生出來的，也是個私生子。一定是因為啊，爸爸和兒子都是一個德性，怕傳出去太難聽，所以就把那個媽媽搞掉了啦。」
「殺掉了？」我和藍秩雲同時開口，「真的假的？」
「搞掉，不是殺掉。給她一筆錢，叫她永遠不要出來亂，這就解決了呀，有錢人不都這樣。」
「這是妳先生說的嗎？他有看到什麼嗎？這樣說有什麼證據嗎？」
「當然有看到啊，我先生有看到證據！」
我和藍秩雲又一起說：「什麼證據？」
「我先生休了一週的假，回去上班那一天，白董託他拿了一封信，交給一個剛到職的蘇特助。」
「蘇特助是誰？」
「她是白董的私人祕書與特別助理。」我和連太太同時說。連太太又說：「白董那時候還忙著奔波照看孫子，太累了啦，信封沒封好。我先生說他有看到一眼，那裡面裝的是支票，差不多有十張，一張是三百萬，一共三千萬咧！」
「這麼多，是要給誰？」
「那個蘇特助沒說，不過我先生有看到，蘇特助把信封放到收發的抽屜裡面。」
「不知道寄到哪裡，實在太可惜了……」
「有看到啦！我先生沒說嗎？雖然他那次沒看到，但是下次就看到了，差不多一年後，白董又讓我先生拿了一模一樣的信封給蘇特助，親眼看到那封信寫了地址，要寄到嘉義的英華會館。又過一年，我老公又看到一次，還是寄到嘉義的英華會館，所以啊……」

「所以……」我和藍秩雲第三次同時說：「……達達的媽媽可能就住在那裡。」

「沒錯沒錯……」

接著又問了些問題，連太太已說不出更多，表情也有些不耐。藍秩雲見狀，立刻告辭，並大力褒獎她協助警方辦案，是全體市民的表率。連太太一下子又樂呵呵的，連忙鞠躬道謝。

等藍秩雲走過身邊，我也要隨著離開，才後退兩步，撞到一個男人，他手上一大桶蘿蔔湯灑了好些，熱騰騰的，所濺之處都冒著蒸氣。

「哇！抱歉抱歉……沒燙傷吧……」我一抬頭，隔著墨鏡瞪大雙眼，「你……你是黎先生！」

「是，我是啊……」黎先生忙把湯鍋放到地上。他小我幾歲，高我一個頭，憨憨帥帥，帶著點痞氣，是看過一眼就不會忘記的類型。「妳認識我？」

「你、你的法拉利呢？」

「啊？喔，我們是在台北認識的吧……」他不住搔頭，「那是我老闆的車啦，後來不小心被撞壞，我就被開除了。想不到妳還能認出我吔，我們是在夜店、還是酒吧認識的？妳認識Lisa姐嗎？來旅遊？晚上要不要我帶妳到處玩？可以提示一下妳的名字嗎？A開頭的？還是姓陳？——」

「兒子啊！」連太太突然朝著黎先生大喊，「你是不是又把湯打翻了，有沒有燙到啦！」

兒子……黎先生……連太太……連司機……法拉利……車禍……賠償……開除……我突然懂了，這全都是計畫好的。轉頭就跑，愈跑愈快。

「白勝雪……」我壓抑著聲音吶喊，「……你這個卑鄙透頂的無恥賤貨人渣！」

5／前任

2020 02.19（三）

趴在按摩床上，臉塞在床洞裡，五官全部擠在一起，師傅不愧對一個小時八百元的收費，對我指戳、拳打、肘擊、膝踹，痛得我嗚哇亂叫，骨頭都快散掉了。然而全身肌肉竟比骨頭還要堅硬，師傅都不禁搖頭，問我最近經歷了些什麼？令我回想起和白勝雪的第一次……

首先，他很會親，又吸又吹，靈活的舌頭走遍全身，光前戲就讓我高潮了一次；再來，他脫光後全是肌肉，雪白色的皮膚熱得發燙，整個人壓上來時，我又高潮一次；最後，長度，他的尺寸雖然也不錯，驚人的是時間，前戲不算，他進入後足足一個小時，我歷經十幾次高潮，直喊到聲音沙啞。

隔天，我全身肌肉痠痛，連走路都勉強，白勝雪又約我隔一天見面，竟然帶我到私人健身會館，認真指導我健身，尤其是深蹲，他從背後扶我的腰，用大腿頂我臀部，搞得我心癢難耐，一組十下，一做就是十組。苦撐到結束，拖著半死不活的身體，他請我吃了超好吃的黑松露海膽鮭魚卵釜飯，之後到附近逛逛，路過一間旅館，我心跳加速，以為又要激戰一場，然後就沒有然後了。

健身，吃高蛋白料理，休息一天……健身，吃高蛋白料理，休息一天……健身，吃高蛋白料理，休息一天……之後五次約會都是一樣，彷彿我是個備賽中的健美選手。

……連續被摧殘四十分鐘，師傅讓我翻過身平躺，頓時有種重生的錯覺。突然好想找人聊一聊。伸手到衣物籃裡拿手機，在通訊軟體中找到徐立莉，滑了又滑，我兩個多月來傳的三、四百則訊息，卻是已讀、已讀、已讀、已讀……從沒回覆。正想扔回去，叮咚一聲，卻是白勝雪，約我明晚見面。

一想到，又要經歷兩個小時的健身特訓，愁得臉都皺起來。好在他又傳來訊息，要我好好打扮一番，穿他上次送我的黃色洋裝，我這才安心。

2020 02.20（四）

晚餐，我們吃了非常精緻的義式龍蝦餃子，感覺白勝雪特別興奮，說說笑笑，不經意與我碰碰手、碰碰腳，令我心跳不已。之後他親自開著車，帶我到大安區的一間私人酒窖。

老舊紅磚樓房裡，有座超大的吧檯，還有一大面透明玻璃隔間，擺著上千瓶紅白酒，白勝雪評價，價值不下千萬。服務生供酒、供點心，穿梭在精心打扮的賓客之間，許多面孔十分眼熟，竟都是影視圈裡的大名人，令我化身小粉絲。

「那個人不是去年得金馬獎的導演嗎？我好喜歡他那部片……」「天啊，我小時候在電視上看過她演戲，現在已經是超有名的製作人，還是那麼漂亮！」「等等，那個人是《亞洲新男聲》的冠軍嗎？本人也太瘦了吧！」「那個美女不是名模嗎？去年差點入選維多莉亞的祕密，我好喜歡她——」

「妳冷靜一點。」白勝雪攬住我的手臂，將我帶到角落。

「這裡到底是在辦什麼活動啊？怎麼這麼多名人？」

「表面上這是品酒會，其實是為了募資，主辦的是秀堡電影公司。我打算以鉑宇系統科技公司的名義，投資拍一部電影，一部只屬於『蒙太奇』，充滿剪接技巧與華麗特效的電影。」

「好酷喔！」我腦子一轉，「嗯……但是，有這個必要嗎？鉑宇要從科技業跨界拍電影，那是全新的領域吔，差異也太大了，這樣的投資合適嗎？」

「投資只是其次，重要的是，我要為之後的公司轉型做準備，」他一雙眼睛忽然變得炯炯有神，猶如裝滿了抱負，「眼前，我最主要的目的，就是要預先進行一種宣傳，要讓鉑宇不只是一個國際企業，蒙太奇也不只是一種影片剪輯工具，而是一個巨大的創意有機體，富有實驗冒險的精神，能拓展出一條新的道路，可以震驚整個世界。」

「哇……」大膽又聰明，轉念又覺得奇怪。「鉑宇這麼大一間公司，股票上市，海內外還有多少分公司，想投資電影、進軍娛樂圈，私下了解就好，何必跑來參加這種活動，搞這麼麻煩？」

「大也有大的困難。雖然在程式系統的領域，鉑宇已經達到頂尖，也代表著向上進步的空間非常有限，導致了大部分人安於現狀，一心只想著守舊。我敢肯定，這樣絕對會是死路一條。」

「是有誰不同意你的想法嗎？」

「還不就是那些董事，一個比一個老頑固……」他皺著眉微微一笑，藏不住淡淡苦楚，「……畢竟，我這個總裁是新接任，不能服人也是正常，所以，只有自己來了。」

「勝雪……」光鮮亮麗的背後，原來隱藏了這麼多努力。「……好，我要怎麼做才能幫你？」

「妳真聰明……」白勝雪看著我，眼神流露出之前沒有過的溫柔，「沒錯，我聽說這部電影內部有些糾紛。我沒有門路，身分又是金主，肯定只能聽到一些漂亮話──」

「好，我懂了，我會幫你打探一下到底發生了什麼事。」

「謝謝，我只能信任妳了。」趁著沒人注意，白勝雪將我扯進懷裡，俯身彎腰，在我的額頭上輕啄一吻，少了衝動，少了技巧，少了激情，雖然只有短短半秒鐘不到，卻似乎包含最純粹的情意，酒窖裡所有酒加起來，也不比這更讓我心醉。

等回過神，白勝雪已經悄悄離開，找到他的介紹人，一起走向導演與製作人。

我立即拿出百分之兩百的幹勁，端著香檳，吃著點心，一派寫意的樣子，在人與人之間盤桓，先假裝是劇裡的演員，再自稱是某個高級轎車品牌的公關經理，最後甚至扮成導演的表妹……演技雖然一般，但有一身名牌加持，對方只消對我上下打量，之後便能無話不談。

沒有三十分鐘，我已瞭解事情的全貌：電影男主角是個流量偶像，因為跟女製作人有一腿，才能得到演出機會。導演欠女製作人幾百萬，對此事睜一隻眼閉一隻眼，副導演卻看不下去，直接帶走一半團隊。原本的女主角知道後，不惜違約拒演，還找到幕後金主爆料。金主立即認賠抽資，劇組停擺，這才趕緊舉辦酒會找錢……最後，也最重要的，這部科幻電影將全部以閩南語和客家語拍攝。

我把所有事情都告訴白勝雪，他臉上寫滿失望，還是不忘吻我的額頭道謝，隨後便去找他認識的幾個朋友告別，準備離開。

幫上大忙，我坐在吧檯開心啜飲紅酒，一個美豔高䠷的女人緩緩走向我，她也端著一杯紅酒，一身紅色晚禮服，雖有些暴露，卻把姣好的身材曲線展露無遺，尤其是那豐滿的臀部，又圓又翹，彷彿充了氣般飽滿結實。

「妳是勝雪的女朋友？」她說，滿口的酒氣。

「妳是名模倪珊珊！我從妳參加《名模大道》時就好喜歡妳喔！」迅速跳下椅子，「我剛剛聽說妳要出演這部電影，恭喜妳！可以跟妳合照嗎？——」

「回答我的問題：妳到底是不是勝雪的現任女友？」

「嗯……」女朋友？他沒說過。好朋友？但是我們都做了。炮友？也才做了一次而已……

「妳到底是不是？」

「算、算是吧。」我本不想亂說，但見她氣勢凌人的樣子，激得我不想示弱。

「算是……」她淡著臉，「……真敢說，那天我看到你們一起吃松露，立刻拍照去查，原來妳是星魚那個二流平台的直播主，每天捧著胸部、表演大胃王的十八線小模特兒。妳這種人，竟敢自稱是白勝雪的女朋友，哈哈哈，真是笑話！」

「妳——」我咬牙切齒。她一定是白勝雪的前任，特別來示威的，我非得要爭一口氣才甘心。「算了，其實我也真羨慕妳，還能這樣說笑，當白勝雪的女朋友也是很累的，我們每次上床都大戰一個小時以上，累得都笑不出來囉。」

「一個小時？」

「我還沒算前戲喔。」

「一個小時……哈哈、哈哈哈，哈哈哈哈！一個小時。笑死我了，真的是笑死我了，一個小時這種事也拿出來炫耀，哈哈哈哈哈！哈哈哈哈哈哈哈！」

「妳笑什麼！」難道她經歷過更長的時間？

「妳知道嗎？妳不知道吧……妳知道為什麼勝雪跟妳做了一個小時還不結束嗎？哈哈哈！因為他最討厭扁屁股，只要看到扁屁股，就會冷感！他不是太享受了才做那麼久，他是到不了高潮，射不出來啦！哈！哈哈哈！哈哈哈哈哈！……」

「騙人，勝雪一直很投入的，根本不像妳說的那樣！」

「是嗎……那他後來是不是帶妳去了健身房？呵呵呵，而且他是不是還特別要妳練深蹲？」

「……他……這……妳……」我不由得皺起臉。

「哈哈哈！說中了吧，我說中了！哈哈哈！算了算了，我才是真的羨慕妳啊，有勝雪這麼好的健身教練，不用三個月，妳就會有個跟我一樣的完美蜜桃臀了。」

「妳、妳也是……」

「我跟勝雪認識三年，又交往三年，我為他做了這麼多，我才配得上他。警告妳，快滾，他是我的。」

她瞪著我，像是想要我的命。

「妳在幹什麼！」白勝雪飛奔而來，拉過我的手，擋在我身前，「妳對我女朋友說了什麼！」

「勝雪，你說什麼？她真的是你的女朋友？」倪珊珊看見白勝雪堅定的眼神，宛如瞬間吃進一大口鹽，「你錯了！她只是在網路上賣騷的直播主，每天像豬一樣一直吃、一直吃，她是為了錢才跟你在一起的！她根本就配不上你！不配！我才是你的最愛，是我！」

詫異像雷電夾雜龍捲風轟下，心裡頓時亂成一片……聽到倪珊珊說健身的事，我確實感到非常尷尬丟臉。再聽到白勝雪說我是她的女朋友，心中又有幾分竊喜。最後，她竟直接點破我並不驕傲的職業，讓我無地自容……最後的最後，我心裡一直無法釐清的問題浮現——我之所以不敢向白勝雪說出實話、害怕被拒絕，到底是不是為了錢……

所有情緒揉合在一起，變成極度的自卑與羞愧，像是被砍了一刀，卻發現血液發出惡臭……深深的自我厭惡，驅使我甩開白勝雪的手，快步向外走去，奔跑，淚珠不停滾落，永遠不想回頭……

6／片場

2021
12.27
（一）

離開城隍廟之後，我還是難掩激動，藍秩雲便把青田號開到新竹市立動物園。

達達好開心，鑽過古老的青色大象雕塑門，一個勁往裡面衝，卻忘了戴鴨舌帽。藍秩雲喊著兒子一路追趕，繞著噴水池轉圈，令我也不禁好笑，買好票，掃了QR碼，包抄上去，這才幫達達戴好。

我們一起學河馬打哈欠，舉辦紅鶴單腳站立比賽，跟著紅毛猩猩吃香蕉，與孟加拉虎比肌肉，陪馬來熊睡午覺，還看了矮種馬、駱鹿、伊蘭羚羊……達達看過《天竺鼠車車》，在可愛動物區裡遇見天竺鼠本鼠，看得目不轉睛，我和藍秩雲便在一旁石椅坐了下來。

藍秩雲買了杯熱咖啡遞給我，說道：「到底是發生了什麼事？突然那麼激動？」

「對不起……」我拉下口罩，喝了一口，又苦又甜，「……我剛剛才發現，原來，早在我跟白勝雪見面之前的兩個月，他就已經計畫好要利用我了。」

「這、這麼早？」

「嗯……那時候我因為疲勞駕駛，撞上一台法拉利，那個司機就姓黎。我剛剛認出他了，他就是連司機的兒子。他說，那時他是偷開白勝雪的車。」

「他姓黎，不姓連……難道是跟媽媽姓？」

「應該是。我一直以為那個司機就是車主，之後也都是由保險公司跟我處理賠償的事，更沒機會發現。後來，白勝雪甚至還幫我解決了這件事……他一定早就調查過我了，絕對……」

「這麼說，白勝雪是故意接近妳，一邊安排妳去鉑宇當網路安全主管，一邊哄騙妳去偷蒙太奇α的原始程式……嗯……可是這麼極端的手法，只是為了鞏固他的總裁地位，風險也太大了吧？」

「你不知道，下載過盜版蒙太奇α使用的人，總共有多少……」我輕吐一口氣，感覺無比沉重，「……超過一萬人。」

「一萬！一萬個人都跟鉑宇協商和解了？」

「是的，除了你之外，所有人都和解了。」

「一萬人，一個人二十萬權利金，那就是……二十億！天啊，想不到還有這種賺錢方式……」

「沒錯，白勝雪一定是察覺這樣有利可圖，還能在董事會立威，所以才設下陷阱，利用我。」

「二十億……哇。但鉑宇市值兩千億吔，有這麼缺錢嗎？」

「這我不清楚，但是我知道，誰都可以簡單查出我大學入侵學校主機的事。那麼，他也肯定能夠知道，只要讓我進鉑宇上班，我絕對能偷出蒙太奇α的原始檔……可惡。」

「老婆，我有一個想法，要不要趁著我們的行跡還沒洩漏，主動出擊要求贖金。」

「啊？但是我要的不是錢——」

「不是要錢，而是要利用贖金，攪亂警方的偵查方向，增加成功的機率。」

「好、好主意……但、但是……」若事情敗露，豈不是又增加一項罪名。

藍秩雲像是讀懂了我的心，說：「沒關係，我來就可以了。」

「這……也好……」我鬆了一口氣，將白勝雪的號碼輸入他的手機。

「等到好時機，我立刻打過去，嗯……好像還可以用一招，如果把白勝雪家的電話公布，嗯……就選在電視台的民眾協尋網站好了，只要註明『24小時專線』，一定可以造成更大的混亂。」

「喔，好辦法。那可以用VPN加密網路流量，再繞經第三方，隱藏IP，就算是直接找電信公司調查，也得花好幾倍的時間才能查出來。」

藍秩雲直點頭，立刻照做……我看著他的一舉一動，那麼斬釘截鐵，令我感到佩服，他看著我，眼神中也透著一股激賞……就算在彼此都不誠實的情況下，默契也正在我們之間快速生成。

◇　◆　◇

離開動物園。按照既定計畫行動。

我開啟倪珊珊的IG，最新動態貼文是我的一張醜照，寫著：譴責黃曉艾，邪惡的綁架犯賤女人渣！滑開，看到她昨天上傳的幾張電影片場照片，有一面寫著「潁川堂」的匾額，遠方還有一根紅白色鋼架煙囪。兩個線索，足以讓我Google出她的位置，就在苗栗縣頭份市的蘆竹湳古厝。

青田號由國道1號南下，跟著導航，遠遠就看見三十幾公尺高的工業煙囪。下車步行，一棟棟古老的紅磚房，彷彿走入民初電視劇。我們三人樂得四處探險，路經一棵大榕樹，聞到三合院裡飄出飯菜香，看招牌，這裡竟是一間餐廳，到屋裡，圓桌與凳子，好幾個人正吃著一鍋客家大湯圓。藍秩雲買了幾個肉粽，順便詢問這兩天是否有人來拍電影？

一個老阿嬤說：「三、四天前就拍完了，說是要到銅鑼大院那邊繼續拍，追明星可以去那邊啦。」

經台13甲線和台72線，越過後龍溪，停妥車，走入青翠的油桐樹林，緩步向上，感到心曠神怡，不禁拿出肉粽野餐。糯米炒了干貝絲，香菇、菜脯、豆干、豆皮也很入味，還有脆脆的松阪豬肉，實在過癮。到達一處巨大三合院，白牆、青漆、紅磚瓦，飛簷襯著青山層疊向上，雄偉又別緻。現場卻只有兩個男人忙著收拾滿地的電線。藍秩雲上前詢問，自稱是倪珊珊的好朋友。

較年長的男人說：「這邊的戲早上已經拍完了喔，劇組在泰安竹林祕境那邊補兩個鏡頭，你們現在就去，應該還有機會能遇上珊珊。」

沿著後龍溪上山，狹窄小路讓青田號速度更慢，不過空氣很新鮮，彎彎拐拐，花了一個小時，終於到達烏嘎彥竹林，走進步道，成千上萬枝綠竹，從左右向天空聚攏，陰影與光亮間，青綠、嫩綠、墨綠、暗綠、森綠……變化多端，我們三人一下子看愣了，玩了半個小時才想到辦正事。

一路往前，遊客們卻堵著不動。兩個工作人員攔住去路，說是已經借了場地，每隔十五分鐘會放行，請大家見諒。果然遠遠就能聽見導演的喊聲，還隱約看得到一、二十個劇組人員與攝影機。

十分鐘後，工作人員讓開路。準備好手機和耳機，他快步向前，我則牽著達達的手，假裝打量片場裡的設備，緩步走在後面。藍秩雲走進演員休息區，找到身穿銀色緊身太空服的倪珊珊，立即攤開皮夾套，亮出玩具刑警徽章，表明要調查白昱達的綁架案。

藍秩雲說：「是白勝雪親自指名的，讓倪小姐妳來複驗他的證詞，妳所說的一切內容，絕對保密。」

倪珊珊一聽，隨即發出興奮的尖叫聲，指天畫地數落起我的不是：騷貨、賤女人、為了錢才接近白勝雪、虐待小孩、賣淫、吸毒、性病、殺人放火……，什麼莫名的指控都冒出來。

「請等一下，」藍秩雲與我都聽得很煩，「我想知道的是，據調查，妳與白勝雪認識的期間，正好是白昱達出生的時候。請問，妳那時有注意到，白昱達的媽媽可能是誰嗎？」

倪珊珊搖搖頭，說：「警官啊，我告訴你，勝雪他確實挺會玩的，可是他玩得非常謹慎，套子從來不離身，就連跟我交往的三年中也一次都沒忘，甚至還會隨身攜帶事後避孕藥呢。所以啊，突然有傳言說勝雪把酒店小姐肚子搞大，還跑出一個私生子，我也真的是嚇了一大跳。我認為，只有一種可能，勝雪可能是被哪個賤女人陷害，為了錢，所以才故意懷孕。」

「嘖！」我對著手機說：「那時候白勝雪又沒錢……可以說說白勝雪的叔叔。」

「嗯……」藍秩雲立刻說：「可是據我所知，白勝雪那時還沒被白家收養，又傳聞他爸爸是個賭鬼，哪裡有什麼錢呢？」

「勝雪從小在白家長大，白宇光這個獨子一死，誰都知道，接下來一定是輪到他繼承呀。難道，白董這麼老了，你還叫他自己再生一個啊？所以說啊，一定是哪個愛錢又無恥的賤女人在作怪。」

我大聲說：「說的不就是妳自己嗎！」

「咳，」藍秩雲被我震痛耳朵，「在白昱達出生那段時間，白勝雪身邊有哪些人最可疑呢？」

「可疑的人嘛……誰都有可能，只要是女的，每個人都查一查就對了。」

「喔，除了女人之外，那時候，白勝雪身邊還有什麼異狀嗎？」

「其他的異常嘛……嗯，好像還真的有吔……我記得，勝雪和白董的感情一直不錯，就算在白宇光死後，也沒有影響太多。不過啊，在白昱達出生之後，他和白董之間就有點尷尬了，聽說白董還常常生氣摔東西。為了這件事，勝雪也常找我喝酒，卻都沒有明說，但是我聽得出他話裡的意思。」

「聽出來什麼？」

「勝雪他說，白昱達不是他的親生兒子，那個孩子是白宇光的，是他哥哥的私生子！」

「啊！真的嗎？」我和藍秩雲瞬間叫出聲。「他真的這麼說的嗎？」

「他說得模模糊糊、片片段段，是我猜的啦……其實講這麼多，我想說的還是一樣，只要抓到黃曉艾，什麼問題都解決了嘛，那個不要臉的賤女人，簡直就是狐狸精……」

這個女人實在是為愛瘋狂，除了罵我，再問不出什麼線索。

我愈聽愈不爽，才轉頭要離開，一個臨時演員走過面前，與我互看了一眼。他的法令紋有點深，身穿銀色緊身太空服、手拿光劍武器，長相並不起眼，卻有一絲眼熟，但就是想不起來哪裡見過。調整口罩和鴨舌帽，拉上達達快步通過，忍不住再偷瞄一眼，他也正望著我們，臉上同樣寫滿困惑。

◇　◆　◇

藍秩雲開著青田號，說：「達達會是白宇光的兒子嗎？如果這是真的，那麼白董完全有可能要把公司傳給達達，而不是傳給白勝雪。白勝雪也完全有動機殺達達了。」

「我剛剛也是這麼想的，」難掩臉上的失望，「但是時間不對。白宇光墜機是在二〇一四的一月二十。達達的生日卻是在二〇一五年的一月五號，整整差了一整年，懷孕頂多十個月，誰有辦法撐這麼久不生。除非是……是人工受孕？」

「嗯……白宇光那時候才二十七歲，死得又突然。我不認為，他會沒事跑到精子銀行尻一發。」

「呵，尻一發……不過，你說的有道理。等等，之前連太太說：連先生因為達達母親的胎象不穩，在高雄待了兩個月才生。如果把這兩個月扣掉呢？」

「妳的意思是，達達其實一進醫院就生了……」藍秩雲頻頻點頭，「……如果是這樣，那時間就反過來，達達出生後在醫院待了兩個月，那白宇光就有可能是達達的爸爸……」

我接過話，說道：「……但這也有點不太合理，如果達達真的是白宇光的兒子，而白董又真的想把公司留給達達，那何必故意錯開日期呢？一錯開，兩個人反而沒關係了。」

「會不會是怕又一件私生子的新聞，會對公司經營有影響？」

「有可能，但嚴格來說，這可以說是『私生子』，也能夠說是『遺腹子』，反而會很動人吧？」

「這倒也是……」藍秩雲輕輕搖頭，「算了，這些都是假設，想破頭也沒用，只要去一趟高雄榮總調查，就什麼都能知道了。今天就先讓我們好好享受旅行吧……老婆。」尾音巧妙上揚。

「這……說得也是。」

「不不不，再說一次。」

「對啊，說的也是……老公。呵……」這個男人啊，總是懂得逗我發笑。

◇ ◆ ◇

夕陽斜照，青田號往山裡深入，海拔超過一千兩百公尺，到達一處廣闊的露營區，下車，站在山邊，無垠的天空與四周的山脈盡收眼底，金色的太陽慢慢落入翻騰的雲海之中，天空由藍變黃，由黃轉紅，紅中生紫，宛如墜入彩虹隧道，瞬息之間萬千變化，彷彿靈魂也能隨之昇華……

「呃——！呃——！呃——！」達達興奮得又跳又叫。

「真的……好美……」美得足以讓我忘卻煩憂，流下眼淚。

「這裡還是一樣漂亮。」藍秩雲說，貼心地轉過頭去，找營地老闆繳錢。

在園區淋浴間洗完熱水澡，晚餐蒸雞蛋，還有之前剩的厚燒餅，加上罐頭、水果、零食，達達配牛奶，我喝啤酒，藍秩雲泡即溶咖啡。才看了五分鐘夜景，三人就全被冷得躲進青田號裡。雖然時間還早，但我和達達已經等不及了，關了燈，躺在床板上，透過天窗看星星。

「老公……」我拉開毛毯，探出頭，「你還在工作嗎？」

「……」藍秩雲依然坐在駕駛座，筆電放在方向盤上，用著蒙太奇軟體剪接影片，看介面，應該是早先版本的蒙太奇8.0，剪接的是一個女性政治人物的宣傳片。他抬頭喝了一口咖啡，從鏡子裡看見我，忙拉下耳機轉過頭。「老婆，妳不舒服嗎？還是睡不著？」

「沒有，我很好。我只是想跟你說……謝謝你。雖然今天早上……」我經歷了痛苦的時刻，「但是今天下午，我玩得很開心。我已經很久沒有這樣……或許，這是我這輩子最開心的一天也說不定。」

「嗯！」達達笑著，也露出小臉蛋來，舉起小手表示同意。

「呵呵，這才第三天吔，照我們的計畫，可能要環島一圈，那不就有得你們玩了。」

「呵，我、我很期待……」說著，有點臉紅。

「嗯，快睡吧。」藍秩雲說，嘴角一笑，又戴上耳機工作。

我哄睡了達達，自己也沉沉睡去。夢中，我在黑暗的竹林中偷瞧，瞧見白勝雪和豹子哥低聲說話，聽不清，靠近一些，再近一些，不小心踩裂竹片發出聲響，倉皇轉身逃跑，一陣急促腳步聲立即跟來，我衝刺，腳步聲也飛奔，膽顫心驚之下闖進一道網中，被千萬根絲線纏繞住身體，忽然一隻手猛地搭上我的肩頭，轉身就看見一張猥褻的臉……風中凌阿斯……

「老公！」猛地坐起身，「老公，我被發現了！那個風中凌阿斯是、是個演員，我、我在竹林被他認出來了！」

忙往駕駛座望去，卻不見藍秩雲。隱隱約約聽見外頭傳來說話聲，忙拉開窗簾，深夜裡，藍秩雲正縮著身體講手機。我打開後車廂門，寒冷的空氣立刻灌進來，藍秩雲的聲音也流進耳中……

「……都處理好了，陳醫師，你沒事了，我保證影片絕對不會外流……」他說，車門推到底時碰了一下，他猛地回頭，迅速切斷通話，「……老婆，妳怎麼醒了，發生什麼事了嗎？」

「老公，我被發現了！我在竹林隧道那裡遇到風中凌阿斯，就是牛排店的那個變態，他、他是個演員，他一定是白勝雪雇來演戲騙我的，白勝雪一定是跟我的經紀人豹子哥串通好，故意找我去參加飯局！老公，我覺得他好像認出我了，而且他還有看見達達，怎麼辦？」

「沒事的，我馬上打勒索電話，一定能把他們引導到錯誤的方向。」藍秩雲立刻撥打白勝雪的手機號碼，刻意壓低聲音，要求千萬贖金，交付地點就在基隆……

稍稍安心之餘，我難以控制自己的思緒：藍秩雲說的話、他的行為，實在有夠可疑……

7／驚喜

2020
03.30
（一）

我離開酒窖後，或許，是因為倪珊珊對吃播的一番評論……又或許，是我不願意將這短暫的戀愛完全否定……還有一種可能，我內心的角落依然抱有一絲幻想……所以，我沒有停止健身。

疫情影響，我沒敢去健身房，便清空徐立莉的房間，添購健身椅和整組啞鈴，還裝了門框單槓，身穿小可愛和緊身褲，每天直播胸推、深蹲、飛鳥、划船，不時發生意外，槓片砸裂磁磚、仰臥起坐時放屁、單槓脫落敲到頭……性感又有笑料，十分受到歡迎。直播間裡不停刷愛心、刷女超人、刷啞鈴、刷屁屁，比以往多賺一倍，不僅搞定房租，也能把我的二手轎車修理好。

剛開始，白勝雪每天給我打電話，我不接。接著，直播間裡多了一個常客，叫做「我的男朋友」，每天報到，只為刷一朵價值十五元的小鬱金香。然後我就必須說：「謝謝『我的男朋友』送我的鬱金香。」我知道是他，很煩，卻也有一點點甜……

這天，一代喜劇大師志村健因疫情離世，電視新聞裡都在哀悼。豹子哥則召集了星魚直播旗下所有經紀人和藝人，三、四百個人在大會議室裡集合，完全沒把政府規定的社交距離當回事。十分鐘後，董事長彪哥親臨，還領著豹子哥和其他高級幹部。全場熱烈掌聲歡迎。

彪哥生得高大魁梧、肌肉鼓脹，暗黃的臉上還有道黑青色刀疤，同樣泛黃的眼睛犀利卻內斂，顧盼間猶如帶著金光，就像隻陰沉的猛虎。他現年五十歲，還是天天鍛鍊，只是歲月讓他累積了一個又大又圓的肚腩，將一身阿曼尼西裝撐得變形。

彪哥大手一揮，指著大螢幕上的ＰＰＴ，好幾道向上的箭頭，顯示星魚直播的後台數據不斷攀升，APP下載超過一億次，加值會員突破兩千五百萬人，月活躍用戶數達到三百萬……三分之一都是在疫情爆發後才開始增長。有鑑於此，彪哥提出一連串活動企劃：直播串門子、搞笑訪談、選美大賽、歌唱大會、泳衣走秀……，誰表現得最好，就有機會獲得最高五十萬的額外獎金。

最後，彪哥大吼宣布：「二〇二〇年！就是網路直播超越巔峰的新元年啦——！」

「董事長英明！」全場歡聲、掌聲如雷！

散會後，忽然有人叫住我。

「艾兒波波姐！等我一下。」

「啊？」我一回頭，「是你啊，盧小鴿鴿。不要叫我姐啦，你不是還大我一歲嗎？」

「妳比我早進星魚，是我的前輩，當然要叫妳姐啊。而且，我看起來比妳年輕多了。」

「你嘴真的很賤吔，虧你長得這麼陽光。」我說。盧小鴿鴿本名盧逍，星魚少數的男性直播主。

他說：「沒有我這張嘴，哪裡能月入二十萬，還能到《大學生駕到》當助理主持人呢。」

「你真的得到那份工作了！天啊！你好厲害！」

「哈哈哈！還好啦。」他鼻子都翹起來了，「所以說啊，我想練習一下主持，參加剛剛說的搞笑訪談，想要訪問妳和立莉姐，妳們是同學，一定很有話聊。」

「我們也不算同學啦，她是研究所的，我是大學部，科系也——」

「那不是重點，主要是妳們一個身高一七三，一個才一五五，卻都是C罩杯，妳們一起被我訪問，聊一些校園生活和姊妹淘的話題，再講一點來台北奮鬥的故事，畫面一定很讚。」
「我是沒問題，但是我好久都沒跟立莉聯絡上了，你要是能把她找來，我就跟她一起接受訪問。」
「怎麼會？我昨天才跟立莉姐聊過天吔。」
「真的假的！她、她還好嗎？」
「應該還好吧。我昨天跟她聊了兩句，她說有點疲勞，要休養幾個星期。我猜，過一陣子就會回來了吧，畢竟好多工作都在等她呢。」
「聊了兩句？你們是打字聊的嗎？」
「對啊，我本來想通話，但是她沒接，說是喉嚨不舒服。」
「小矮子！」豹子哥喊著我，走進會議室，梳著油頭，穿著招牌的豹紋襯衫，往我身邊一站，渾身古龍水味。「妳最近健身直播搞得不錯，這次一連串的活動，妳有沒有什麼想法，看是要新添一些設備，還是叫健身房那邊派兩個教練過來，也是可以的喔。」
盧逍嘴角一抽，拉尖聲音說：「豹子哥啊，平時你當波波姐的經紀人，不都是放養的嗎？上次換臉A片的事你都不在乎，還是彪哥指示才去處理……怎麼，人家現在表現得好，就忙著來沾光啊？」
「有意見嗎？」豹子哥立時拉下臉。
「沒有啦……只是，之前小蔡當經紀人的時候，可比你主動多了。是吧？前輩？」
我愣了一下，嗯嗯啊啊，不敢正面回答。小蔡是個非常認真的經紀人，可惜他簽下我之後，沒兩個月就被開除了，否則我一定會發展得更好。
「哼，」他冷眼看著盧逍，「不要以為你是鳶哥的搖錢樹，就給我擺出那張陰陽怪氣的嘴臉，鳶哥再能幹，也是瀧哥和彪哥的結拜小弟。你在我面前，狗都不是，我根本不吃你那套。」
「豹、豹子哥，你有立莉的消息嗎？」我說，眼看盧逍嘴角抽搐，豹子哥滿是紅斑的臉上更是殺氣蒸騰，趕忙站到兩人中間，「我們剛才聊到，盧小鴿鴿想找我和立莉合作呢。」

「哼，」豹子哥死瞪盧逍一眼，「徐立莉她不能參加啦，她不是去環遊世界，早跟公司解約了。」

「啊？」我和盧逍一起說道：「是真的嗎？」

「當然是真的，你們沒看到她的ＩＧ嗎？」

「ＩＧ？」我說：「立莉的ＩＧ不是很久沒更新了嗎？」

三人都拿出手機。我找到立莉的ＩＧ主頁，這才發現不是沒更新，而是一則貼文都沒有。豹子打開同樣的頁面，卻充斥著世界各地的美麗照片，泰姬馬哈陵、吳哥窟、仰光大金寺……。盧逍沒加徐立莉的ＩＧ，搜尋了一下，與豹子手機裡看到的一樣。

「波波姐，妳該不會被封鎖了吧？」盧逍故作驚訝，一臉看好戲的表情。

「怎麼、怎麼立莉只封鎖我？我傳訊息她也都已讀不回？到、到底是怎麼回事？」

「呃……」豹子眉頭一皺，「我怎麼知道，妳去問火雞吧。」

「火雞哥？」盧逍一臉疑惑，「火雞哥是我的經紀人，問他有什麼用，要問也應該要直接問立莉姐，或是問她的經紀人才對吧？」

「呃……因為……她的經紀人跟火雞很熟，問不到徐立莉，那問火雞有什麼不對？呿！」豹子哥強行結束談話，「小矮子，有什麼需要就說，我還有事，先走了。」

豹子哥立時轉頭，邊打手機邊離開。盧逍見找不到徐立莉，也沒有找我繼續合作的意思，隨便哈拉兩句就抽身，留下我一個人……

……留下我一個人，沒有愛情，也沒有友情，不禁吐出好長一口氣，紅了眼眶。

2020
03.31
（二）

隔了一天，我一個人開車到吉林路吃乾炒鱔魚意麵，另外點了虱目魚肚湯和蝦捲，沒有直播，也沒有發限時動態。味道是那個味道，但終究不是身在家鄉，不知不覺之間，打了一通電話回台南。

「曉艾啊，吃飽了沒？」媽媽說。

我說：「吃飽了啦。媽，妳吃飽了嗎？——」

「吃飽了、吃飽了。妳最近好不好啊？我跟妳說，這個疫情很嚴重，妳沒事就待在家裡，千萬不要隨便出門，要是被傳染到喔，妳就糟糕了喔。」

「有啦，我都在家裡直播啊。」

「有有有，我有看到妳的直播，這樣很好啦，沒事就在家裡做運動，比之前一直吃東西好多了，身體健康還能賺錢，沒有比這樣更好的了啦。」

「我匯回去的錢妳都有收到嗎？」

「收到了、收到了……」媽媽似乎走到了屋外，還刻意壓低聲音，「……下次不要寄這麼多，妳一個人在台北生活不容易，要留一點錢在身邊，免得有急用。」

「我哪會有什麼急用啊……」說著，手機傳來簡訊，我瞥了一眼，是保險公司的趙顧問，詢問我有沒有時間見面。「……沒事，我現在收入很好，公司也很看重，沒問題的。妳說話怎麼怪怪的？」

「唉……是妳爸爸啦，去年父親節，妳不是寄給他一台平板電腦嗎？不知道是誰介紹的，他現在迷上玩撲克牌，已經花了不少錢。所以說，妳少寄一些錢回來——」

「爸又去賭了？」

「是還沒有到賭的地步啦，就是玩遊戲，什麼『德國撲卡』，每個禮拜都要存個幾百塊進去……」

「妳說德州撲克啊？那個應該還好啦，線上遊戲，打發時間也不錯。」

「唉……我就怕他再這樣玩下去，癮頭又要犯了。想到之前喔，妳好不容易考上這麼好的大學，就是因為妳爸爸愛賭，連妳的學費和生活費都付不出來，害得妳出那樣的事……唉，實在是……」

「沒事啦，我現在也很好啊，聽說大學畢業之後工作更難找，還不如像我，早一點出來卡位。」

「唉……妳啊，唉……妳爸爸他呀……」

「爸玩德州撲克的事，我這個星期六回去的時候再跟他說，妳不要太擔心。要是他真的戒不了，妳女兒我可是程式高手，也有辦法對付他。」

「妳星期六要回來幹什麼？」

「不就是清明節，要回去掃墓嗎？」

「唉呀，妳千萬不要回來！我沒跟妳說過嗎？張烏鴉回台南了，他三不五時還會來家裡問妳的消息，到現在還想著妳呢。好不容易賣田賣地，把妳爸欠下的賭債都還了，千萬不能再生出別的事。」

「這……」我實在急需一點親情溫暖。「可是，我好久都沒跟你們見面了吔。」

「先不要、先不要，先等疫情過了之後再說吧……妳爸爸好像剛睡起來，我叫他來聽。」

「好吧。等等，還是算了，他剛睡醒的時候最難溝通，我下次打來再找他聊天吧。媽，上次寄回去的維他命妳有沒有——」又一則訊息打斷我們。

「妳先去忙吧，去忙，工作重要，不要耽誤到人家的時間。三餐要吃，但是不要吃太多啊，要小心不要生病，要好好睡覺，知道嗎？」

「知道啦。」

「那就這樣，我要繼續煮飯了，再見啦。」

「再見……等等，妳剛剛不是說吃飽了嗎？——」

媽媽已經掛斷電話。我有些依依不捨，愣了許久才想到看簡訊。還是保險公司的趙顧問，直接約我下午見面。我回訊沒問題。吃完飯就出發。

◇　◆　◇

開車到保險公司，櫃檯小姐請我在沙發區稍坐，隨後便叫出趙顧問。

我搓著手，連忙站起身，說：「趙顧問，是分期出了什麼問題嗎？怎麼這麼著急找我過來？」

「沒事的，黃小姐，特別請您過來，是要給您這個。」趙顧問向我作揖，並遞上一張支票與幾張文件，「這是您之前賠償黎先生的所有金額。」

「怎、怎麼……發生什麼事了嗎？」

「有人向我們提供新的證據，證明當初發生車禍之前，黎先生喝了酒。只是車禍當下，事發原因太明顯，您也立刻認罪，因而沒做酒測，這才誤判了肇事責任。現在有這份證據，我們保險公司就不理賠給黎先生了。所以呀，已經跟您收的錢，也必須全數退還。」

「怎麼有這麼好的事？」我眼睛睜得老大，「你說的是什麼樣的證據？」

「是蔚藍酒吧的調酒師。黎先生在酒吧裡喝了兩杯調酒和四、五杯烈酒，就在事發的前二十分鐘。不用酒測，也能確認他的酒精濃度絕對超標。」

「蔚藍酒吧？那裡離事發地點有距離吔，時間也過了好一陣子，怎麼會特別跑來作證？」

「當然不是特別跑來的，是有人找來的。」

「有人？是誰？」

「一個月前，有人來公司探聽您與黎先生的車禍，我那時候還沒在意。想不到就在上個禮拜，他跑遍了台北市的酒吧蒐證，終於找到關鍵證人。黃小姐，您可真是幸福，有個這麼體貼認真的男朋友。」

「是……是白勝雪？」

「正是白先生。」趙顧問微笑看著我，彷彿站在他眼前的，是這世上最值得羨慕的女人。「當然啦，拿支票之前，還有一些文件需要您簽名，這樣我這邊才能結案，請坐……」

他還在說，我卻已沒在聽，只覺得有股暖流，涓涓進入心底。

8／竊聽

2021 12.28（二）

「老公……你怎麼了？」我說。從起床開始，藍秩雲就恍恍惚惚，不時還會敲敲腦袋，像是初遇那時的低落狀態又發作了。「是晚上熬夜太累了嗎？」

「……」他似乎沒聽到，動都不動。

「嗯……還是……我出去散散步好了。」

「……」他依舊一句話也不回答。

我逕自下了車，找到正在逗弄甲蟲的達達，山上多霧，日出隱隱約約，並不如想像中好看……偷偷往回望，看見藍秩雲緩緩移動到駕駛座，從車門置物籃裡拿藥，就著礦泉水吞下……沒有五分鐘，藍秩雲從窗戶探出頭，已變得神采奕奕，聲音也異常宏亮。

「我們快出發吧，下一站，台中吃早餐！」

開著青田號繼續往山裡前進，道路細窄，茂密的樹林不停擦碰車側。每當以為沒路可走，卻總是峰迴路轉，有時開闊起來，進入一片蒼翠祕境，有時還能看見碧藍的大安溪，走走停停，飽覽山光水色……中途藍秩雲一時興起，讓我也學著駕駛青田號，我從沒開過這麼大的車，插入老舊的鑰匙，握著方向盤，一路險象環生，尖叫不止，他和達達卻是哈哈大笑……

花了兩個半小時，終於到達台中，藍秩雲帶我們去一家五十年歷史的大麵羹店面，黃澄澄的麵條又粗又嫩，熱騰騰的，入口滑溜，搭配韭菜與紅蔥酥，香氣撲鼻，還有一股難以言喻的鹼水味道，第一口有些不習慣，卻會一匙接一匙，愈吃愈上癮。抬頭，藍秩雲和達達都是一臉為難的表情。

「哈哈哈，你們別勉強了啦，兒子，你先吃這個碗粿配炸豆腐和蝦捲，我再多點一份。」

「不，這很好吃，我要吃。」藍秩雲皺著眉，愈吃愈大口，把達達那碗也吃完了。

餐廳的電視轉到新聞台，我與達達的照片又出現了。我連忙伸手，幫自己與達達壓低鴨舌帽。

畫面裡，朱志城警官一腳已經踏進轎車，卻被諸多記者包圍阻攔，一臉的不耐煩：

「……確實，昨晚有位男性，打電話到白勝雪總裁的手機，要求在六小時內，支付一千七百萬元的贖金，並指定交付地點在基隆的碧砂漁港，對方用的是易付卡電話，無法輕易追蹤。八小時後，一艘漁船上岸拿走現金皮箱，基隆警方聯合海岸巡防隊一同追擊，已將對方逮捕，並查到四百箱走私香菸，經過連夜審訊，研判該名犯人應與綁架案無關。」

另一名記者說：「據說白總裁家裡昨天收到超過兩百通惡作劇電話，給警方帶來困擾，是真的嗎？」

「是真的……但，你怎麼知道的？」朱志城瞇起眼睛，看向那名記者。

「呃……據說的嘛，大家都知道……」他說，看向其他記者。一片噤聲。

「哼，還請各位媒體收斂一點吧。」朱志城上車，關門，降下車窗，「目前唯一能透露的就是，不排除黃曉艾有共犯。」踩下油門，離開。

◇◆◇

出了店外，我不禁吁了口氣，輕聲說：「太巧了，本來只是虛晃一招，想不到會有人去拿，還是個走私犯。這麼一鬧，就算淩阿斯真的認出我，通報了警方，短時間內也不會被處理。」

藍秩雲點點頭說：「是啊，想不到會有這麼意料之外的收穫，而且，妳不覺得那個朱志城警官很有趣嗎？竟然叫媒體收斂一點吔。」

「會有趣嗎？我倒是覺得他一臉大義凜然的樣子，一看就很難對付。」

「嗯，確實也有那種感覺。反正他愈是謹慎，我們的時間就能更加充裕了。老婆，妳下一個要找的人是在台中的哪一區？」

「呃，我也不清楚，只知道她姓薛，三年前，白董聘請她當達達的家教老師，只教了一年，曾經在國立自然科學博物館當過研究員，跑這一趟，只是要先問出她的個人資料。」

「三年前？達達不到三歲就請了家教老師啊，看來白家很認真要栽培這個孩子呢。」

「我是聽蘇特助說才知道，達達出生沒三個月就會說話，兩歲時，他所表現出的記憶力就遠超一般同齡人，幾乎有十幾歲學童的水平，是非常難得一見的天才，所以白董才特別栽培。」

「那……那現在怎麼會變成這樣？」他低頭望。達達看看他，又看看我，露出一臉憨笑。

「聽蘇特助說，就在達達快四歲的時候，白家別墅二樓的柵欄門沒關好，他玩得太開心，從大理石旋轉樓梯滾下來，敲到頭好幾下，之後就變這樣了。」

「是白勝雪做的嗎？」

「從之後發生的事情來看，恐怕就是他。只要找到這位薛小姐，就可以從側面了解，達達身上到底發生了什麼事。」

到達國立自然科學博物館，才買票進入，立刻有突發狀況：藍秩雲吃壞肚子，十分鐘跑了兩次廁所。而達達一手拉著我，一手指著生命科學廳裡的恐龍，蹦蹦跳跳、啊啊亂叫，表達出強烈的欲望。

第三次出廁所，藍秩雲喘著氣，累得像是剛跑完三十公里馬拉松。

我說：「老公，你沒事吧？」

「看來……剛剛真的不該吃這麼多……感覺沒有個一、兩小時，可能沒辦法離開……」藍秩雲挾緊臀部，又要撐不住了。「不好意思……沒有我，就沒辦法去探聽消息了……」

「別這麼說，還是你的身體要緊。我看達達也一副很想玩的樣子，不如你先在這裡休息一下，好好拉個乾淨。真的受不了，你就打手機給我，我們再一起去看醫生。」

「好……這樣……也好……」

遞還藍秩雲的包包，我拉著達達進會場，才轉彎，立刻戴上無線耳機，拿出手機，傳了一封簡訊給他：你慢慢來喔。其實，我剛剛已在他手機裡安裝了我研發的竊聽程式，經簡訊啟動，稍等十秒鐘後訊號回傳，藍秩雲身邊所有聲音傳進我的耳朵裡，雖隔著背包，有點悶悶的，聽著還算清楚。

不斷震動，又快又急的腳步聲，藍秩雲果然沒有繼續跑廁所，而是一路向館外飛奔，招了計程車，跟司機說：「到台中市議會。」

「台、台中市議會？」我忍不住複誦一次，好確認是否聽錯了。

計程車一路前進……達達滿場跑動看大恐龍、始祖鳥、昆蟲、蝙蝠，還有動物標本與超大的古象化石複製品……十分鐘後，計程車到達目的地，藍秩雲讓司機繼續跳錶，快速下車，跑上樓梯。

一男子要求量額溫，噴酒精，實名制。藍秩雲一番操作之後，繼續向前走。又一個女子的聲音，詢問他是要洽公還是訪客？藍秩雲說：我與范姜議員有約。等了一會，有個男人前來招呼，帶著藍秩雲搭電梯，左彎右拐，終於停了下來。男人說：這是范姜議員的研究室，請稍坐。藍秩雲應了一聲，隨即有人端來茶水。沒過兩分鐘，響亮的高跟鞋腳步聲進入，門板也被關上。

「藍先生，終於見到你本人了，幸會幸會。」一個爽朗的女人聲音。兩人身體振動，像是握了手。「請坐，我怎麼也想不到，當初不過是拍一個小小的競選廣告，竟然會遇到藍先生這樣的人才，一張照片，就能夠拉下吳添富那個老東西，呵呵，我忘了，你說那是什麼高科技來著？」

「不過就是一點影像處理技術，最主要還是一開始拍片用的是4K UHD，收音和畫質都很好。」

「那也得要你細心才行。不過是一個網紅的突襲訪談，竟然能發現他桌上有一份買樁名單，出動檢調一把抓，他到現在還撇不乾淨，明年也沒望了。哈哈哈，現在想起來還是很過癮啊！」

議員？影像技術？抓人？我忍不住低聲驚嘆：天啊！現在到底是什麼情況？

「嗯……」范姜議員安靜了幾秒，「……看你有些趕時間，那就不敘舊了，直接進主題吧。藍先生這次主動提出見面，是又有什麼重磅消息要提供給我嗎？」

「是的。不過，我這次可能要向妳收取一點報酬。」

「哈，是為了你哥哥藍秩雲的事吧，」她稍微停頓，「不需要那麼驚訝，雖然我們沒見過面，但是基本的身家調查總是必須的。」

我在暴龍面前張大了嘴巴。藍學峰是藍秩雲的弟弟？

「確實。」藍秩雲說。

「沒有問題，無論是一千七百萬，還是你要我動用關係，透過銀行對鉑宇施壓，這兩個我都辦得到。前提是，這次的東西要真的猛才行。」

「放心，絕對能夠讓妳滿意，不好意思，我拿一下我的平板，給妳先看一段影片。」

一陣拉鍊聲打開了背包，聲音變得更加清晰。范姜議員似乎接過了平板，隨即聽見電腦音響裡放出一段交談聲，推估影片裡面的人不少，導演、化妝師、兩個助理，還有范姜議員宏亮的聲音。

「這……這就是這裡，這拍的是我的研究室。」范姜議員說。

藍秩雲說：「是的，妳請慢慢看。」

影片裡，眾人七嘴八舌一陣之後，范姜議員開始念一些有關防疫的政令宣導台詞，念沒兩句，傳來一陣手機的響音，范姜議員接聽後說了兩句，她的特助便以臨時公務為由，請所有人離場，並不忘讓導演關閉攝影機。導演答應一聲之後，現場的聲音卻沒有停止。

范姜議員的聲音突然變得輕柔恭敬，「請問出了什麼事？」「我已經確確實實交待下去──」「昨天？我不知道……」「但是港務局的朱主任他都……」「好、好……我很抱歉。」「那基隆港呢？……我丈夫在基隆還有點影響力……」「好、好，我現在就給他打電話，明天跟您回報……」

按入一串號碼，不一會，范姜議員的聲音又強硬起來，「我找你們曹課長。」「曹課長，有幾箱手機和幾塊冰要送過去，你把可以的時間傳給我……什麼叫管得嚴？」「我說現在！」「好，很好……」似乎已切斷通話，范姜議員嘆了好長一口氣，「……可惡……把他們都叫進來。」播放到此結束。

范姜議員聲音緊繃，「藍先生，你這是什麼意思？」

「這部影片拍攝的日期正好是在半年前，六月二十八號。當天，除了主要的攝影機，還有一台數位相機在側錄，是要當作幕後花絮用的素材，導演忘了，所有工作人員也忘了，最後感謝妳的指名，把所有影片都交到我的手上，由我進行剪接。」

「這影片只是些片段，沒有任何用處──」

「依照妳的發言，拍攝當天的前一天，六月二十七號，台中港查獲了十箱非法輸入的iPhone手機，共一千四百支，市價三千萬，並牽連了港務局的一位朱主任，他試圖放水通關卻被舉報，已經判刑。還有，妳的丈夫是基隆市的立法委員，他之所以被槍擊，不就是因為牽扯到黑道在航運業的利益。」

「你沒有任何證據，說這些都沒有意義──」

「我不需要證據，只需要輿論。雖然新聞不大，但是基隆港務局的曹課長因為攜帶毒品，已經在半個月前被逮捕了。」

「你……」

「這些資訊綜合起來，我有信心做出以下推論……」藍秩雲的聲音鏗鏘有力，「范姜議員，妳與妳的丈夫，已經受到控制，先後利用立法委員與議員的職權，施壓台中與基隆港務局，協助某個黑道勢力走私手機與毒品，並收取相當分量的利益。」

「我們沒有收錢！我們是被威脅的！要是我們真的收了好處，我丈夫怎麼會被開槍打得半身不遂！我們是被逼的！被逼的！」范姜議員失控大吼。

「很好，這樣就好。」

「什、什麼意思？」

「其實，對於在背後操控的黑道組織是誰，我心裡大概有底。現在只差一些東西，一些詳細的情報，我就可以執行一項計畫，幫妳對付他們。」

「什麼——？」范姜議員與我同時喊出聲。

「范姜議員，我要妳……嘟……立刻……嘟……之後……嘟……嘟……嘟……」

藍秩雲的手機定是快要沒電，導致訊號不良，一直傳來雜音干擾，讓我不得不拿下耳機。

……天啊！人家是政治世家，他們都對付不了的黑道，藍秩雲一個小小的影片剪輯師，怎麼能夠對付？……但是，藍秩雲現在是在幫我，我實在不該懷疑他。等等，他該不會像白勝雪一樣，根本是在利用我吧？他要害我嗎？會嗎？不，害我很簡單，一通報警電話，不僅能害死我，他還能立刻變成舉報的大英雄……所以不可能……他一定有其他目的……什麼目的？

不知不覺又過去二三十分鐘，我已走完整個展場，抬起頭，就看見達達蹦蹦跳跳往回走，打算從頭再看一次……忽地砰一聲，一個工作人員沒注意，推車差點撞到達達，翻倒了推車上一個壓克力箱，箱裡許多寫著數字的乒乓球灑了一地，四處彈跳，其他看展的爸爸媽媽和小朋友們都來幫忙撿拾。我趕忙上前拉住達達的手，想帶他離開展廳。

「達達？」身後一個女人的聲音喊道。

我下意識地回過頭，瞥了一眼，那人生得一張順眼的方臉，正是薛小姐。天啊！她不是辭職了嗎？

薛小姐快步向我們走來，又大聲說：「達達，是、是你嗎？」

達達拉了拉口罩，看向我。我也看向達達，臉部表情緊繃到了極點……裝？還是不裝？跑？還是不跑？拚？還是不拚？……腦袋不停思考各種可能，心裡卻是半點拿不定主意，兩腿不禁發顫……

「姆……姆……」達達突然大聲說：「媽、媽媽——！」

我嚇一跳，好幾秒才反應過來，說：「啊，兒、兒子，快，快幫忙撿乾淨，來，一起來……」

達達點點頭，立刻蹲在地上撿球，我也趕緊蹲下幫忙。眼角餘光中，看見薛小姐的腳步緩了不少，卻朝著我們不斷搖頭擺腦，想要看得更清楚。

「老婆！」展場那一端，熟悉的聲音喊著，是藍秩雲。「兒子他又闖禍了啊？」

我說：「沒、沒有，是在幫忙啦，老公，快來一起幫忙啊！」

藍秩雲答應一聲，飛奔過來，我們一家三口齊聚，一起蹲在地上撿乒乓球，撿了好一會兒，有人突然拍我肩膀，差點按停我的心臟。原來是工作人員前來致謝，瞬間靈魂歸位，四下打量，薛小姐已走遠，遲疑地又回了一次頭，離開了展場。

就像大野狼離開之後，餘下三隻小豬趴在地上，先是面面相覷，吁出一大口氣，接著便呵呵輕笑起來，愈笑愈歡，變成哈哈大笑，搥地踢腳，就差沒有滿地打滾了。

9／姆姆

2020 04.03（五）

保險公司結清帳項之後三天，我的直播間再沒收到過鬱金香。

今天，我穿上艾莎公主禮服，提早推出兒童節特別節目：兩個小時的《冰雪奇緣》芭蕾有氧健身操。汗水將美麗的造型毀壞殆盡，觀眾不停給我刷大雨天、刷鴨子划水、刷天鵝湖……跳完最後一個節拍，腳差點抽筋。留言區除了笑聲，也為我響起掌聲，準備關閉鏡頭那一刻，他還是來了，卻不是一朵鬱金香——

雪白的蒲公英忽然由螢幕的邊緣冒出，轉瞬蔓延成為一片花海，輕輕搖曳、漾成波浪，宛如仙境，忽然一陣風，揚起無數細小花瓣，圍繞我，彷彿煙，彷彿雲，彷彿飛霜，令人感到心中微涼。

「謝、謝謝……謝謝『我的男朋友』送的傳奇禮物……蒲公英花海……謝謝，那今天的直播就到這裡結束了……謝謝……再見……」

才退出程式，通訊軟體隨即傳來訊息：

明天早上，可以陪我爬山嗎？

已過了一個半月，而且明明是我自己在鬧彆扭，他還願意這樣幫我、哄我、寵我……而他的要求，只是短短一個上午的時間。讓我羞愧，也心疼。我回覆：

好。

2020 04.04（六）

早上，白勝雪開著一台豐田Altis來接我。他替我開門，我便坐進去，那麼自然順暢，就像以前一起出行的日子。汽車不斷前進，不知道是過去了十分鐘，還是十個世紀，我們依然無語。

「會悶嗎？」白勝雪開著車，微笑著看了我一眼。

「……」這氣氛是真的有點悶。

「冷氣要不要強一些？這台車很久沒開，怕冷媒不冷。」他伸手幫我調整，碰到音量鈕。

「我自己來。」我說，調低了兩度，「嗯……汽車冷媒差不多一年會自動消耗百分之五，你這台車買幾年了？」

「這台車是二〇一四年買的，我大學剛畢業，一邊讀研究所，一邊加入了鉑宇公司，那時我是業務，每天都得開車四處跑，一開始我是開我哥的車，但是他那時已經是總裁，賓士、寶馬，對我一個剛出社會的新鮮人來說，實在太醒目了，所以就存了幾個月的薪水，買了這台車。記得交車那天，我實在開心極了，立刻殺到鵝鑾鼻看燈塔呢。」

「從台北直接殺到屏東？中間都沒停？」

「是啊，都沒停。我還會刻意安排見各地客戶的時間，像連連看一樣，三個月就環島了五次。」

「三個月五次？怎麼這麼瘋！」

「呵，現在想起來是有點瘋，但是我那時候不覺得，只覺得自由。」

「自由……對，我貸款買了二手車那天，也有這種感覺。不過我沒有時間環島，只繞了台北市一圈，還跟學姊跑去淡水，看了一場汽車電影。」

「呵，那妳真的跟我很像。看了什麼電影？等等，我猜一下，是不是《不能說的祕密》？」
「你怎麼知道？」
「那部是周杰倫在淡江中學拍的，有超多淡水與北海岸的風景，用膝蓋想也知道。」
「哈哈，你太神了……」
我們聊電影，聊去KTV唱的歌，聊討厭的老師，聊最白痴的惡作劇，聊我們最為難的一次道歉……我這才察覺，原來，白勝雪跟我也沒什麼區別，同樣努力、同樣認真、同樣有一點小瘋狂……

◇　◆　◇

上濱海公路，轉進山區，彷彿一眨眼功夫就已到達目的地——石門茶山步道。
山上剛飄過雨，清新的陽光灑下，天氣溫涼適中。但是我從小不喜歡爬山，太累太喘，再好的風景也沒心情看，更願意留在車裡繼續聊，卻見白勝雪眼中帶著一股堅持，只好隨著他下車。
開始是條石磚道，兩旁的綠樹不高，交錯出隨興愜意的景色。緩緩上坡，一小片茶樹排列整齊，宛如枯山水的一隅。向前走，風吹竹林發出嘎嘎低響，踩著沙沙落葉，伴著鳥叫蟲鳴，彷彿進了自然的演奏廳。山勢持續向上，木棧道，石階梯，還有一座古樸的木製涼亭，我們不需要休息，繼續往上。站在高處回頭望，來時的樹林與茶樹層層遞退，宛如一窪巨大的綠色漏斗，美不勝收……再走上一段陡坡，眼前出現一片平坦草皮，還帶著些許造景。
白勝雪說：「已經攻頂了喔。」
「什麼？這麼快就結束了，怎麼會這樣子？我還想再爬吔！一樣的路程再來個三趟都沒問題！」
「呵，那太好了，」他看向我，微笑的眼神帶著溫柔，還有歉意，「那是妳的體力進步了。我都有看妳直播健身，妳的姿勢很標準。」

「是啊，我的身材確實有改善……」我心裡一沉。想起倪珊珊說過，白勝雪最不喜歡扁屁股。

「身材只是附屬的好處，最大的目標是增強體力，經過兩個月的鍛鍊，妳現在已經跟以前不一樣了，爬了一公里的坡，喘都不喘。」

「這……真的吔。所以，你教我健身，到底是……倪珊珊她說……她說……」

「我不知道她到底說了什麼，」白勝雪搔搔鼻子，「但是我知道，我們第一次恩愛之後，妳全身上下一定痠痛得不得了。我很不忍心，但是我的身體就是這樣，沒辦法改變，所以才會想到，如果妳能更受得了我的攻勢，那就沒問題了，這才一直帶妳去健身鍛鍊。」

「是這樣子呀……」心裡堵住的地方開始鬆動，「可是她說，你是因為沒辦法達到高……高點，所以才搞了那麼久。那又怎麼解釋？身體不會騙人的……」我臉紅透了。

「高點？……喔，確實啦，那天晚上，我是真的有點分心，因為……因為我很關心妳嘛，妳、妳一直翻白眼，好像隨時都要昏倒的樣子，感覺有點可怕……」

「喔……原來是這樣呀……」我羞得低下頭，心裡恍然暢通。

「曉艾……」白勝雪走近我，「……從一遇見妳，我就知道，我這一生，終於遇見一個對的人。但妳不知道的是，其實我心裡有多麼緊張、有多麼想要珍惜，所以，我才會開最好的車，帶妳吃最好的餐廳，送妳最貴的禮物，什麼都給妳最好的……」

「勝雪……」我又抬起頭，看見他臉上滿是溫柔與愧意，反而讓我更慚愧。

「但是，我忽略了妳是一個獨立自主的女性，這會讓妳感到多麼不舒服。所以我檢討了自己，不再用金錢表達我的心意，而是用行動向妳證明，我並不是那麼財大氣粗，也不會自我中心……我、我只想證明，我配得上妳。」

「當然，你當然配得上我，是我不配，是我……是我……」天啊，這麼好的男人，我竟然還嫌東嫌西，真是蠢爆了！快步上前，踮起腳尖，把全身的力氣化作一個吻。白勝雪先是愣了一下，隨即也熱烈回應，又舔又吸，灼人的喘息差點融化我的靈魂。

突然響起一陣窸窸窣窣的人聲，我們趕緊克制住慾望。

順著聲音遠眺，一群人身穿黑色衣物，緩步越過草皮，在一處石碑前聚集，隨即開始鞠躬祭拜，顯示出無比的敬重與誠心。我本想說些什麼，卻看見白勝雪引頸向前，已看得出神，沒過一會更是溼了眼眶，淚水愈積愈多，才滴落，便轉過頭拭去。

「我們先下山吧……」他說，繞從草地另一邊。

「勝雪，怎麼回事？他們是誰？」我跟在他身後走了兩步。

「曉艾，妳記得今天是什麼日子嗎？」

「當然，除了兒童節，今天還是清明節……這裡該不會是墓園吧……啊，那、那他們是……是……」

「是我父親，還有一些親戚。」

「那麼你怎麼沒一起去……」

「因為太太也在，所以我不能出席……每年都是這樣，所以，我每年都來這裡爬山。」

「喔……」想起在101上，我承諾過要每天陪他吃飯，一鬧性子就把什麼都忘了。愧疚往心頭直湧，簡直把我淹沒。「……勝雪，我、我……我應該要一直陪著你的……對不起……」

「啊……？」白勝雪轉過頭，一臉真摯單純的表情，讓我更加無地自容。

突然一陣腳步聲靠近，「姆姆……姆姆、姆姆，」嬌嫩的聲音在我背後出現，「姆姆，姆姆？」

轉過頭，看見一個圓臉的小男孩冒出來，盯著我，大概三、四歲，穿著一件淺灰色的幼童西裝，小跑步靠近，可愛中有點憨氣，從容中有點猶豫。

「你是誰呀？」我問。

「姆……」男孩突然止步，睜大眼睛看向我身後，忽然就尿溼了褲子。

10／打探

2021
12.28
（二）

「白勝雪他當場就承認有私生子了嗎？」藍秩雲說，青田號從台1乙線出台中，到達彰化。

「是啊，他倒是很乾脆……」我坐在副駕，搖搖晃晃，感覺車速有點過快。

「那妳怎麼說？」

「那時候，有個女人遠遠的在喊達達，白勝雪就帶著我下山了，沒機會說話……唉，我那時正覺得超級愧疚，還想到他身為一個私生子，竟然又生了一個私生子，滿腦袋幻想著他一定很懊惱，只想著怎麼安慰他，完全不覺得他的隱瞞有什麼不對。」

「安慰……呵……該不會，妳和他……當晚又大戰了一個小時吧……」

「沒、沒有，我那時候屁股多翹啊，他三十分鐘就……但還是很爽……」天啊，我到底要對他講多少私密話題。「唉呀，不聊這個了啦。我那時候就該看出來，達達根本怕死白勝雪了。」

「嗯……所以達達說的『姆姆』，就是媽媽的意思吧。」

「沒錯，是之後蘇特助告訴我的，達達那時候還沒那麼嚴重，只要見到女性，又想要親近，其實也會叫『姆姆』啦。不過，剛剛達達叫『媽媽』的發音超標準，可惜你沒聽到。」

「我剛剛試了半天，達達除了笑，也沒再說話，嗯……」藍秩雲看向後座滑平板的達達，聳了聳肩，

「我看，是我們一路上一直自稱『爸爸』、『媽媽』，影響到他了吧。」
「嗯，一定是這樣……嘖，可惜沒問到薛小姐，我們都找到人了，卻不能見面，白白錯過一次機會……嗯……等等，不能見面又怎樣？不見面也能問問題啊，老公，我們怎麼不打電話呢？」
「對啊！妳真聰明！」藍秩雲一拍方向盤，隨即按下危險故障警告燈，青田號迅速向外偏到路肩，「老婆，妳過來接手開車，我馬上打電話！」
「有、有這麼急嗎？」我和達達已經東倒西歪。
「當然急！我剛剛不好說破，薛小姐教過達達，遲早會被刑警約談。只要她把剛剛的事一說，警察再調閱監視器，從展廳一路看到停車的地方，青田號絕對會曝光！」
「難怪你車開得這麼快。早說啊！」
藍秩雲跳到副駕駛座，我立刻補上，打檔，踩油門，轉動方向盤，繼續向前。藍秩雲拿出手機，撥通自然科學博物館，開擴音，成功轉接後，直接冒充調查局。薛小姐非常配合，快速說了一次兩年前的情況……
「……薛小姐，再確認一次，白昱達跌下樓梯那天，妳人就在白家別墅，是嗎？」藍秩雲說。
「是的，」手機那頭，薛小姐難掩緊張與興奮，「我記得很清楚，那天是行憲紀念日，我正在給達達上課，蘇特助請我過去找白董事長，我們三個人一起聊了二十分鐘左右。」
「是在聊白昱達英語課程的事，沒錯吧？」
「不只英語，還有西班牙語、法語、阿拉伯語。我剛剛沒說到，其實白董事長的目標，是讓達達在十歲的時候，去以色列的特拉維夫天才少兒學校就讀。」
「喔……問句題外話：達達真的有這麼聰明嗎？」
「這完全不需要懷疑。我本來只是因為好玩，帶他用英語口令訓練小狗動作，卻發現他只要聽過一次，無論是句子或是文章，立刻可以背誦，還幾乎不會忘記。只要再說清楚單字的意思，他就能重新組合應用，再多練習幾次，連文法都能找出大概的邏輯。」

「這也太猛了吧。」藍秩雲說。我也難掩驚訝，這比我聽到的傳言更厲害。達達只是傻笑。

「真的不誇張，他三歲時，我開始教他英語和西班牙語，直到四歲，短短一年，像是學了六、七年，簡直有當地小學生的程度，真的是非常天才。唉……誰能料到出了這樣的事，真是可惜呀……」

「妳剛說，出事當天，管家柳姨是第一個發現達達的人？」

「不只柳姨，是她和傭人們一起看見的。我們聽到她們尖叫，立刻從房間跑出來，就發現柵欄門沒關，附近還有一些玩具，旋轉梯上好幾個台階都沾著血，而達達就躺在樓梯最底下，動都不動，很明顯是一路滑下去的，就趕快叫了救護車。」

「達達除了後腦杓上有皮肉傷，還有檢查出其他的傷口嗎？」

「有檢查，達達四肢有些擦傷，但身體大致沒事。後腦杓則是破了一塊皮，還縫了兩針，不時還會暈眩、嘔吐，稍微休息幾個小時就緩解了，根本沒想到後來會變成這樣。」

「嗯，我懂了。那事發那天，白勝雪也在家嗎？」

「白先生平時不住在陽明山，別墅這裡只住著白董事長、特助、傭人、還有我，沒有別人。」

「嗯……」藍秩雲與我都難掩失望，「……達達從此就不能說話了嗎？」

「沒有這麼快，達達的專注力、學習力、記憶力是慢慢下降的，差不多一個月，才變得幾乎不會說話。白董事長帶著他到處跑醫院，所有檢查卻都沒問題，最後找到了國內的心理學權威，推測是跌下樓梯時驚嚇過度，導致心理防衛性的退化，有可能會慢慢恢復，也有可能永遠不會恢復了。」

「然後白董就中風了？」

「是的。白董事長堅持親自張羅語言治療中心的事，雖然達達在那裡認識了好朋友，卻是半點也沒有進步。那時白董事長好幾個禮拜都沒睡好，又聽到可能永遠不會恢復，立刻血壓飆高，腦溢血。好險我們那時就在醫院，沒有很嚴重就搶救回來了。」

藍秩雲眼神一亮，說道：「可是白勝雪也聽了心理醫生說的話，怎麼就沒反應呢？」

「他沒有來喔。整個醫療過程，都是我和蘇特助陪著白董事長一起處理的。」

「沒有來？白勝雪既不養兒子，兒子出事了也不在乎，這是一個爸爸應有的態度嗎？」

「這……還真的是吔。白董事長中風後，白勝雪倒是每天都來探望，甚至住了一個禮拜。但就算是這樣，他也不曾來看過一次兒子……不過，幾個禮拜後我就被辭退了，也不清楚到底是怎麼回事。」

「其實，我們調查局有證據懷疑，這次綁架，可能是白勝雪自導自演。」

「啊？自導自演……不會吧。白勝雪不過就是個遠房親戚，白董事長疼他的兒子，他高興都來不及了吧，這樣做能得到什麼好處？」

藍秩雲與我交換眼神：薛小姐竟不知道白勝雪是白董的私生子，看來問不出什麼內幕了。

「好，很好……」藍秩雲吐了口氣，「無論如何，妳曾教過達達，短時間內，刑事局必定會找妳問話。我們調查局的態度只是盡量從旁協助，進行輔助調查而已，所以，請不要在任何警察人員面前提及我們，否則我們的特別行動就失去意義了。」

「好的、好的，完全沒問題，真是辛苦你們了。」

「不會。謝謝妳的配合，若想起什麼線索，或是最近有遇見什麼可疑的人，請立刻通知我。」

「好、好的……請等一下，」薛小姐輕聲喊道：「我、我三十分鐘前，好像遇到了達達……」

「嗯。」藍秩雲再度與我交換眼神，心中皆是一緊。「妳說，請詳細說明。」

「好……就在剛剛，我看到……」薛小姐把適才發生在博物館的事原原本本描述了一次，「……那個孩子突然說話了，還叫了媽媽，後來他爸爸也出現了，感覺……感覺就像一家人。我那時候想，應該不可能，就走開了。可是……我現在愈回想，愈覺得不對，新聞有說，可能有一個共犯……所以，那個孩子應該就是達達，那個聲音……我應該……不，我絕對不會認錯的，那就是達達！」

「嗯……薛小姐，妳果然很敏銳……」藍秩雲眼珠直轉。

我搖搖頭，心知這下子瞞不過去了。

藍秩雲說：「……妳放心，我們早就用衛星定位了他們的手機，他們的一切行動，都在掌握之中，只是有情資顯示，綁架案背後有人主使。等查清楚一切，確認所有共犯後，立刻就會進行逮捕。」

「太厲害了。」薛小姐大喊，我也輕聲說。

「所以這件事，妳也不需要和警察提起，免得他們衝動行事，一下子把犯人抓住，反而破壞了調查局的計畫。」

「是，我絕對不會提。」薛小姐才說，有人喊她，說有位台北的朱志城警官來電。「真的來了。」

「一切都在掌握之中……」一滴冷汗滑落藍秩雲臉頰，「……那麼詢問就到這裡結束，調查局非常感謝妳的配合。快去接吧。」

「是！」

才掛電話，我和藍秩雲爆出歡呼，差點將青田號掀翻！

◇　◆　◇

事情算是順利，藍秩雲帶我們到三民路一家肉圓老店吃午餐，才端上桌就迫不及待地咬下：

「粉皮經過油炸，簡直像帶著Q度的鍋巴，愈嚼愈香。吃到餡，海味的鮮甜香醇濃郁，香菇肉絲還加了干貝絲和鴨蛋，甜醬、醬油、蒜泥、自製辣椒醬，比例完美，無疑是手榴彈等級的美食！」

我吃了兩大碗，藍秩雲也不停點頭稱讚。達達卻是咬得費力又黏牙，等到龍髓湯端上桌，一團有如外星人器官的異物，更是嚇得他坐立難安，把碗推得老遠。飯後順路去了趟八卦山，大佛正在整修，被鷹架和網布包圍，看不出個所以然，索性去逛逛八卦山天空步道，腳下離地十幾公尺，藍秩雲一時興起，把達達放在肩膀上，達達又害怕又覺得刺激，啊啊亂叫又哈哈亂笑，玩了許久。

下午三點半，時間不上不下，我們去了彰化國民運動中心，先健身，再洗澡。之後開車在附近繞來繞去，終於找到一處大小剛好的停車場，打算就此過夜。

「快下車吧，」藍秩雲原地踏步，似乎是又冷又著急，「那家店雖然是下午三點半才開門，但是他們的爌肉飯真的太熱門，排隊的人可多了，有時候還沒到晚餐時間就會賣光，要快。」

好機會。我看看手機，說：「都要六點了吔，來得及嗎？」

「快跨年了，天氣又這麼冷……應該可以吧。」

「老公，那個薛小姐的口風也未必就這麼緊。我們是不是保險一點，買回車上吃。而且，我們一起去，一定會拖慢動作，就怕到時候撲空，白跑一趟。」

「嗯，確實是，」藍秩雲看了眼手機，「那你們就在車上等我吧，我用跑的過去，馬上回來。」

「也不用那麼急啦，時間還早，慢慢來。」

話沒說完，他已然跑著離開。我再次戴上耳機，傳簡訊，連上他的手機，立時聽見他的跑步聲。

我迅速打開所有櫥櫃門和抽屜，罵了聲可惡，裡頭不是儲物箱就是瓦楞紙箱，定是怕駕駛中弄亂，才會包得這麼穩固。我一一打開，杯子、盤子、泡麵、罐頭、零食、即溶咖啡、免洗內衣褲、免洗襪、免洗餐具、歷史超級悠久的蒙太奇電腦教學書……全都無濟於調查。

有一個馬口鐵盒，鐵盒裡還有個布袋，趕忙打開，兩瓶潤滑液和飛機杯……男人嘛，自己住在露營車上可不容易……快點收好。想起駕駛座旁邊的收納空間，趕忙去找，掏到他的健保卡，名稱寫的也是「藍學峰」，照片裡他生得一頭亂髮，留著短落腮鬍，確實很像藍秩雲，無疑是對兄弟，但是藍秩雲更英俊、更憂鬱一些。再拿起林口長庚醫院的藥袋，塑膠鋁箔裡的藥錠，一餐不落已經吃了十來顆，不禁又感到背脊一涼。

耳機裡，藍秩雲已經從老闆身上拿到餐點與找零，正要往回走。

我趕緊打了通手機，說：「老公，我好像那個來了，幫我買個衛生棉好嗎？」

藍秩雲說：「好，沒問題。妳肚子太餓的話，第二個櫃子裡的箱子裡有洋芋片，可以先吃一些。」

「好的，我找找看。」洋芋片就躺在我的腳邊。

掛斷手機，收拾比弄亂費時費力。耳機裡，藍秩雲已經進入便利商店。我更加手忙腳亂，連達達都來幫我，好不容易把所有東西歸位，一不小心，踢歪了床板的支架。突然發現，當木床結構變化成長椅，下層共用的空間，竟然也是一個大置物箱。

摘下耳機依然聽得見腳步聲，藍秩雲已進入停車場。

拜託，只要不是屍體就好！迅速掀開椅蓋看一眼，裡頭用瓦楞紙箱分成兩個區域，一邊裝著七、八台黑色或銀色外殼的舊型筆記型電腦，另一邊是現金，一捆一捆，滿滿的藍色千元大鈔，又舊又皺，有些蓬鬆不密合，目測體積推估，至少有兩千多萬台幣。

藍秩雲開門進來，說：「趁熱快來吃喔！」

「好，」我微笑著，已將一切恢復原狀，一邊擦汗，一邊不讓喘氣聲太大，「我已經把椅子調整好了，快來坐吧，我快餓死了。」

接下來的一個小時，我大力稱讚著富含膠質的爌肉肥而不膩、淋上肉燥的白飯令人停不下來、豆芽菜油香可口、雞捲湯風味獨特、蝦丸和貢丸鮮香彈牙……其實，滿腦子只想著一件事：我的屁股底下，究竟隱藏著什麼樣的祕密？

11／聚餐

2020
08.08
（六）

眼皮擋不住溫暖的陽光，翻身，手摸向床的另一邊，絲滑床罩上還留著殘餘的體溫，睜開眼，偌大房間裡剩我一個人，隱隱有聲響由外頭傳進來。拿上手機看一眼時間，赤腳下床，套上內褲內衣，經走廊到寬敞的客廳，開放式廚房裡，白勝雪只穿著短褲和內衣忙碌著。

邊煮開水，邊用平底鍋煎培根，預熱烤箱後放進兩個小瓷盤。蘆筍切段，胡蘿蔔切條，酪梨剁碎，小蕃茄切片，檸檬對切。水滾後加鹽，下蘆筍和胡蘿蔔，計時一分鐘，撈起泡冰水。拿出兩個小瓷盤，分別放在兩個大瓷盤上，又切了兩大片法國麵包進烤箱。培根出油後翻面，立刻打入兩個蛋。

「哇……」我忍不住發出讚嘆聲，走近他。

「啊，」白勝雪忙抬起頭，「我把妳吵醒了嗎？看妳昨晚那麼累，本來是想端到床上去吃的。」

「沒有啦，就是睡醒了，」我羞得臉紅，「哇，好香喔，每次看到你做飯，都覺得像在跳舞一樣，簡直就是大廚師。」

「呵，我以前可是真的想當廚師的喔。」

「真的嗎？」

「從小學開始，每天放學之後，我都會到廚房找柳姨練廚藝，從洗菜切菜，到去皮去骨，高中的時候，無論是八寶叫化雞，還是威靈頓牛排，全都已經難不倒我了。」

「好厲害，難怪餐廳的菜色都是你設計的。你可以教我嗎？料理有沒有什麼訣竅？」

「料理不難，只要把握一個關鍵，就是要有計畫。想好怎麼做，動手時，腦子裡的每個步驟、每一秒鐘都很清晰，那就不會失敗。」他泡上兩杯冰檸檬水，丟入現摘薄荷葉。蘆筍和胡蘿蔔條擺在大盤子邊上，淋上橄欖油和紅酒醋。酥脆的法國麵包放上小瓷盤，抹上奶油起司，鋪上脆培根，灑上酪梨碎，排上小蕃茄片，放上太陽蛋，端到我面前後一刀劃開，蛋黃和我的口水同時流下來。

「我要開動了！」雙手端起，咬一大口，感覺嘴裡喚出了魔法，「天啊！好好吃喔！你不去當廚師真的太可惜了！」

「妳喜歡吃就太好了。」他露出淡淡一絲苦笑。我驚覺，或許是因為他哥哥的事，他才不得不放棄夢想吧。他又說：「對了，妳不開個直播嗎？這麼漂亮的早餐，很值得上鏡頭吧。」

「是啊，我差點忘了。」我拿起手機，心思一轉，只拍照上傳。「唉，算了。你記得四個月前，星魚辦了一系列活動嗎？那時我們董事長還說，今年是網路直播新元年咧。」

「記得啊，」白勝雪也咬了一大口，露出享受的表情，「妳說那個彪哥嘛，他也實在挺大膽的，衝得很前面。但妳不是說，活動早就全部暫停了嗎？」

「是啊。我是直播主，我最清楚，因為疫情，星魚直播的流量的確爆增了三、四倍，但是觀眾的留言也變得很多，出現在畫面裡的時間就會變得超短，一秒不到就過去了，完全來不及讀，更別說做反應……久而久之，觀眾感覺沒被重視，都不刷禮物了，只是來看看熱鬧而已。」

「如果是這樣，那妳還會續約嗎？妳的經紀約不是要到期了？」

「唉，還剩半年，看來我真的要認真考慮一下了。」

「無論妳怎麼決定，我都支持妳。」他親了我一口，端起我們的盤子到客廳沙發，拿起遙控器打開電視，習慣性地轉到新聞台，我也坐到他身旁，繼續享用早餐。

新聞報導，全球確診人數已經達到一千八百萬，本土又增加了許多不明感染源病例，緊接著是一則高科技刮鬍刀的置入性行銷，記者吹噓道，是送給爸爸最好的禮物——白勝雪立即轉台。

「對了，今天是父親節吔！我們約好要去你家吃飯，要早點出發，不，現在就要開始準備了啦！」

「噢……」白勝雪把遙控器往沙發空位一扔，「……我就不該開電視的。」

◇ ◆ ◇

第一次去白勝雪家作客，心裡很緊張，穿著打扮力求簡單大方。本來時間很充足，白勝雪卻一下忘了手機，一下忘了禮物，開車出車庫就撞到三角錐，闖紅燈，綠燈又不走，竟還錯過了兩次路口……，十點才到達陽明山白家別墅。

車開進正面大門，抬頭看，五層樓透天別墅，粗鑿的大理石磚，灰色中帶著白色，輔以黑色的窗框、圍欄、扶手等精緻鐵件，設計得很有層次，加上大片草皮和樹植，氣派卻內斂，還不失悠閒。

下車後，白勝雪逕自走進屋內。我多看了幾眼，好不容易回過神，卻看見草皮上有隻白貓，又打滾，又撲蝴蝶，很是可愛。不由得靠近兩步，突然感到有股視線——別墅邊的陰影裡有兩雙眼睛，是兩隻筋肉結實的黑色杜賓犬，一隻坐著，一隻匍匐，目測各有三、四十公斤。

牠們的眼神銳利，尖尖的耳朵直挺，時刻警覺著白貓的方向……突然聽見兩聲鳥鳴，幾隻麻雀從圍牆邊飛起，像驚著了那兩隻杜賓犬，牠倆突然拔足狂奔，飛速朝著白貓衝來，猶如動物星球頻道播出的獵食片段，嚇得我差點閃尿。

我可不想看到白貓死在我面前！雙腳自動衝向前，搶先一步把白貓抱在懷裡，跪趴在地上縮成一團，連尖叫都發不出，準備承受所有攻擊……

等了十幾秒都沒事，有那麼一瞬間，我以為自己已經被咬死了。直到膝蓋開始發痠發疼，慢慢抬起頭，睜開眼，看見兩隻杜賓狗正圍著我繞圈，保持著適當的距離，像是兩個護衛。

「怎麼了！」後門進來兩個男人，忙扔下手中的野餐桌，上前趕狗，「去去去！去！走開！」

「謝謝，太感謝了，」我趕忙站起身，掏出懷裡的白貓，「我剛剛進來，就看見那兩隻狗跑過來要咬死這隻貓，趕緊撲上去保護！」

「喔……」兩個男人露出恍然大悟的表情，相視而笑。粗壯的大哥說：「原來是這樣啊，我還想，『卡夫卡』怎麼會攻擊客人呢。」

「你是什麼意思？……卡夫卡？……是那個作家嗎？」

年輕男子說：「喔，不是啦。這隻應該是『卡夫』，這隻是『夫卡』，這是孫少爺取的，連起來就叫做『卡夫卡』。這兩隻狗算是咪咪帶大的，也不知道是誰教的，常常在比賽，看誰先跑到咪咪身邊。不信妳看。」他忽然抱走咪咪，放到卡夫卡中間，嚇了我一跳。只見兩隻狗立刻翻起肚子撒嬌，咪咪似乎覺得牠們很煩，還會伸出爪子巴他們的頭。

我只能尷尬傻笑。兩個男人自我介紹，粗壯的大哥叫做松哥，包攬了別墅修繕與園藝的工作，還負責採買生活用品與食材。年輕人是松哥的兒子，叫阿榮，正在就讀體育系，主修籃球。

「我叫黃曉艾，是跟勝雪一起來的。」

「喔，勝雪哥的女朋友呀。嗯……我是不是見過妳……黃曉艾？」阿榮歪著頭，「……妳是讀海大的嗎？」

「嗯……是呀。」

「我原本是海大食品，後來才轉學考到師大體育。我記得那時候有一個人，很不要臉，入侵學校的事務系統，冒充所有人的身分投票，只為了要贏選美大賽的十萬塊獎金，她就叫做黃曉艾。那個女的就是妳嗎？」阿榮說，臉上充滿輕蔑，「噢──！」

松哥踹了兒子一腳，說：「對不起，我兒子亂說話，請您千萬不要在意。」

「那個人就是我沒錯。」我深吸一口氣，「但是你所知道的，並不是事實的完整真相。」

「那完整的真相是什麼？」

「很抱歉，我並沒有對你解釋的義務。」

「黃小姐呀，」一個瘦小的中年婦女站在別墅門口喊著，「二少爺正在找您。」

「我先走一步。」我對松哥點頭致意，瞪了阿榮一眼，走過兩人。

阿榮說：「那勝雪哥呢？他知道嗎？」

「哼，那當然。」有了之前的經驗，我早就學乖了。

◇　◆　◇

進到別墅裡，白勝雪繃著臉，向我介紹剛剛那個樸素的中年婦女，她正是柳姨，是白家別墅的主廚兼管家。我拚命稱讚白勝雪為我做的佳餚，展現對她的恭維。

此時一個女人緩步走下大理石旋轉樓梯，令我眼前一亮。白色繡花平底皮鞋，腳步輕而飄逸，繽紛的碎花洋裝，搖曳出微微浪花，四肢纖細而柔軟，白裡透紅的皮膚隱隱發光，卷曲的長髮烏黑亮麗，柔潤的娃娃臉笑得無比甜美……宛如花叢中冒出一位精靈仙子。

白勝雪為我介紹道：「這是我父親的祕書與特別助理，蘇琳。」

「黃小姐妳好，」蘇特助說，聲音好聽得像是灑了糖霜，「常常聽勝雪提到妳，上次在山上遠遠見了一面，沒來得及說話，這次一定要好好跟妳聊聊天。」

「喔，蘇小姐妳好，原來上次遇到的人就是妳，完全沒認出來。勝雪也跟我提到過妳，想不到妳這麼年輕，好漂亮、好可愛喔。」

「謝謝妳的稱讚，但別看我這樣，其實我還比勝雪大了五、六歲呢。」

「這、這不可能。」

「呵呵呵。對了，勝雪跟妳介紹過柳姨了吧。」她說。我和白勝雪都點點頭。她又說：「這邊這一位是勝雪的司機，連先生，今天也過來幫忙。」

「連先生我認識，前天才見過。」我朝連先生點頭。連先生也笑著稱是，對我微微鞠躬。

「是呀是呀，我怎麼忘了……」蘇特助輕輕搔頭，「這位是李領班，有什麼需求，儘管跟他說。」我與李領班互相點頭致意。蘇特助又說：「本來還有一位薛小姐，是達達的家教老師，跟妳一樣是學電機的，可惜她已經離職，不然妳們一定有很多話聊。」她拿起一旁茶几上一個相框，相片裡，薛小姐有一張敦厚的方臉，膝上抱著達達，身邊跟著卡夫卡和咪咪。

柳姨說：「蘇小姐，妳記錯了，薛小姐是讀生物的，之前還在科博館當過研究員呢。」

「是嗎？啊，是我記錯了，抱歉抱歉。」她說。我感覺這個人有些迷糊。

白勝雪說：「我父親在書房嗎？我想先過去跟他請安。」

「這個嘛……」蘇特助面露為難，「董事長這兩個禮拜都在復健，過於勞累，免疫力下降，罹患了帶狀皰疹。醫師要他休息一個禮拜，不准勉強復健。所以，現在董事長的脾氣很不好……」

「若是這樣，那我更要去看他，而且今天父親節，曉艾也是第一次來，總要先去打聲招呼。」

「這……」她嘆了口氣，「……好吧，你堅持的話。」

蘇特助帶著我們從旋轉梯上樓，再換另一個樓梯，一路上，米色牆面搭配各種石料和木料，裝潢得大氣內斂，還有許多古董、藝術品與植栽造景，空氣中揉合著真皮、保養劑、木頭、油彩、菸草、鮮花、香水的味道，像是到了高級精品店，處處都令人想要駐足。

上五樓，迎面便是一處典雅的客廳，兩個粗壯男子站在其中，戴著通訊耳機，一身黑西裝、黑皮鞋，儼然一副保鏢的模樣，伸手便攔住白勝雪與我。蘇特助替我們表明了身分，他們才肯放行。

客廳中間有一扇暗門，蘇特助敲了敲沒有回應，便推開進入，裡面竟然還有另一個小客廳，擺鐘、水墨畫、傢俱、地毯、瓷器、酒櫃……，色調沉穩，作工精緻，全都是價值不菲的珍品。

我正苦惱，該怎麼做才能留下好印象，就聽見白勝雪呼出一大口氣。我回頭看向他，他滿臉僵硬，兩手不斷搓著手指，比我還要緊張。我輕碰他的手臂，問他還好嗎？他只是搖頭微笑，直說沒事。

小客廳的角落裡有兩扇門，左邊那扇虛掩著，看得見書櫃，應該是書房。蘇特助才要出聲，立刻被白勝雪攔下，他理理衣服，沒敲門、沒出聲，直接推開門進入。我瞅見蘇特助臉上露出一絲訝異，心裡不免覺得她太過謹慎，兩人畢竟是父子，沒必要在乎這麼多虛禮。

白勝雪說：「父親，我來看您了，您最近身體好嗎？我和曉艾一起準備了很好的燕窩——」

突然飛來一個不知道什麼東西，擦過白勝雪身旁，將門口邊一個青花瓷大花瓶砸得爆碎，碎片噴濺白勝雪全身，也有些許彈到我與蘇特助的腳邊，我倆不禁失聲尖叫。門外保鏢立刻要衝進來，門不知何時已上了鎖，他們便大吼著要我們開門，並開始衝撞。

「你來這裡……做什麼！」白碩坤蒼老窒礙的聲音在書房裡咆哮，「出去！……給我滾出去！」

我低頭一瞥，發現適才扔過來的是個雕花玻璃菸灰缸，厚實得就像塊磚頭，若被砸到頭肯定沒命。猛地抬頭，看見白勝雪瞪大眼睛發怔，背靠著門板斜站，像尊傾倒的服飾店人偶。

「父親……」白勝雪聲音虛弱，「……今天是父親節啊，我當然要來看您……」

「看我？我看……你是要殺我才對吧！出去！滾出去！保鏢！保鏢！」

「我怎麼會想要殺您——」

「怎麼不會！就像……你殺了宇光一樣！」電話、茶杯、檯燈、書本都被丟出來，「滾出去！」

「哥飛機出事是在澳洲，我那時候還在上課，怎麼可能——」

「閉嘴——！出去——！」

一個大理石紙鎮飛來，砸傷白勝雪的額角，鮮血立刻流下臉龐……紅色令我警醒，立刻衝上前攙扶白勝雪，一轉頭，看見滿頭白髮的白碩坤站在實木辦公桌後，曾經電視上那副英明睿智的模樣已不復存在，半張臉水腫歪斜，半張臉滄桑下垂，寫滿了憤怒與懼怕，他一隻手不停抖動，另一隻手稍微穩便，正迅速在抽屜裡翻找，眨眼間，已拿出一把象牙白鑲金雕花的古董手槍，在白勝雪的心臟與我的腦袋間來回發顫……

馬的，我要死了。瞬間漏尿。

砰——！子彈擊發。

白勝雪早了一瞬間，已將我撲倒在地。伴隨著蘇特助的尖叫與撞門聲，旁邊書櫃裡一本精裝書書背上多了一個深邃彈孔。白勝雪拉著我踉蹌站起身，我怕有第二發子彈，轉頭一瞥，因為後座力，白碩坤已然癱倒在辦公皮椅上，掙扎著不能坐直身體。

「父親……」

那麼瘋狂又狠心的爸爸，白勝雪竟然還想過去關心，才走了兩步，我忙扯住他的手，往外直奔，還沒出小客廳，門板正好被撞倒，兩個保鏢衝進來，瞬間將我們反手擒拿，死死壓在地上。

12／換貨

2021
12.29
（三）

太陽剛剛升起，我開著青田號，從國道1號進雲林，轉145縣道，兩旁都是農田。在我的想像中，應該是被包夾在稻米浪花之間，黃澄澄又綠油油的，然而季節不對，徒留滿地的斷梗。

我看看時間，差五分鐘七點。從圓鏡裡向後偷瞄，藍秩雲悄悄倒了一杯水，仰頭吞了一顆藥。

「老婆，」他說：「白碩坤說：『白勝雪殺了白宇光。』這可是一個大消息，妳確定沒有要調查？」

我已刻意偏過頭，並再次從圓鏡裡看向他，說道：「我查過的，白勝雪那時候確實沒出國，要不然，我一定會從這裡切入，讓他一刀斃命。」

「說不定，他用了延遲性的手段，可以遠距離殺人。我想想，在飛機動手腳，還是……在他每天必吃的維他命裡下毒，等他開飛機的時候，就會突然感到頭暈眼花。」

「這我也想過。到澳洲破壞飛機，不太可能。藥丸還是維他命嘛，總不能讓他天天都頭昏眼花。如果只有一顆有毒，那也太靠運氣了……都不現實。」

「如果是白勝雪直接打電話叫他哥吃呢？還是，白宇光有什麼特別的習慣？開飛機前來一顆？」

「這……只能說，這實在太難調查了，我手上沒有任何資料，只能放棄這條線。」

「嗯，說得也是……。對了，我昨晚上網查了那個朱志城警官，發現了一件有趣的事：在他當上偵查隊長之前，是靠著搶功勞才一路高升的。」

「搶功勞？怎麼搶？」

「據說，每次遇到比較大的案子，其他警員已經查了八、九成，朱志城就會跳出來，搶先一步聲請拘票抓人，一招，整碗端走。還有幾件案子，是直接搶偵查隊同事的功勞，全都是差不多的手法。讓他不停被記功嘉獎，一路升官。不過，吃相實在太難看，所以才有人出來爆他的料。」

「那他不就完了，怎麼還能繼續當偵查隊長？」

「應該有施壓吧，被他搶功的人，每個都不承認有這件事……看來，他是一個狠角色。」

「真的嗎，看他一臉正氣的樣子，真是想不到吔……」

「要記得，如果未來遇到危險，這個人歪招很多，未必靠得住，要是與他交上手，更是要注意。」

我接連點頭，把這句話牢牢記在心底，並許願永遠不要有那一天。

◇ ◆ ◇

車子抵達北港，再過一條北港溪就是嘉義。

我試了四、五次，終於將青田號停進停車格。藍秩雲帶著我們走進一個老舊的社區，幾處牆面畫有七彩的壁畫，還有一些浮雕，糖果屋、巫婆、美人魚、大貝殼、小精靈、舞獅團……還有一個太太在大鐵板上煎著什麼東西。

藍秩雲說：「到了，這是北港最有名的早餐『煎盤粿』，這間已經有六十幾年的歷史了喔。」

走進店裡點餐，我一吃，忍不住又開始直播：「粿的米漿好純，好清甜，它只煎一面，又酥又嫩，配鹹甜醬更好吃。」「香腸有肉汁，加上黏Q的糯米腸，再配上滷大腸，口感超棒。」「免費的柴魚湯是清澈的琥珀色吔，鮮香濃郁，一口喝下，簡直能洗滌心靈。」藍秩雲和達達連連點頭贊同。

隔壁桌有對年輕情侶，拿著紙筆，先盯著達達直瞧，又看向我，最後看向藍秩雲，像是在幫我們畫速寫。

那個男生突然說：「你們不是一家人吧？」聽口音，像是馬來西亞人。

我正吃得讚不絕口，差點把煎盤粿連同心臟一起吐出來，忙戴起口罩，「怎、怎麼會，我們當然是一家人啊……你們怎麼會這樣想呢？」

那個女生說：「我們是來台灣一邊環島，一邊寫生啦，剛剛看妳們一家互動很可愛，就想畫下來，可是我們愈看，愈覺得你們跟這個小孩子長得很不像吔。」

「這……」我全身狂冒冷汗。

「你們也在環島啊，好巧，」藍秩雲說，遞出手機，「我們也在環島吔，你看，這是我們的露營車，很漂亮吧。」

那個女生說：「好漂亮喔！你們去過哪裡了？還有照片嗎？」

「豈止照片，我們還有網站呢。」藍秩雲說著，開啟一個部落格，版面非常過時，標題大字寫著「青田號の旅行」，並坐到他們那一桌，那對情侶面露尷尬，看得不是很熱絡。藍秩雲趁機低聲說：「他是我們領養的孩子，所以才長得不像。」

「哦……是這樣啊……」兩人一陣尷尬，不久後便告辭離開。

◇　◆　◇

走在路上，我牽著達達的手，說：「老公，你還真的是有備而來，連部落格都有。」

他說：「也沒什麼，就是一些風景和美食，看妳剛剛有點緊張，順手就拿出來用了。」

「好險你反應快，沒被認出來，看來之後吃東西要更謹慎才行。但是老公啊，現在誰還在用部落格，那是上個世紀的東西，太古老了吧。你沒看到剛剛那對情侶的表情，都傻眼了。」

「呵，是這樣嗎？沒辦法，舊的用起來比較習慣，而且累積的東西太多，已經沒辦法換新的了。」

「原來如此。」我心想：念舊的人，一般來說……不會太糟吧。

走到停車處，我和達達站在路邊等著車子開出來，等了好一會都沒動靜。

藍秩雲匆忙下車，說：「車子好像故障了，完全發不動。」

「我看看。」我立刻上車，幾次轉動鑰匙都毫無反應。打開引擎蓋，先檢查油箱、電瓶，拿手提行動電源靠一下電，還是發不動。火星塞、啟動器、交流發電機、方向盤鎖、燃油泵、燃油濾清器、空氣過濾器……全都沒問題。只能舉雙手投降。「那……那現在怎麼辦？」

藍秩雲滑了一下手機，說：「我認識一位孟大哥，他的修車場就在雲林，我跟他約了，他要來拉車去修。我跟他認識很多年了，妳和達達在的話，恐怕瞞不過去。」

「那我……對了，白勝雪曾在雲林科技大學讀書，我之前算過，時間上不太對，我在網絡上也找不到他的論文。不如我趁機去他學校走一趟，可能會有意外的收穫。」

「嗯，好辦法，能多知道一點是一點，說不定會成為關鍵證據。」

「好。那就這樣行動吧，手機隨時保持連絡。」

我拿上包包，差點沒忘了把車鑰匙還他，一不小心沒抓穩，整串落在地上，趕忙彎腰撿起來，映著陽光一看，原本的鑰匙應該是刮痕斑斑，如今卻是光滑了許多，與之前使用時不一樣……難怪……用假鑰匙當然發不動……

藍秩雲幫我們攔了計程車，讓我和達達上車，才轉過彎，我立刻喊迴轉，回到巷口偷看。青田號果然已順利發動，沒一會就駛得沒影了。我滿腦子想追，卻看見司機狐疑的眼神，只能作罷。

從台78線往東，先進嘉義又回到雲林，我再次傳了簡訊，藉由網路連結藍秩雲的手機進行竊聽。真的有個孟先生，開口說的第一句話，讓我怎麼都想不到。

孟先生說：「藍先生放心，范姜議員已經交待下來，都已經聯絡妥當，只差您親自走幾趟，就可以把貨都拿到手。」

「好，太好了。」藍秩雲說：「不過，一定要我親自去嗎？效率好像有點低，我必須儘早與我的夥伴會合，實在不能拖得太久。」

「這種貨必需要見到買家，這是道上的規矩。您放心，最遲半天時間，就能把事情都辦成。」

「那太好了，我們快走吧。」

「不過，手機必須關機，免得錄音錄影，或是有定位系統，他們現在很講究這些。」

「當然沒問題。嗯？電怎麼少得這麼快？……」

藍秩雲的手機發出一陣觸碰聲，隨即訊號中斷。雖然非常非常非常可疑，不過，回想他說的「夥伴」兩個字，心裡又有那麼一絲安心……

◇　◆　◇

計程車到達雲林科技大學，無處不是鬱鬱蔥蔥的樹木，灰白色的建築群矗立其中，感覺威嚴而純粹。繞過別緻的花圃與碧綠的水池，問了兩個同學，終於找到圖書館，換證件肯定漏餡，我便趁著下課時間，跟著一大群學生的屁股進入。達達個子小，自己找個縫鑽即可。

繞來繞去，找到論文區。不一會就看見白勝雪的碩士論文。

《行為主義心理學領導企業的實踐與探討——以「勝岸豬排」四家分店為例》

三十個字的題目加上四百多頁的超厚論文，沉甸甸拿在手上，分量十足。忙翻開來看，開宗就提到，這是大學畢業論文的後續，細看內容，理論扎實、結構嚴謹，上網查也沒有相關或相似的論述。

論文的主要概念很簡單：白勝雪認為，要帶領好一家公司，就必須讓員工具有一樣的特質，並找出足以影響這些特質的誘因，再利用行為主義心理學分析加以訓練，就像巴夫洛夫的狗一樣。

實際操作方面：白勝雪與人合夥經營四家連鎖豬排店。第一家是實驗組，聘用的都是很缺錢的員工，並利用各種小額獎金，作為獎勵員工的手段；第二家是對照組A，聘用的都是條件最優的員工，同樣利用小額獎金當作鼓勵；第三家是對照組B，聘用的也是條件最優的員工，沒有獎金。第四家是對照組C，聘用缺錢的員工，沒有獎金。

結果：整體統計下來，實驗組比起對照組A、B，業績足足多了百分之三十。對照組A、B之間，業績相差不到百分之三。對照組C則是業績墊底。三度交換店面經營，數據的變化也沒有顯著改變。事實證明，白勝雪的理論確實可行。

我愈讀愈心驚，身上不禁沁出冷汗……。難怪，他能如此熟練地把我操控於股掌之間，還有，他讀研究所時也剛剛加入鉑宇，那時他就有錢投資豬排店了，可見存錢買車的事，也絕對是謊言……。直到達達拿手帕幫我擦汗，我才回過神。

拿著論文去櫃檯，找到一個最年長的女辦事員。

我說：「請問一下，這篇碩士論文這麼優秀，怎麼網路上都查不到呢？」

「我看看……」女辦事員放下手上的熱茶，接過書，「唉呀，是白同學的論文，妳在哪裡看到的？」

「就在校內論文的架子上。」

「這本是館內封存，是不公開的，怎麼會在架子上？哎呀，這是他們系所辦公室的，一定是哪個老師還錯，又被工讀生放到架上。不好意思……」說著，忙把論文收了起來。

我在心中慶幸著這個巧合，又說：「我是白勝雪的同事啦，聽他提起過幾次自己的論文，覺得太有趣，所以才特別來找找看。妳也認識勝雪嗎？」

「當然呀，白勝雪那孩子，讀書認真，長得也很英俊，在校五年，一直是校園裡的風雲人物。」

「五年？大學四年，研究所至少也要兩年。怎麼會是五年？」

「喔，他研一那年休學啦，就是他堂哥的事。我記得那天呀，他跟往常一樣待在圖書館作功課，突然接到電話，很慌張地跑出去。唉……真是太不幸了。」

「喔，這樣呀……」研一，大概是二十四歲，白勝雪確實在國內。

「後來，白同學復學，竟然把研一研二的課一起修完，還一邊開豬排店，一邊上班，一邊拚命寫論文，賺了許多錢又完成學業。企管系的院長和教授，都說他是幾十年難得一見的人才。直到現在，整個雲科大的企管系沒人不知道他。」她說。旁邊的男工讀生聽著，也默默點頭。

「是這樣啊，我本來還以為一定是……」……假論文……「……那他為什麼不公開？」

「可能他不想吧，很多人都這樣……可是其他那些論文都和專利有點關係，嗯……確實有點奇怪。這麼好的一篇論文，怎麼不公開呢……？」

工讀生突然又拿出白勝雪的論文，翻到誌謝頁，說：「還有更奇怪的，妳看最後一句話……」

……希望我的父親可以看見這篇論文。

工讀生說：「奇怪吧。我也是企管系的啦，老師推薦過學長的論文，我很崇拜，讀得滾瓜爛熟。妳看，明明整篇論文寫得非常炫技，投入的成本也超乎想像，有種要向全世界證明自己能耐的感覺，最後卻選擇封存，我怎麼都想不透……」

我也想不透。道謝告退後，先給藍秩雲播了幾次手機，還是沒開機，索性破解了圖書館的電腦，下載了程式編寫軟體，花了幾個小時，試著優化手機竊聽程式，修改得不那麼耗電。傍晚時，藍秩雲終於打來電話。

青田號從雲科大出發，特別路經古坑，伴著夕陽，遊覽了綠蔭蔽天的芒果樹隧道，達達趴在副駕駛的車窗玻璃上，看得兩眼發光。

「你怎麼都沒開機？」我故作不耐。

「抱歉抱歉，剛好沒電了，又跟孟大哥聊得太開心，剛剛發現才開始充電的。」

「喔，是這樣啊……」我坐在床上，從圓鏡裡看向駕駛座，藍秩雲開著車，一臉疲憊辛苦的樣子，不知道到底經歷過了什麼。「那我們今天要到哪個運動中心洗澡？在哪裡過夜？」

藍秩雲說：「我們今天直接住進英華會館吧，好好睡一覺，也方便我們計畫一下，看要怎麼尋找達達的媽媽。」

「這個辦法不錯。我們連對方的名字都不知道，直接潛伏進去打探，應該會順利很多。」

◇　◆　◇

上了國道3號，從竹崎交流道下，不一會就到達了嘉義市西區的英華會館。揹著行李進入大廳，正中間有尊巨大的彌勒佛雕像。藍秩雲登記完假資料之後，我們一家人就被帶到三樓的雙人房間。房間很樸素舒適，我和達達連忙躺下來，好久沒睡彈簧床，全身骨頭喀喀作響，整個人都鬆泛了。

趁著藍秩雲先去洗澡，我對達達挑挑眉，比了個噤聲的手勢，把新寫好的程式安裝到藍秩雲的手機裡。之後又拿著青田號的舊鑰匙，朝著浴室大喊：手機忘在車上了，要去拿一趟，順便買些火雞肉飯回來當晚餐。藍秩雲只交待了要再買一份麻油雞，沒多說什麼。

帶著達達，找到停車格裡的青田號，開鎖上車，把木床結構變化成長椅，掀開下面的置物箱，原本兩千多萬的現金只剩下零星幾捆鈔票，約莫七、八十萬，除了那些舊筆電，箱子裡還有幾百幾千個小夾鏈袋，裝滿白色的粉末，以及二、三十把手槍，冷冰冰的，帶著致命的氣息。

我霎時雙腿一軟，倒坐在地，達達開心地要去摸，被我迅速攔下來。

毒品和手槍……看來，藍秩雲利用了范姜議員的門路，買到這些危險透頂的東西……要逃嗎？要不要趕緊停止一切計畫？但是，就要找到達達的媽媽了，是不是應該裝作沒看見，繼續觀察會發生什麼狀況？或是……把這個當成是一個選項……萬一最終無法成功，還能走的一條退路……

我發著抖，緩緩點著頭，站起身，把箱子蓋上。

13／到職

2020 09.08（二）

父親節之後，我和白勝雪之間只要稍有片刻的安靜，無論正在看片、吃飯、開車、健身，甚至是視訊中一時沒說話，他都會想起那天的不堪，別過臉，陷入無盡的沉默與憂鬱……

男人嘛，讓血液流出大腦，肯定就不會胡思亂想，我特別選了件皮革薄紗內衣，但十天過去，他根本沒留我過夜……。改變策略，在網路上找了一份伊朗食譜，跑遍各大超市買食材，燉雞肉佐核桃石榴醬、羊肉小扁豆佐焦糖茄子泥、薄荷玫瑰露、開心果千層酥……，可惜我廚藝太差，忙了十天，一口沒吃到，還燒壞了一整組高級廚具。最後我只好不停找有趣的話題，第一次吃榴槤以為是壞掉的鳳梨、第一天上大學還等著要升旗、第一次直播開成外星人濾鏡……，又過去十天。

今天，話題用盡，我只得癱在沙發裡，抱怨星魚直播裡新人輩出，抱怨打賞的人只有以前的十分之一不到，抱怨經紀人根本擺爛，抱怨直播這一行前途堪慮……白勝雪突然有了興致，轉過頭，發亮的眼神直勾勾望著我，彷彿心中冒出了一個世界上最好的主意。

他說：「曉艾，其實我一直有個想法，我已經想了好久了——妳要不要來我們公司上班？」

「啊？什麼？為、為什麼？」我聽懂了，卻不敢相信。

「妳不知道，在我上任之前，網路上的各種盜版蒙太奇非常猖獗，除去古老版本的蒙太奇1.0到5.0，蒙太奇6.0、7.0、8.0、9.0到處都有盜版載點，公司方面卻找不到他們的主機，也找不到那些使用者，根本沒辦法杜絕，這已經嚴重影響到公司的收入了。」

「所以……你想要有人去摧毀那些盜版網站？」

「沒錯，但也不只是這樣，」白勝雪嚴起臉，「自從我上任總裁，推出蒙太奇α，一律改成網路租用付費，就一直有駭客想要入侵系統，還造成過一、兩次大當機，似乎是要偷蒙太奇α的原始檔。我這幾個月來，一直著手於重新編制鉑宇的網路安全部門，除了要破壞那些盜版載點，更是要維護公司的網路與主機安全，免得蒙太奇α真的被盜版，鉑宇沒了主力產品，經營上就很危險了。」

「這麼嚴重……我、我辦得到嗎？」

「可以的，妳說過，當初妳學姐受到那種待遇，妳入侵師生事務系統，幫助她維護了應有的權利。妳這麼有能力，又有正義感，加上鉑宇有許多資源可以供妳使用，我相信，妳一定能夠勝任……」他看著我，滿臉的信賴，「……而且，我也很想有人可以陪著我，跟我一起努力，妳說好不好？」

「一起努力……」這個邀請的分量，簡直比同居還重，幾乎接近求婚，我頓時心花怒放。「……好……我也這麼希望著。」

我吻他，他也吻我，我們從沙發吻到床上，褪去衣物，用身體交換著彼此的溫度，兩人之間的冰牆終於融化。我感到幸福之餘，也不禁鬆了一大口氣。

2020 09.15（二）

我特別起了個大早，沖個涼，冷卻渾身上下的雀躍興奮……這一個星期來，我向星魚提前解約，並沒有被刁難，白勝雪也立刻在鉑宇幫我安排好職務，薪資非常優渥，今天就是頭一天上班，我趕緊刷牙洗臉化妝，換上一身白襯衫與灰色褲裝，好顯得專業一些。

開車進入內湖科學園區，鋼骨結構的大樓層層疊疊，玻璃帷幕映著陽光，遠比天空更為湛藍，看得我目不暇給。鉑宇科技大樓外觀筆直挺立，地基方正，二十五層樓，不斷向上延伸，靠近最上端的七、八層樓向內縮，劃出一道銳利弧線，像一艘乘風破浪的帆船，又像一座屹立不搖的石碑。

進入寬敞的大廳，報出姓名，櫃檯小姐帶我搭電梯，刷了她的員工證，讓我上六樓。

先到六樓人事部，經理一開始沒怎麼把我看在眼裡，直到看見我的個人資料，知道我是白勝雪總裁親自面試錄用，立刻端茶倒水，雙手遞上ＩＣ員工證，還親自送我搭電梯。

我刷了員工證，向上到十樓，與網路有關的部門幾乎都在這裡。找到我任職的辦公室。「聯合網路安全檢查部門」燙金的字牌光可鑑人，像是新掛上的。

敲門進入第一眼，看見辦公室裡放著一整排大型電腦主機，比人還高，外殼已拆去大半，布滿按鈕與插口，電線糾纏之間，無數小燈泡不停閃爍。四位同事一見到我，立刻從座位起身，上前與我握手，並簡單自我介紹：

主任鄭哥，有個大肚腩，原本是網路安全管理部副主任，負責系統測試；曼姐最資深，一身俐落牛仔裝，身上有股淡淡的菸味，來自網路控管中心，管理後台數據流量；小周穿著帽T，來自主機伺服器中心，是抓bug的專家；Amie長相甜美，一頭亂髮像從來沒梳理過，負責防火牆與防毒軟體。

「我叫黃曉艾，」深吸一口氣掩飾渾身緊張，「我是——」

「不用多介紹啦，」鄭哥擺擺手，「這個就是白總裁特別安排進來的駭客高手，我們都很期待能跟妳見面，想向妳討教兩招呢。」

「對啊！」Amie兩腳一踮一踮，「快教我們寫程式！寫病毒！」

小周也直點頭，說：「聽說妳可以寫出不留任何痕跡的病毒，我們都很想見識一下。」

見我沒反應過來，曼姐便說：「我們都是有程式底子的，看到有高手，當然想要討教討教。」

「人家才第一天來，先緩一緩，」鄭哥說：「我們四個人，雖然現在都是屬於『聯合網路安全檢查部門』，但其實還是做著原本的工作，只是多了一項任務，要聯手對抗黃小姐妳做的新病毒。」

「嗯，了解。」我直點頭，「我的工作就是寫出各種病毒和木馬程式，攻擊鉑宇的電腦系統和主機的漏洞，不僅要測試公司網路，也要幫助公司提早修補漏洞，沒錯吧？」

「沒錯沒錯。」鄭哥也不停點頭。

我又說：「但我還有一個問題，要是鉑宇的系統真的被我攻陷了，那該怎麼辦？如果要在寫出病毒之後，又必須立刻寫出一個解毒程式，這不僅很費時間，也不是我的專長。」

「不用擔心，」小周拉起帽沿，滿臉燦笑，「兩年前，公司買了一台新的伺服器主機，名字叫做『大將軍』，就把原本的主機做為備份機，隨時對大將軍進行複寫存檔，就是妳現在看到的這組『影武者』。妳攻擊影武者就沒問題了，用到整個爆掉也沒關係。」

「喔，了解了。那你說的『大將軍』在哪裡？」

小周說：「大將軍是現在公司裡最新型的伺服器，放在新建的二十樓無塵機房那邊，我現在就可以帶妳去看看，是IBM的Double Z系列，非常壯觀——」

「不急，」鄭哥打斷他，「我先替曉艾介紹環境，其他的之後再說吧。」話畢，帶著我在十樓走走逛逛，領了筆電，並介紹我給其他部門的主管認識，最後帶我到廚房茶水間，一時只有我們兩個人。「黃小姐，白總裁交待過，妳可以在任何時間、任何地點工作，愈是出其不意的攻擊愈好。」

「好的。這……白總裁是不是還交待了什麼？」

「是的是的，」微微一笑擠出雙層下巴，「身為部門主管，白總裁向我說過妳的經歷，只能說，妳入侵校園系統那件事，在公司裡不要提比較好，我怕他們會多問，所以剛剛才打斷妳。妳知道『薄荷糖』嗎？」

個網路上很有名的駭客組織。」

「嗯，我知道他們，他們從台灣發跡，專門入侵黑心公司，把整個頁面都變成薄荷綠的顏色，還有一串字，寫著『Sugar, we are here.』，很酷，很有名。」

「對，就是他們。是白總裁讓我想的辦法，我也是突然靈光一現，就向他們說，妳曾經是薄荷糖的一員，過去的一切都必須保密，就能堵住所有問題了。」

「喔，原來是這樣。」忽然一陣暖心，「謝謝你。」

「不用謝啦，都是白總裁的交待。對了，妳和白總裁是什麼關係啊？他怎麼這麼照顧妳呀？」

「嗯，我們也不是很熟……只是遠房表兄妹啦，他受我媽囑咐，照顧我一下而已。」

「喔，原來是這樣。」鄭哥一個勁點頭。

我猜，他可能沒談過戀愛，才會這麼遲鈍吧。

2020 10.01（四）

今天中秋節，會議室裡擺滿柚子，「聯合網路安全檢查部門」正在進行第一場測試檢討會議。

我本來還在擔心，如果實力太差，「假薄荷糖前成員」的身分恐怕一下子就被拆穿，怎麼也料不到，連續兩個星期不斷測試，鉑宇系統科技公司的網路防護系統，根本還停留在青銅器時代——

首先，公司防火牆只能針對封包的ＩＰ位址與網域名稱進行過濾，其他諸如來源埠號、ＨＴＴＰ或ＦＴＰ、通訊協定、ＴＴＬ值、網段，一律當作沒看到。加上我寫的是全新病毒，防毒軟體沒有資料依據，根本抓不到，且軟體之間的權限不均，多花些時間、多繞點路，想通過根本不難。

其次，公司的系統監測有個前提，那就是必須有一定的規律與流量，若是傳送的訊號微乎其微，再以亂數設定大小，就有極高的可能性被判斷為誤差訊號，完全發現不了。

再來，系統中毒之後，只有最基本的排除手法：掃描分割的伺服器，然後以最快速度格式化再重啟，用備份資料覆蓋。粗暴、有效，但若是面對大規模中毒，客戶端就會出現大問題。

最後一點，之前測試的病毒，類型過於單一，編寫方式也太過古老，尤其隱藏程式碼的手法過於直接，只有高中生的水平，下載檔案也從不分批分流，彷彿開著擴音機偷東西，不被抓到都難。

「……所以，基於以上所述的缺點，這兩個星期來，我改寫的十個病毒中，只有三個被防毒軟體擋下來。而我所創作的七個病毒，只有一個被察覺，另外六個則是完全沒有徵兆就入侵了影武者，雖然有留下一點足跡，還是成功取得目標資料夾裡面的檔案。我已經把目前的缺漏全都標示了出來，可以優先著手的是……呃……大家……」整個會議室氣氛凝滯，宛如被烏雲籠罩。

「唉……」Amie 露出僵硬的微笑，「曉艾姐果然好厲害呀……缺點都找出來了……」

小周的連衣帽壓得老低，搖搖晃坐在椅子上，喃喃說：「真不愧是薄荷糖的成員……」

「……」曼姐僵著一張臉，忍不住從口袋掏出香菸，一副想去逃生梯抽菸的樣子，卻半個字都不說，只是盯著我直看，分不出是敵意還是敬意。

鄭哥低聲說：「這……嘖……嘖……這個……嘖……嗯……」支吾半天下不了結論。

我正尷尬得不知道該說些什麼好，所幸外送員打來手機，說我們的餐點到了，我正好趁機離開，讓他們先靜一靜……

刷員工證，搭電梯到一樓櫃檯，從外送員手中提了兩大袋的牛排鐵板麵與主廚沙拉，一轉頭，看見一位打扮樸素的中年婦女，燙著頭髮，還有一張和藹又熟悉的面孔。

「柳姨？」我問。

柳姨說：「是黃小姐呀！」

「妳怎麼會在這裡？妳提的這些是……？」

「我來給勝雪送午餐啦，」她說，提高手上的兩個保溫袋，「有蘑菇牛骨髓湯、羅望子奶油白醬炒蛤蜊、蟹黃蛋、菜飯、炒五絲，還有我自己烤的月餅。」

「我的天啊，這也太澎派了吧！」我想幫她提東西，可惜自顧不暇，「妳每天都要送菜來嗎？」

「怎麼可能，只有勝雪想吃的時候才會送過來啦，大概是每個月的一號和十五左右。我聽勝雪說，妳也到了鉑宇工作，想不到這麼巧，也來拿午餐啊？」

「是啊，一起上樓吧，一直提著太重了。」

「好好好。」柳姨笑呵呵的，領著我走向電梯，路比我還熟。

「柳姨，妳的手藝怎麼這麼好啊，我聽勝雪說過，妳好像沒有不會做的料理吔，好厲害。」

「沒有啦沒有啦。」

「勝雪的廚藝都是跟妳學的，我每次看到他下廚都超級佩服。柳姨妳是他的師傅，當然會更厲害呀，這是一定的。」

「呵呵呵——」笑得花枝亂顫。

「我上次還想挑戰做伊朗菜給勝雪吃，可惜失敗了，整得廚房到現在都還有燒焦的味道……柳姨呀，不知道是不是可以請妳教我兩道菜，我也想讓勝雪驚喜一下。」

「妳說伊朗菜呀，可惜，我沒學到那裡，我的師父倒是很拿手。我的做菜師父可是曾經環遊世界過的五星級大廚師喔。我吃過師父親手做的一道波斯灣燉魚佐羅望子與葫蘆巴，配上一碗番紅花香米飯，真是太美味了。」

「光聽就好想吃吃看喔。」電梯門打開，我先進去刷員工證，按下十樓，才要問，柳姨也刷了她自己的

ＩＣ卡，按下二十五樓的按鈕，電梯向上。我又說：「也不一定要是伊朗菜啦，只要是能讓勝雪驚豔一下，又不要太複雜的就可以。」

「這樣啊，可是我早就把手藝都傳給勝雪了，要讓他驚豔可不太容易，妳選伊朗菜，還真的是個不錯的選擇呢。」

「還是……方便我跟柳姨妳的師父請教嗎？她人在台北嗎？還是又在環遊世界？」

「啊，這個嘛……我、我不太記得了……好像在國內，又好像不在……」柳姨忽然愣住，結結巴巴，直到到達十樓，才如釋重負地與我道別。「妳到了，下次再聊、下次再聊啊……」

「好的，柳姨再見。」我說，電梯關上門。

我不禁奇怪，懷疑她是不是健忘症發作了？漫步向前，站在會議室門口，聽見裡頭一陣陣唉聲嘆氣。我也忍不住嘆氣，憑這個團隊的水平，別說要我們主動打擊盜版，就連保護現有的系統都很困難。看來，想要達成任務，非得更加努力才行呀。

14／母親

2021
12.30
（四）

緩緩睜開眼，恍惚了一分鐘，逐漸想起自己身在英華會館的小房間裡。翻過身，另一張單人床上，達達縮成一團，正打著鼾。

看向梳妝台，藍秩雲的筆電還開啟著蒙太奇8.0，一個新的影片正在轉檔輸出。浴室傳來聲響，我趕緊瞇起眼睛裝睡。不一會，藍秩雲走了出來，腰上繫著大浴巾，赤裸的上身沾著水珠，肌肉線條勻稱精實，一頭亂髮溼透，向後梳，完整露出他留著短落腮鬍的臉龐，感覺增添了幾分英氣，稱不上帥，卻顯得更有男人味……令我有一絲絲心動，也有一點點臉紅。

藍秩雲倒了一杯水，吃下一顆藥，轉過身，打開電視，從靜音狀態調整得大聲一些。我看見他右肩上有一小個紅色刺青，像是一片楓葉……

螢幕裡又是一身皮衣的朱志城警官，面對十來個記者的提問，臉上緊鎖的眉頭如舊，兩隻手臂擋來擋去，有點招架不住……

一名記者說：「……犯案到現在已經五天，警方對於黃曉艾的去向還沒掌握任何線索嗎？」

朱志城說：「警方已經查清陽明山附近所有攝影鏡頭，並向外延伸，搜尋所有可疑的車輛。但因影片時長過長，雖然已經動用了十幾位警員，二十四小時查看，還是無法確定一個大致的方向。」

另一個記者說：「但是有消息指出，警方已經掌握了一輛可疑的青綠色廂型車，是這樣嗎？」

「你──」朱志城齜牙說著。

又一個記者說：「對啊，聽說有個演員通報，看到黃曉艾帶著白昱達出現在苗栗。今天早上，台中又有一個博物館館員通報，說是看見了白昱達，並且除了黃曉艾，還有一個男性共犯同行，看監視器，正是那輛青綠色廂型車，連車號都拍到了，不是嗎？」

「你們──」朱志城眼睛一瞪，感覺頭髮都要豎起來，「──你們到底是從哪裡得到的消息！」

「……」現場所有人像是閉住了氣，不敢發出半點聲音。

朱志城大吼：「所有人都不許走！你們干擾警方辦案，全都必須接受調查！」頓時一片混亂。

我已經嚇得從床上坐起來，聲音不自覺發顫，說道：「怎、怎、怎麼辦？」

「妳醒來正好，凌阿斯和薛小姐的證詞都被採用了。如果薛小姐是自行報案，那白勝雪也一定知道，我們懷疑他對達達下手。我猜，他一直放消息出來，除了拉仇恨值，還可能是不想讓警方介入……但是我還想不透，他這麼做，背後到底有什麼好處？」

「老公，你、你先不用擔心那些吧，現在不只你被發現，『青田號』連車牌都被拍到了，接下來……我們要怎麼移動啊？」

「放心放心……」藍秩雲看向我，微微一笑，指了指電視，「這是昨天晚上的新聞，我凌晨的時候已經處裡好了，不信妳看。」他又指向窗外。

我趕忙起身，拖著被單走到窗邊，發現路口的停車格裡，原本應該停放著青田號，現在卻停著一輛紅色廂型車，在陽光映照下，非常鮮豔奪目。

「我、我們的車呢？等等……是青田號，青田號變成紅色的了？」

「呵，青田號本來的烤漆就是紅色，青色只是貼膜，我昨晚趁著四下無人，已經撕掉了，連窗簾和抱枕套都換了。我宣布，『青田號』正式改名為『紅葉號』！」
竟然還有這一手。我說：「那、那、那、那、那車牌呢？」
「車牌當然也換掉囉，不，我們之前用的是假車牌，現在才是真的車牌。」
「哇……」我渾身一鬆，放開已被擰成一團的被單，「老公，你、你真的是有備而來吔。」
「呵，那當然。」
才覺得安心，昨晚看見的毒品與手槍卻從記憶中冒出來，揮之不去。

◇ ◆ ◇

刷牙，洗臉，打理好自己，我吃了一點昨天剩下的火雞肉飯，冷冷的，有股淡淡的腥味，讓我一時有些反胃。等安頓好達達在房間裡滑平板，我和藍秩雲就在會館裡展開搜索。
本想直接問櫃檯，恐怕打草驚蛇，於是藍秩雲故意打翻大廳的花瓶，將水潑了一地，所有人員都急忙跑去處理，我趁機進入櫃檯，打開電腦查詢住房狀況，並拍照下來。接著，我們跟蹤清潔人員、敲錯門、假裝吵架，把每個有人的房間都看過一輪，男人、情侶、家庭旅遊……全都不對。除了303號房間，不用人員清潔，也無論我們發出多大的聲響，敲門、拍門，都沒人出來看一眼。
我前往詢問櫃檯小姐。英華會館並不收長租客，303號房住的是會館的女老闆。我說想見她。櫃檯小姐卻說，老闆不讓其他人知道行蹤，也不接受任何採訪。我本還想繼續爭取，藍秩雲叫住我，把我帶離大廳，手上已經拿著清潔人員用的萬能房卡。
趁著四下無人，簡簡單單就開門進入303號房，一股檀香味撲面而來，房間裡非常乾淨整潔，像是從來沒住過人，只有窗邊的小茶几放著一個香爐、一本心經、一枝筆、一本桌曆。

我翻看桌曆，發現女老闆字跡娟秀，幾乎天天都排了行程，今天則是去了澎湖一家餐廳拜訪朋友。藍秩雲拿起心經，書頁之中掉落了兩張照片。一張是白勝雪，他身在白家別墅的廚房裡，一臉愉快的樣子，端著一大鍋蒸氣氤氳的雞湯；一張是達達，坐在廚房的矮凳子上吃蛋糕。

我說：「有這兩張照片就絕對不會錯了，可是、可是澎湖那麼遠……」

藍秩雲說：「澎湖不會遠啦，難的是坐船，交給我，只要跑了這一趟，什麼都可以問明白。」

◇　◆　◇

藍秩雲開著紅葉號走台82線，四十分鐘就到達嘉義布袋港。

我本以為要買票坐船，藍秩雲攔住我，帶我們在海港邊遊蕩，不一會，鎖定一艘掛滿大燈泡的漁船「聯德號」。船主曬得黝黑，皺著臉，不情不願地補著漁網，彷彿有好幾個月沒抓到魚了。藍秩雲二話不說，直接亮出船隻駕駛執照，還有五萬元租金與三十萬押金，輕易把船借到手。

我們三人穿上救生衣，上了船，藍秩雲兀自進入駕駛艙，熟練地發動引擎，舵一轉，順利將漁船駛離布袋港，開進湛藍海面，像是一隻優雅的天鵝游進了碧藍的湖泊。

迎著風，我看著他，驚喜又崇拜，但這份情緒沒有持續太久，只因船隻小，浪卻大，全程像是跳著前進，才五分鐘，我的腦漿已被搖成一鍋漿糊，吐了好幾次。反觀達達，他簡直開心壞了，歡聲尖叫，指著冬陽下的粼粼海面，大喊：「魚！魚！魚！魚！魚！魚！」幾次差點掉下去。

一個小時後，我們順利進入馬公第二漁港，停好船，走路不過五分鐘，抵達了桌曆上寫的海鮮餐廳。我在車上查過，這間餐廳只做晚上五點到十點的生意，中午時段來，果然鐵門緊閉，靠近一些，卻聽見裡頭傳來喝酒聊天的聲音。

藍秩雲敲敲鐵門，喊道：「請問有人嗎？我們是從英華會館來的！請問英華會館的老闆在裡面嗎？」

餐廳裡先是傳來懷疑的聲音，隨即有腳步聲靠近，一雙手頂上鐵門。一身厚實的灰色僧服，戴著茶色毛線帽，儼然是一個尼姑。

「你們是？」她說，約莫六十歲了，臉上紅通通的，渾身帶著濃濃的酒氣，雖已有些皺紋，明眸、長眉、鵝蛋臉、花瓣唇，完全看得出昔日驚人的美貌。

「妳是……？」我說，覺得眼前人十分眼熟，「妳是著名的素食料理大師，《世界「素」風味》的作者，潘庭媗，潘大師！」

「是啊，我是。妳是……？」潘大師一低頭，看見達達，頓時難掩驚喜詫異，「達達，是達達！唉呀！我的寶貝孫子呀！阿嬤好想你喲！」隨即蹲下身，把達達牢牢抱進懷裡。

「孫子？阿嬤？」我和藍秩雲同時說，面面相覷。

廚房裡，餐廳老闆在熱火炒鍋上添油加鹽，翻著鍋鏟，要幫我們加菜。

餐廳裡，潘大師還抱著孫子，一下子餵海膽炒飯，一下子餵章魚蘿蔔湯，一下子餵蒸龍蝦，一下子餵烤海螺……嘴裡還不斷向我們勸菜、勸啤酒，葷腥不忌，絲毫沒有半分尼姑的樣子。

藍秩雲客隨主便，拿杓子，動筷子，吃了不少，一邊稱讚美味，一邊還不停要我也多吃點，尤其是桌上有一盤魚，他說看著像咖哩，卻有一股甘美的酸香味，讓我絕對要試一試。我心裡焦急，還有些暈船反胃，只想要儘快把事情問清楚。等到達達吃飽後，潘大師身上的酒勁也退去大半。

潘大師說：「我認得出來，妳就是黃曉艾。但這位是？」

藍秩雲邊吃邊說：「我姓藍，我不重要。」

我忙說：「潘大師，照妳的說法，妳是白勝雪的媽媽，沒錯吧？」

「沒錯，沒錯……」潘大師輕吐一口氣，「想當年，我與白碩坤剛認識，他就贊助我在台北開了一家大餐廳。我自然是非常高興，隨著餐廳經營得愈來愈好，我倆的感情也愈來愈深，後來我就……我就懷上了勝雪。」

「可是，外面都在傳，白勝雪的生母已經……已經……」

「那時鉑宇還沒站穩腳跟，還必須靠他太太娘家的資金，白碩坤自然不會洩漏這些消息。卻沒想到，他太太也是神通廣大，明明是個足不出戶的千金小姐，卻能自己派人查到餐廳，找黑道來，鬧了許多事由，又找衛生單位，開了好幾張罰單。威脅又恐嚇，讓我在餐飲界沒辦法生存。」

「我都不知道有這段過去……但是，妳現在也發展得很好呀，出食譜、上節目——」

「這都是他太太指定的條件，條件一共三個：我立刻出家、跟他老公斷絕往來、還要帶走勝雪。只有這樣，她才願意放我一馬。」她無奈搖頭，「我雖然也喜歡做素菜，但是只做素菜，我可受不了，所以我才常常出來跟各地的老闆交流廚藝，當然啦，也是為了開開葷。」

「那……」我回想之前得到的訊息，「那英華會館呢？還有，白董之前寄給妳的錢又是……？」

「你們查得還真清楚。白碩坤給我寄錢，就是要用來建立會館，讓我有個容身之處……這樣想來，他待我還是不錯的，對吧？」聲音裡有慈，也有悲。

「原來是這樣子啊……看來白董還是很重情的。」

「所以，妳相信我的話？」一層陰影翳上潘大師的臉。

「那、那當然。」

「哈！哈哈哈！哈哈哈哈哈哈哈——！」潘大師突然一拍桌子，震倒了碗筷，也把她膝上的達達嚇了一跳，「其實啊，這些都是白碩坤告訴我的，我本來也十分相信，但是其中有一個疑點，我花了十幾年才聽出來！哈哈哈！真的是好大一篇的謊言呀！」

「……」我愣沒聽出來疑點在哪裡。

藍秩雲立即說：「是孩子。白太太要接白勝雪回去養，這一點不合常理，白太太痛恨這個孩子都來不及，應該是送得愈遠愈好，眼不見為淨嘛，怎麼可能還想接他回去。」

我說：「啊，真的吔。你好厲害。」

「對，說得沒錯！」潘大師眼睛放光，聲音已難掩忿懟，「經過多年調查，我才明白，他太太對於我，對於我的餐廳，全部都不知情，她真的以為我已經難產死了……我遭遇的一切，全都是白碩坤安排的。他騙我！他讓我擁有一點微不足道的事業，看似是個目標，其實是個魚餌！他還替我蓋了一間會館，感覺是旅館、是餐廳，其實就是座監牢！」

我難掩滿臉的震驚，說：「可是，到現在都這麼久了，白董怎麼還這麼執著……」

潘大師說：「呵呵呵，妳不了解他，他是絕對不會冒一絲一毫的風險，讓他的成就、讓他的鉑宇公司受到任何損傷。」

「那……白勝雪知道妳在這裡嗎？」

她搖頭：「我的一舉一動都被控制住了，勝雪怎麼可能會知道，而且，我也怕他知道……」

我說：「柳姨不就是妳的學生嗎？不就是她在幫妳調查的嗎？怎麼會沒機會說呢？」

「妳……」她聲音一低。

「柳姨？」藍秩雲說：「喔，妳說過的，那個手藝超好的女管家。」

「……」潘大師的醉意霎時又消退不少，「妳怎麼發現的？」

我說：「首先，柳姨從小到大，就對白勝雪非常好。其次，我和她聊過天，她說有一個師傅，環遊過世界，什麼料理都會做。還有，妳收在旅館的那兩張照片，拍照地點都在廚房。最後，我查過食譜，我眼前的這道菜，就是柳姨說過的『波斯灣燉魚佐羅望子與葫蘆巴』。」

「哇……」藍秩雲也對我投以佩服的眼神，「……妳好厲害。」

潘大師說：「沒……沒錯，小柳本來是我的學生，在餐廳倒閉之後，輾轉應徵到白家的工作，我便特別請託她替我照顧勝雪，卻沒想到，她會探聽到這麼多事情……」

藍秩雲說：「這也不妨礙妳告訴白勝雪真相吧？」

「你們還是不夠了解白碩坤，為了他的事業，他真的『什麼事情』都做得出來。」

我說：「妳是說，妳有生命危險……但是，妳現在不就身在澎湖，疫情爆發之前，妳還去了歐洲宣傳素食料理，感覺……感覺沒有妳說的這麼困難……」

她說：「因為這裡是小劉太太的娘家，我每次來拜訪，他都會回去打聲招呼。要不然，他會一直跟著我。說到底，小劉與他太太還是因為我才認識的，加上這裡又是海島，才會這麼鬆懈。」

「小劉是誰？」我和藍秩雲同時說。

「小劉就是白碩坤派在我身邊監視的保鏢之一，他太太的娘家就在附近，很近，應該馬上就會回來了，哎呀！」潘大師一拍腦袋，感覺這才完全酒醒，「走走走！走！你們得快點走！」

「糟糕！」我和藍秩雲趕緊起身。我伸手要抱達達離開，卻發現潘大師面露難色，似乎還有話要說。

「妳……妳還有事嗎？」

「黃小姐……」她一臉嚴肅，緩緩將達達抱給我，「……我從小柳那裡，大概聽過妳的事，我知道，這一切都不是妳的錯，是勝雪他……他……他的執念已經、已經……我身為母親，我也……也……唉……。黃小姐，不管勝雪想做什麼，我請妳一定要盡妳的全力……阻止他。」

「嗯。」我急忙點點頭，接過達達，「對了，請問妳知道達達的媽媽是誰嗎？」

「這……我不清楚……唉……」潘大師握住我的手，順勢將她自己手腕上的一串佛珠滑過來，套在我的手腕上，「……去這裡吧，他或許會知道些什麼。」

「去哪裡？」

「潘大師，我回來了——」門口一個男人大喊，約莫四十歲，高頭大馬，手上提著大包小包，盯著我們直看，最後眼神停在達達身上，「孫、孫少爺？你是孫少爺！那妳就是綁架犯黃曉艾！」

「抱歉了……」潘大師輕聲說，突然大喊，「小劉，他們綁架了達達，還來威脅我！快！快抓住他們！」

藍秩雲把聲音壓在喉間，說道：「往碼頭跑，我隨後就到。」

他才說完，立刻夾緊手臂、縮起身體，一個箭步往門口衝，好快——左右連續幾個刺拳往小劉臉上揮去，發出呼呼呼呼的風聲。小劉嚇了一跳，顴骨與下巴已經被擊中兩拳，忙歪著脖子閃躲，接連後退好幾步，退到店外，被迫讓出了一條路。

我抱著達達向外跑，跑過兩人時，小劉已然反應過來，丟下手上的禮盒，先擺起架式阻擋，順勢展開反擊，他的速度、威力、技巧，全都壓過藍秩雲，令我擔心得放慢速度。

「快走——」藍秩雲自信的眼神加上低沉的吼聲，像是命令不可違抗。

我卯足了勁，抱著達達往巷尾衝，轉彎處趁機回頭望一眼，小劉一拳揮在他臉上，發出咚一聲悶響。藍秩雲翻倒在地後迅速起身，卻是滿臉的光彩，讓我更加堅信，他絕對有辦法脫身。

繼續前進，看見碼頭的瞬間，聽見後面傳來「砰！」一聲，我頓時腳軟，急急回頭望……

槍聲？不是鞭炮……是槍，絕對有人開槍。是誰？是那個保鏢小劉，還是……還是藍秩雲，是他開槍嗎？還是他中彈了？不行，不管是誰開槍、不管是發生了什麼事，我必須回頭搞個清楚……

「我沒事！不要停！趕快跑！」

是藍秩雲的聲音，明明沒看見我，卻像是讀透了我的心。我轉身繼續往前跑，跑到碼頭，跳上聯德號，幫達達和自己穿上救生衣。藍秩雲隨後趕到，衝進駕駛艙，發動，遠離岸邊。

看向達達，一臉興奮。看向碼頭，小劉緊追而來，滿口髒話，正打著手機，不知是在報警，還是回報給白碩坤。看向船艙，藍秩雲掌著舵，一絲鮮血緩緩流出他上揚的嘴角，輕輕一抹，像是個玩得忘乎所以的大男孩，單純、固執、瘋狂，卻又那麼認真地幫助我……。我本想問開槍的事，卻沒開口，因為，我更想走到他身邊，慰問他的傷，給他一個擁抱，再加上一個……

船迅速轉出漁港，加速，像是一支飛箭劃破天空。

「嘔——」

……我又開始反胃了，滿嘴酸澀苦味。唉，也許下次吧，等事情都過了再說。

15／公司

2020 11.16（一）

在公司待了兩個月，我除了自己寫病毒，也教同事。可惜的是，鄭哥的思考停留在過去，學不了新把戲。曼姐外表雖然酷酷的，但一遇到挫折，就會躲到逃生梯抽菸。Amie 雖然聰明，卻太懶，防備意識太低，筆電密碼都是設「1234」。只有小周最認真，程度有大幅度提昇，跟我也最有話聊。

然而，我的另一項任務完全沒有進展。那些提供盜版蒙太奇的網站，設置了多重的虛擬主機與ＩＰ跳板，程式主體則分別藏在數十個第三方網站供人下載，以我一個人的能力，完全不得其門而入……，不禁時常幻想，不如寫封信給薄荷糖，請他們幫忙，可能才有辦法查破吧。

上午開完會議，大家各自忙碌，小周帶我上二十樓，穿上無塵衣，輸入一大串複雜的密碼，打開大門，終於踏進伺服器主機房，一覽「大將軍」的真容。

不愧是ＩＢＭ的 Double Z 大型主機，黑色幾何切割的外殼，散發著藍色冷光，充滿科技感，發出極為低頻的運轉聲，並排串成一串，在狹長的房間裡繞了一圈，加上空調冷到令人發抖，就像是一台正冬眠的變形金剛，蘊藏著無窮的力量，一旦覺醒，足以飛上外太空。

我不禁壓低聲音說：「我從來沒見過這麼厲害的大型主機，比影武者帥多了，可以打開看嗎？」

「當然可以。妳怎麼說話這麼小聲？」

「呃……我怕吵到它……」

「不愧是曉艾姐，太懂了！我跟大家說電腦有靈氣，他們都不信吔。」

「我信，不只電腦，只要是電器就一定有靈氣，通電的嘛，一定有磁場，磁場就會帶來靈氣。」

「對對對，就是這個道理。我跟妳說，在影武者還是公司主力機的時候，還有一台舊型主機，二、三十年了，專門用做公司的資料保存與軟體密碼啟用，那個的設計雖然很呆，就像一台大冰箱，但是呀，我發現它每天晚上都會移動位置，一定是有靈體附身。可是大家都說是運轉的震動，真是傻眼。」

「震動是一回事，靈體是另一回事吧。靈體很有可能就是利用震動來進行移動的呀。」

「就是說嘛！」小周滿臉笑容，像遇見人生唯一的知己，「今天輪到我做測試維護，妳有空嗎？要不要我示範給妳看。啊，還是妳每個星期都來？我可以教妳有關大將軍的事，妳有興趣嗎？」

「好啊好啊！當然有！我當然有興趣，我要來！」

小周好開心，打開大型主機，對資料區裡的檔案進行維護與壓縮。只見他按下各種按鈕之後，利用各種插口，連結筆電與大將軍，確認檔案位置之後，使用專屬程式進行操作……，任憑小周怎麼細心說明，我頂多只能聽懂一、兩成，卻讓我覺得更有興趣，不停做筆記。

◇　◆　◇

中午我一個人出去吃飯回來，還帶了一條蜂蜜蛋糕要和同事們分享，正進電梯，白勝雪傳來問候的簡訊，一番打情罵俏後，叮！兩片門開啟，我才發現自己忘記按樓層，被送到了十三樓。才按下關門鍵，就聽見「啊！」一聲，宛如遠方有人正在喊我。急忙又按下開門，一低頭，看到一個圓臉的瘦小男孩正看著我，

抱著一隻白貓，打著赤腳，快速穿過其他員工，一路向我跑來──

我說：「達、達達，是達達嗎？」

「啊！啊！啊！──」達達一臉興奮，朝著我又叫又跳。

「達達，你怎麼在這？你要說什麼慢慢說。啊，忘了你不會說話……今天是十六號，喔，你是不是跟柳姨一起來的──？」

「啊！啊！啊！啊！啊！──」達達伸手拉著我的褲子，帶我離開電梯。

達達領著我到一個房間，門口寫著「員工托兒遊戲室」，寬敞的空間照明充足，空調也適中，布滿各種造型的軟墊，還有小汽車、軌道車、積木、拼圖、成櫃的繪本、超大電視、超大球池……，沒有半個人在使用。我看門口告示，因為肺炎疫情，已停止開放。

達達超級興奮，急忙衝進遊戲室，放下咪咪，不停拿出各種玩具朝我獻寶。我工作剛告一段落，留他一個人在這也不放心，便脫了鞋子、挽起袖子，走進遊戲室陪他，玩玩具，拼拼圖，吃蛋糕，開車車，在球池裡游泳。

我意外發現達達非常聰明，什麼遊戲都一點即通，尤其是拼圖，兩百片竟然只要花十五分鐘。我愈發心疼他，陪玩得更起勁。達達一直黏著我，不時還要抱抱、摸摸頭，笑聲沒有一刻停下來。

咕咕鐘報時，下午四點了，達達急忙穿上鞋，揹上水壺，抱起咪咪，比手畫腳地要我陪他一起離開。我搞不清狀況，在他的指揮下，刷了員工證，搭電梯向上到十七樓。這裡有些陰暗，看著門牌，應該是會計與法務部門的樓層，不知道怎麼搞的，沒有半個人在上班。

達達一路往裡面走，走向一間寫著「資料室」的房間，門是虛掩的。咪咪掙扎了一下，翻身一跳，瞬間就跑得沒影，達達趕緊去追。我本來也想追，但是資料室裡不斷傳出噠噠聲，引起我的注意。

向裡頭張望。只見一個女人，一頭卷曲的黑亮長髮，一身繽紛的碎花洋裝，柔潤甜美的側臉非常專注，是蘇琳。她正以飛快的速度操作著鍵盤與滑鼠，同時盯著三台電腦螢幕，螢幕裡，大量的資料流洩，滿滿的細項和數字，我才看清一行，她已經切換下一頁，搞不清到底做了什麼操作……

原來是蘇特助帶達達來的，但是，她在這裡是要做什麼？正想敲門，一陣手機鈴響，蘇特助快速接聽，並開啟擴音，以便空出雙手——

「董事長，我已經快處裡完了。」蘇特助說，手眼持續工作，速度絲毫不減。

「嗯……」手機傳來白碩坤蒼老嘔啞的聲音，「……沒被發現吧？」

「沒有，這是白勝雪親自放的假，不會有人起疑心。」

「情況……怎麼樣？」

「進度與預期的差不多，已短少了快一億，都是少少的，東一點，西一點，沒有細查很難發現。」

「好，很好……妳慢慢來，我要這個坑愈來愈大，大到……可以影響董事會，一定要將白勝雪這個孽子……拉下總裁的位置。」

我心中驚呼：他們這是在竄改資料，想要陷害白勝雪啊！

慢慢向後退，不料左腳絆右腳，鞋跟踢到牆上的木製踢腳板，發出喀一聲脆響。

「誰？」蘇特助問，迅速切斷通話，關閉電腦。

我正緊張得心臟直跳，咪咪正好從我腳邊鑽過，後面達達也追上來。電光石火之間，我迅速往前跑，彎腰，一把抓住牠，並大聲說：

「咪咪，終於抓到妳了！」

資料室的門被推開，蘇特助探出頭來，說道：「啊，是黃小姐啊。」

「啊，妳是……喔，」我發自內心地露出驚訝的表情，「蘇特助，原來是妳帶達達來的呀，我們剛剛在七樓玩了快三個小時呢。達達一帶我上來，咪咪就跑掉了，追了半天，終於抓到了。」

達達氣喘吁吁趕來，樂得啊啊亂叫，搶著抱走了咪咪，雖一句話沒說，卻間接證明了一切。

「喔，原來是這樣，」她走出來，反鎖並帶上門，然後彎腰摸摸達達的頭，「不好意思，我忙著工作，就把你忘記了，抱歉喔。達達，你真的跟黃小姐玩了三個小時嗎？」

「嗯嗯嗯嗯。」達達直點頭。

蘇特助站直身體，說：「想不到黃小姐能跟達達處得這麼好，真是太難得了。達達從以前就很少跟人親近，他喜歡偷偷觀察一個人，如果覺得這個人很好，才會找他一起玩。所以，黃小姐妳一定做了什麼好事，達達把妳當好人，才會願意跟妳玩。」

「真的嗎？太榮幸了。」我也摸摸達達的頭。清明節那天，我們見面不到一分鐘，哪夠做什麼好事？還是先轉移話題吧。「蘇小姐，妳是哪裡人啊？我總覺得妳好夢幻喔，不像是台灣人。」

「呵，真的嗎？」她說，臉上露出一絲酸澀，領著我往電梯走去，「我是混血兒，是在德國的孤兒院長大的，因為參加了數學奧林匹克大賽得了冠軍，被白董事長看中，接我來台灣生活，還能當上白董事長的貼身祕書與特助……白董事長他，真的是我的大恩人。」

「喔……」難怪妳和白董合作無間，「那、那妳認識白宇光嗎？」再度換話題。

「呃……呃……」她臉上一陣青，一陣白，「……我和宇光很不一樣，他喜歡滑雪、飛行，喜歡極限運動，我則是喜歡數學、喜歡縫紉，我們真的很不一樣……」

「蘇小姐，妳怎麼了？妳和他之間……？」

「……其實，白董事長曾經想讓我和宇光交往……可惜……戀愛這種事，真的沒辦法勉強……」

「是啊，感情這種事啊，只要一勉強，絕對沒有好下場。不過對方長得很帥吔，還曾被評選為全國第三名的黃金單身漢，實在是很難挑剔。還是……妳已經有喜歡的對象了？」

「這……算是有吧，真要比的話，我覺得他比宇光還帥，個性也更沉穩些。」

「真的啊，妳說的是哪個——」叮。趕在冷場前，電梯終於來了。
她說：「我還要去樓上一趟，先走一步，再見。」蘇特助拉著達達走進電梯，按下關門鍵，離開了十七樓。
我立刻拿起手機打給白勝雪，將我所見到的所有事情，全都告訴他。

16／老家

2021 12.30（四）

跳下聯德號漁船，回到嘉義布袋港，遠遠就聽到警笛聲，租船的三十萬押金都來不及拿，急忙衝上紅葉號，沿著台61線、台64線南下，上國道1號，往高雄榮總前進。

我坐在床板上，看著手腕上的佛珠，琉璃質地光滑細潤，白色為底，燒製了許多黑色圖樣，每一顆都不同，有的像游魚，有的像葉梢，有的像羽毛，有的像水波，有的像森林，有的像流雲……透著一股大自然的力量，令人想到海，想到山，想到天空……想到家……

「老公，」抬頭，望著圓鏡裡開著車的他，「我想回老家看看。」

「啊？」藍秩雲皺起眉頭，「可是，在這種情況下，我們的行蹤可能隨時會曝光，而且妳父母住的地方，有很高的可能已經被警方監視了，很危險的。」

「一眼，我就回家看一眼就好，我現在真的……真的好想見我爸媽，看一眼就好，看完一眼我們馬上走，不用見面，就看一眼……我已經三年沒有回過老家了……」

「這……」他歪著頭，思考良久。

「老公……你已經多久沒見過父母親了？」

「……」

「他們總是怕麻煩我、怕打擾我，還有疫情，怕我生病，讓我不要回去。但是這真的太久了，現在好不容易來一趟台南，又出了這樣的事情，之後……之後會怎樣還不知道……我、我真的很想回家看一看……」說著，眼淚不禁流下來。

「好吧，是該回去看看……」他說，臉上帶著一絲絲溫柔、苦澀，與深深的理解，「但是，我要吃米糕和炒鱔魚喔。」

「呃，當然好啊。呵呵……有時候我真不知道，我和你是誰比較愛吃。」

紅葉號立即從319永康出口下交流道，前往新化老街。我從小生長在這裡，這裡的一景一物，就算閉著眼睛也無比熟悉；百貨店，冰果室，鞋行，咖啡，開始賣伴手禮的老藥房，改走文青風的米穀老店；然後就是我家，老街街尾的最旁邊角落，堆滿電視、冷氣、收音機、洗衣機……，小小的電器維修店面，老舊到有點殘破。

爸爸穿著起毛球的鋪棉外套，一旁擺著拐杖，斜坐在藤椅裡，滑著我送他的平板電腦；媽媽身著我送的羽絨背心，端著熱騰冒煙的兩大碗麵，準備吃晚餐。一切平靜如昔，不禁令我熱了眼眶。

我說：「好了，可以了……我們走吧。」

藍秩雲說：「這不對。出了這麼大的事，他們不可能還開門做生意。」

趁著紅燈，我再次看向他們，爸爸表情緊繃，一直分心看向店外，媽媽也是，細看，兩人身上竟都帶著傷。我循著他們的視線，轉頭將窗簾撥開縫隙，店門正對面的馬路邊，停著一台黑色大型重型機車，坐著一個黑皮褲、黑皮衣、尖嘴猴腮的中年男人，一臉兇惡樣子，正盯著我爸媽直看。

「啊！」我驚呼，「是張烏鴉，那個混帳在這裡幹什麼？該不會爸爸他又去賭了吧？」

「張烏鴉？」藍秩雲也急忙轉頭去看，「張烏鴉工作的賭場不是在高雄嗎？人怎麼會在這裡？」

「你也認識他？」

「嗯，他隸屬『三嶺幫』，地位應該是個組長，有四、五項暴力前科，很不好對付……」

「三嶺幫……」我聽著有點熟悉，然而激動的情緒讓我不能細想，「那、那怎麼辦？張烏鴉已經對我爸媽動手了，一定是為了抓我，他很變態，從以前就對我很有興趣。現在到底該怎麼辦啊！」

「不要急，」藍秩雲朝我用力點點頭，「我們留下來，先把這個張烏鴉處裡掉再說。」

「太好了！老公謝謝你，謝謝你——！」我衝上前擁抱他，眼淚撲簌簌地流出來。

◇　◆　◇

撥動著鱔魚和米糕，我一雙筷子拿在手上半天，卻怎麼都沒有胃口。

就要九點了，紅葉號裡沒點一盞燈，停車的地方，距離老街街尾有三十公尺，晚上的街道冷冷清清，視線很開闊，映著附近招牌的光線，再加上望遠鏡，無論什麼狀況都能看得清楚。

我說：「……不知道張烏鴉晚上還會不會回來？想不到，他還有手下可以換班。」

「別擔心，他今晚不回來，我們就再多等一天。」藍秩雲輕聲說，臉貼著車窗，眼神被鏡筒遮擋，「我看妳最近胃口不好，吃得很少，是身體不舒服嗎？」

「沒有，我沒事。」我摸摸達達的頭。達達揉著眼睛，手指依舊滑著平板。

「嗯……能夠住在新化老街，還有一棟巴洛克式的房子，妳阿公那一輩應該很有錢吧？」

「是挺有錢，以前我阿公開電器行，是附近第一個買電視機的人，在崞口里還有兩甲田呢。」

「那現在怎麼……？」

「唉……小時候，我爸就喜歡賭兩把，國中畢業之前，我跟我媽一起看著他，倒也還好。我讀高中之後搬出去，他就認識了張烏鴉，到他的賭場賭博。一開始還有贏，後來就輸到脫褲子了。我高三那年，兩甲農地沒了，店也關了。上大學的時候，家裡還欠了幾百萬，就算我每天打工也還不完。」

「唉，真是辛苦妳了。」他說，引起我一陣鼻酸。「那後來呢？後來怎麼沒事的？」

「嗯……是我媽，她看出張烏鴉對我有意思，就暗示他，說等我畢業，要把我嫁給他，拖延了時間。另一方面，又去求我外公，讓他又賣了一塊地，這才把賭債一口氣還完。張烏鴉很不甘心，打斷了我爸的一隻腿，卻也讓他被抓去關了一陣子，還被警察盯上，這才把賭場移到高雄。」

「嗯……」藍秩雲的臉有些僵，「其實，我碰巧知道這個張烏鴉，他……他殺過人。你爸爸只被打斷一條腿，算是幸運的了。」

「真、真的假的？」

藍秩雲沉重點頭。我忙搶過望遠鏡，九點整，應該拉下鐵門了，店卻還沒關。一直等到九點五十，張烏鴉騎著他那台 1200cc 的雙缸重型機車回來，直接停在維修店門前，一邊講手機，一邊跨下機車，大手一揮，吼著想吃永和豆漿，他的手下急忙騎機車離開。剩張烏鴉一個人，大搖大擺走進店裡。

「好機會，」藍秩雲立即朝我喊道：「老婆，妳開車，把他的機車撞爛！然後繼續往前開，記住，不要急，不要開太快！」

「啊？好……」我有些摸不著頭腦，身體卻已立刻動起來，衝往駕駛座，「那、那你呢？」

「我去埋伏。」

藍秩雲立刻下車，從路邊撿起半截生鏽的鋼筋，迅速往我家的電器維修店前進。

把達達安置在副駕駛座上，綁好安全帶，發動引擎，緩緩踩下油門，先慢速前進，等到藍秩雲站定位子，我立刻加速，愈來愈靠近，心中卻愈發膽怯，不禁鬆了腳——耳邊突然聽見張烏鴉的吼聲，似乎還砸了什麼東西，我爸媽開始尖叫求饒——

油門踩到底，全力撞下去！砰！重型機車瞬間噴飛，重重摔在地上彈了兩下，又在柏油路上打滑摩擦，破碎斷裂，金色的火花四濺，點燃汽油。轟！廢鐵中爆出火焰，瞬間照亮四面八方！

「哇！」達達一臉樂呵呵的，大聲說：「爆炸！」

「幹——！」張烏鴉爆聲怒吼，「幹恁娘咧——！我的車啊！幹！幹！幹——！」

我心裡一震，趕緊再踩油門，狂轉方向盤向前。

往後照鏡一瞧——張烏鴉快步追出來，從腰後拔出手槍，不斷朝車尾射擊，砰！砰！砰！砰！砰！像是要把滿腔的怒氣全部發洩殆盡。

一道身影疾速竄動，悄然無聲之間，已經跑到張烏鴉身後，大喊：「白總裁問候你！」奮力一跳，把鋼筋舉得半天高，用力一揮，像是一道閃電凌空劈下。鏗咚一聲悶響，張烏鴉才轉過頭，踉蹌兩步，手機先脫手，接著全身彷彿斷線的木偶，脫力一摔，四肢全散在地上。

「啊，太、太好了……」我說，立馬下車，想要趁機跟爸媽見一面。

藍秩雲向我用力推了推手，要我留在原地。只見他從外套裡拿出一個銀色的隨身碟，還有一小袋白色的粉末，彎下腰，輕輕塞進張烏鴉皮夾克的口袋。起身後，轉頭看向店裡我的爸媽，說道：

「兩位，這一切都是我們『白總裁』，與他們『三嶺幫』的恩怨，不管誰來問，儘管這樣回答就是了，自然有我們『白總裁』和他們『三嶺幫』的人承擔。千萬不要想著息事寧人，免得惹禍上身，『白總裁』或『三嶺幫』，無論哪一個，你們都惹不起……知道了嗎？」

「是……是……知道了……」我爸媽回答。

「好，很好，不要報警，等等有人會來收拾。」藍秩雲說完，又朝他們擺了擺手，並快步走向我。

「哇……太、太帥了……」我看著他，彷彿看見江湖中的大俠。他這樣一說，事情的性質就變了，我們不是在保護我爸媽，而是冒充白勝雪在找三嶺幫的晦氣，如此一來，我爸媽就能躲過後續所有麻煩！愈想，淚水愈是不停在眶裡打轉。「……老公……謝謝，真的很謝謝你……冒這麼大的危險，還、還為我爸媽考慮了這麼多……」

「現在先別說這個，剛剛去買宵夜的小弟馬上就會回來了，快上車。」

我趕忙照辦，迅速上車，藍秩雲正要跨進車門，身後突然傳來一絲驚呼聲，是我爸媽的聲音。砰！砰！兩聲槍響，我不禁身體一震，忙從車窗向後去看，是張烏鴉，手上拿著手槍，像是透支了剩下的所有氣力，頓時白眼一翻，再次昏了過去。

「呼……」我說：「嚇我一大跳，老公，他又昏倒了，我們快走吧。」

「嗯，」藍秩雲踏上紅葉號，帶上車門，「妳……妳開車。」

我立刻坐上駕駛座，等藍秩雲緩緩走到後頭的長椅，踩下油門前進，正好張烏鴉的小弟急忙騎車回來，與我們錯身而過。我不禁呼了口氣，心臟還在噗通噗通直跳。從圓鏡裡看向藍秩雲，他低著頭，臉色不太好。

「老公，謝謝你，你剛剛在張烏鴉身上放了什麼……老公，你還有別的計畫對不對，可不可以告訴我，我不想要你一直瞞著我——」

「轉國1，老婆，現在就去高雄榮總……現在就去。」

「現在……？不先過夜嗎？到那邊都十點多了，已經不能調查什麼了——」

「現在就去，把我放在急診室就好……妳找個地方把車子藏起來……然後……混進醫院裡查達達的媽媽……的事……最後……再來帶我出去……」

「什麼，我一個人？誰來顧達達？那你呢？還有，帶你出去哪裡？」

「……不要停……不能停……」他說，臉上更加蒼白，坐姿也走了樣，忽然身體向下一滑，整個人斜趴在地上，卡其色的外套上帶著一圓暗紅色的血跡，「……高雄榮總……不要停……」

「天啊！你中彈了，得先處理傷口——」忙把腳放在煞車上。

「不要停！妳處理不了的……榮總，快，愈快愈好，不准停——！」

藍秩雲無力地對我大吼，彷彿完全豁出去了。我霎時背脊一顫，想停車，又不敢反抗……正不曉得該怎麼辦才好，達達突然解開安全帶，跳下位子，往藍秩雲衝過去，跪在地上，用全身的力量往傷口施壓。

既然如此，那我只能繼續駕駛，盡量將油門往下踩——

17／幫忙

2020
12.16
（三）

一個月前，我將白董事長和蘇特助合謀的事告訴白勝雪，之後他再沒跟我單獨見過面。沒找我去他家過夜，也沒來我家陪過我，上班時間不看訊息，下班後也一樣忙碌，吃頓飯、健身、逛街，甚至散步他也全部婉拒。只剩下花店不時送到家裡的一束花、外送員送到辦公室的一份早餐……，就連問候的訊息也愈發簡短：

一開始是「白勝雪：早安，我等等讓人送過去妳最喜歡吃的早餐喲。」變成「白勝雪：早安，早餐要記得吃喔。」再變成「白勝雪：早安啊。」又變成「白勝雪：早。」昨天早上，終於成為「丘秘書：黃小姐早安，餐點已經放在您的桌上，祝您用餐愉快。」

我心裡愈來愈不爽。直到那天中午，我去一樓大廳拿午餐，見到白勝雪領著二、三十位公司主管走出來，烏壓壓一片前呼後擁，無處不是西裝皮鞋，派頭十足……，然而，我竟差點沒把他認出來。

白勝雪原本白亮透紅的帥臉，如今灰撲撲的，像是蒙上了灰塵，眼眶下隱隱帶著烏青，眼睛帶著血絲，顯得有點迷濛，襯衫、外套、褲子發皺，像是好久沒有熨燙過，走起路來手腳都是散的，背也有些駝……，隔著人群，他朝我露出久違的微笑，忽然神情侷促，撥撥頭髮，振振外套，又向我一笑，似乎是要我放心，卻透著逞強。

忽然一陣心酸，酸到心底……我要立刻弄清楚到底是怎麼回事？

今天一早，我傳訊息給丘祕書，想請她吃泰國菜當午餐。她說最喜歡吃泰國菜，立刻答應。一到中午，我趕忙開車到餐廳，還沒報手機確認訂位，丘祕書已經在坐位上朝我揮手。

我說：「妳怎麼這麼早？點菜了嗎？」

她說：「我才剛到，妳點啦，我不會點。妳不知道，難得有人會找我吃午餐，真的是好開心喔。」

「怎麼會？妳可是總裁祕書，怎麼會沒人找妳吃飯？」迅速把菜單勾一勾，遞給服務生。

「總裁祕書，職位小，影響力卻不小。上面的主管不好意思放下身段，下面的員工怕有壓力，也不敢高攀，位置很尷尬的。我只好一個人吃午餐，肚子裡好多八卦都沒地方說。」

「那太好了，我最喜歡八卦……那現在公司裡最大的瓜是什麼？」

「最大的瓜啊……」她掩嘴偷笑，「就是妳和總裁其實是男女朋友啦。」

「喔……」機會這麼快就來了，我刻意壓低聲音，「……什麼男女朋友，昨天一整天，我一直傳訊息給他，他連讀都沒讀……真不知道他最近在忙什麼？他是不是覺得淡了，還是膩了……」

「妳千萬別這樣想，白總裁還是很關心妳的，他這幾個月來，一直在忙著籌組律師團，非常忙。」

「律師團？是要跟誰打官司嗎？是不是白董？」

「白董？」丘祕書一臉詫異，迅速搖頭，「不是，怎麼可能。是盜版蒙太奇軟體的事。」

「喔……我聽勝雪說過。」

「是吧，公司最主力的產品就是蒙太奇影片剪輯軟體，占了總營收的一半。但是網路上的盜版一大堆，已經影響到公司了，造成運營資金短缺，常常得挖東牆補西牆。這本來就夠麻煩的了，在資金移動的過程中，似乎還有人利用金流漏洞，在裡面偷偷A錢，恐怕少了好幾億喔。」

「喔！原來是這樣。」一定是白董和蘇特助。「所以白總裁這個月才會這麼忙啊……」
「不是不是，」丘祕書猛搖頭，「真正重要的是律師團，那是白總裁上任以來對內的第一項改革，這兩個禮拜終於正式運作，白總裁堅持要親自主持，每天都熬夜到天亮，在公司洗澡、睡沙發。」
「所以……這個律師團到底要對付誰？」
「就是要對付那些下載盜版使用的人啊！」丘祕書大手一揮，那動作，那氣勢，感覺就像是白勝雪在我面前說話，「白總裁要讓那些人付出代價，補上公司應該得到的獲利，停止虧損，一口氣制止那些金流漏洞的產生。」
「那、那律師團他們有抓到人了嗎？」
「也算是有啦……從一開始的律師小組算起，一年來，抓到了四個人。」
「一年才四個？這……這……」……這樣根本沒用呀。
菜送上來了，聞著酸香辣爽，我卻沒心情吃。丘祕書嚐了一口綠咖哩，嗆得直咳嗽。
◇ ◆ ◇

下班後，車流從瑞光路一路塞，上了堤頂大道還是堵，在黑夜裡走走停停，看著那些不明不暗的車燈，彷彿我的心思，那麼沉悶鬱結，滯塞不通……
一切都是我的緣故——
我進公司三個月來，除了一份盜版蒙太奇的網站列表，沒有任何進展。我忙著寫病毒，加強系統安全，閒來無事還會搞搞直播，非常開心，根本沒把白勝雪交待的任務放在心上。要是……我能夠將盜版一網打盡，白董和蘇特助就不能趁機搗亂。要是……我能夠多做些什麼，他就不會這麼疲累。要是……我能更有用，說不定，我現在就可以陪著他，跟他一起努力……

踩上樓梯，回到家，一邊想著沒結果的事，一邊慢吞吞地洗了個澡。穿著浴袍，看著各種排列整齊的健身器材，完全提不起勁，整個人摔在沙發上癱坐，坐了不知多久……電鈴突然響起。我以為是白勝雪，趕忙跑起來開門，怎麼也沒想到，來的卻是盧逍。

我說：「盧、盧小鴿鴿，你怎麼會來我家——？」

「前輩！」他蓬頭垢面，渾身潮溼髒汙，瞬間鑽了進來，關上門，「救、救我，救救我！」

「救、救你？發生什麼事了？」

他像是嚇壞了，猛抓住我的手臂，尖聲說：「救我，救救我，求求妳救救我！」

「等等，你先冷靜一下——。哇！等等！等一下，你好臭啊！臭死了！」

他身上傳來一股驚人的酸臭汗味還有魚腥味，我簡直要吐出來。用力將他推進浴室，叫他立刻洗個澡，拿了一套休閒服遞進去，還泡了一杯甜蜜蜜、熱烘烘的蜂蜜牛奶。十五分鐘後，盧逍稍微恢復陽光大男孩的模樣，呼吸與情緒已平復不少，表情卻依然緊繃。

「前輩……聽說妳交了一個好男友，還換了好工作，看來是真的。我身上這套衣服不便宜吧？」

「嗯，是啊……是有點貴，本來是要送給他，他說穿起來不舒服，我又找不到發票，就一直留著。」

「這麼好的衣服還嫌不舒服，看來妳男朋友的品味很高。嗯……」他環顧四周，「感覺妳家的裝潢也變漂亮了吔……」

「喔，這些家具都是我男友送我的啦，多虧了這些東西，我才能把家裡打掃得整齊一點——」

「前輩！借我錢！」吼聲帶著哭腔，「十萬，不，五十萬，借我五十萬就好！拜託，求妳了！」

「等等等等，我哪有這麼多錢——」

「妳還有男友呀！」他又衝過來，抓住我的兩隻手臂。

「是男友，又不是我老公，他再有錢，我也沒錢借你呀。」我用盡全身力氣，把他推到沙發上坐好，忙遞上蜂蜜牛奶，「你再冷靜一點，說清楚，到底是發生了什麼事？要錢幹什麼？要我救你什麼？」

盧逍像是餓壞了，拿起馬克杯就喝，卻被燙了嘴唇，只得吹了又吹，先將蒸氣吹散，才能緩緩喝下，緊繃的神經也逐漸舒展。

他說：「一開始，是因為我……我爸媽在鳶哥的賭場欠了一大筆錢，算是抵債，我才被迫到鳶哥的賭場工作。但是……那些打打殺殺的事，我做不來，鳶哥才讓我到彪哥手下做直播，其實，妳不知道，我在星魚賺的錢，只能拿一成，其他都是要還債的。」

「只拿一成？那你的收入還能進入全星魚前二十名，也、也太厲害了吧。」

「呵，是挺厲害的吧。」微微一笑，笑得無比虛弱，「我為了直播，下了超多功夫，把全世界前一千的 YouTuber 都研究遍了，還看了網路上所有的韓國綜藝……要不是鳶哥不願意，好多綜藝節目的企劃都來挖角過我呢。但是，妳也知道，疫情的關係，星魚賠了很多，快撐不下去了，就連《大學生駕到》也停止錄影……鳶哥他、他終於放棄我，要我去接客……」

「什麼——！接客？」我不禁大喊，「那個鳶哥還做這種生意啊？」

「是呀，不像彪哥，主要是負責洗錢和討債。鳶哥他，開賭場、酒店、毒品、賣淫、殺人……什麼都做……」他聲音發顫，兩眼無神，像是在暴風雪中失了靈魂，「他們逼我去服侍那些貴婦人，可是、可是我對女的……我沒有嫌棄她們，但是女的，我就是沒辦法呀……」

「啊？女的你沒辦法……喔，原來你是 gay 呀！」我說。盧逍白了我一眼，似乎這是件再明顯不過的事。我搔搔頭，又說：「我、我都沒看出來吔……所以，你已經被……被、被她們……」

「沒有，我真的沒辦法……我一看到她們的裸體就反胃，如果再逼我，我就會開始嘔吐……所以鳶哥就派火雞哥把我關起來，要把我賣到泰國去接男客……我是趁著他們換船的時候跳海，自己從基隆游上岸，還搶了一台摩拖車，一路騎過來的。」

「哇咧……這麼狠！那……那你怎麼不去報警呢？」

「妳、妳知道瀧哥嗎？」

「嗯……瀧哥是彪哥和鳶哥的結拜大哥吧，其餘的我就不知道了。」

「是的，就是他。他們三個人結拜之後，成立了一個『三嶺幫』。據說，這個瀧哥的身分是個謎，從來沒人見過他的真面目，唯一只知道，他對警政部門很有辦法……所以，我怕報警反而會暴露位置。而且，只要鳶哥在，一定會不擇手段達成目的……要是報了警，我怕下場可能比現在更慘……」

「呃……這樣啊……」原來彪哥他們黑白通吃，這麼難對付。「那、那你是欠他們多少錢？才五十萬嗎？五十萬有必要做到這個地步嗎？」

「五十萬是用來跑路的……我爸媽原本欠鳶哥一千萬賭債，我被逼去還債之後，他們又去賭，又欠了一千萬，所一共是……」

「天啊！兩千萬！這也太多了吧，這……這……讓我想想……讓我想想……」

這麼悲慘的情況，跟我家一模一樣，不禁開始同情，想要幫忙。各種方法在腦中測試，全都破綻百出……除了一招。這招雖然又偏又險，卻是我暗中留下的壓箱寶，是不到「絕境」不能動用的殺手鐧……。等到盧逍把蜂蜜牛奶喝到杯底，我才終於下定決心：這就是他的「絕境」，必須出手了！

我迅速搬來筆電，坐到餐桌旁，開啟市面上常見的 Kali Linux 駭客系統，打入一串又一串程式碼，熟練地進行一系列操作。盧逍靠了過來，坐在我身邊，一時看傻了眼。

他問：「這是什麼？」

「這……」我不禁壓低聲音，「以前星魚的主機常當機，有幾次連 APP 都差點停擺，你記得嗎？」

「記得，都是妳修好的。彪哥可佩服妳了。」

「其實……那些當機都是我造成的。」
「什麼！」他又大聲起來，「妳、妳……是妳？」
「我就是三年前，海大網路選美事件的主謀……黃曉艾。」
「啊？我、我一直以為妳叫做黃艾兒咧，這件事在娛樂圈鬧得很大吔。那、那這個到底是──」
「我那時候，實在是因為業績太差，怕被解約，所以才想出這個主意。但那都不是重點，反正我為了方便，在星魚的主機裡放下了一個我自己寫的病毒，可以不經任何授權，打開系統後門，直接查閱星魚運營的內部資料。哪個直播主，在哪個年度，收到了哪些虛擬禮物，都能查得到。」
「那、那又怎麼樣……？」
「你傻啊，星魚每年的財報你都沒有看嗎？」我見他搖頭，又說：「嘖，星魚販售虛擬禮物，所賺到的錢，都是與直播主六四分。所以啊，知道所有金額之後，只要按按計算機就能知道，星魚每年繳的稅金實在太少了，好幾年累積起來，至少少繳了一億元，根本就是逃漏稅大戶。」
「所……所以呢……？」
「你真的嚇傻了嗎？只要下載這些資料，就可以成為最好的籌碼。要是國稅局知道，星魚就必須補繳稅金和罰款，最近《稅捐稽徵法》的修正草案剛通過，未來還要被抓去關，最久七年。」
「那、那就可以不用還錢了！」
「應該……也沒這麼好用啦。不過，絕對可以爭取到時間。你就可以……可以加入綜藝節目的製作公司啊，慢慢還債嘛。對了，你還可以要求他們，不要再讓你父母親進他們的賭場，免得欠款一直增加，要不然你就揭發他們。認真算起來，他們其實沒有損失，還很划算，一定會同意的。」
「真能夠這樣就太好了……但是……要是他們發狠了，直接對我下手呢？只要把我殺、殺了，他們就不怕我了……那、那怎麼辦？」

「嗯……你可以給你朋友一份，我也留一份。你就說：你只要打通電話，傳個訊息，或是超過二十四小時沒聯絡，有人就會配合你，把資料公開在他們的臉書，還要寄給國稅局。他們一定嚇死。」

「這、這、這、這好像真的可以吔！」

「有了。」我按下 enter 鍵，已經成功進入星魚的主機，找到檔案位置，點開，成千上萬個直播主帳號所收到的虛擬寶物清單盡在眼前，另存新檔，全部下載。「成功了！」

「啊……」盧逍眼眶一紅，瞬間淚流滿面，跪下，朝我直磕頭。「前輩，妳好人一定會有好報的！會有好報的！絕對會有好報的！」

「沒事啦，不要這樣，」我趕緊攙起他，「你可千萬不能把我供出來喔，不然我們都死定了。」

「不會，不會，絕對不會！我死都不會把妳供出來的。前輩，要是真的能夠成功，我這條命就是妳救的，除了以身相許之外，我什麼都可以為妳做到！」

「呵呵……你呀，嘴又賤起來了。」人這種生物真是奇妙，一有出路，立刻就能放鬆下來。

我本來想留盧逍過一夜，但是他擔心父母被牽連，吃了兩盒微波咖哩之後便離開。

幫了忙，救了人，先前的陰霾一掃而空。我哼著歌，收拾完客廳，洗好碗盤，順便清潔浴室，早早上床睡覺。一閉上眼睛，突然一個絕妙的主意在我腦中炸開，像是閃電打雷，從頭頂貫通到腳尖，瞬間彈起身，在黑暗之中，猶如神靈附體，感覺全身都充滿光與能量，不禁張大了嘴，瞪大了眼，大腦與心中不停迴盪著一個聲音——

只要寫一段程式，夾帶在蒙太奇程式裡，上傳網路，給所有人下載，問題不就全部解決了嗎！

「呵，呵呵呵，呵呵呵呵呵……」人這種生物啊，真是太奇妙了，一旦放鬆下來，立刻就能發現新的出路。

18／觸底

2021 12.31（五）

紅葉號裡，我跪在地上，刷洗著斑斑的暗紅色，血腥味衝進鼻腔，愈是用力，愈是發顫，愈想擦拭乾淨，愈不敢睜開眼睛，感覺全身像剛被撕碎，如今只是暫時拼湊在一起，一動，就會搖搖欲墜，一思考，大腦就雜亂糾結，只能慢慢梳理出這一路的記憶……

從台南一路狂飆，不知被拍了幾張超速照片，半小時內，從台19甲，上國3、國10高速公路，終於趕到高雄榮總，正想直衝急診室，藍秩雲用虛弱的聲音阻止我，說要自己走過去。我只好提前二十公尺停車，到後座攙他，他刷白的臉上幾乎沒有血色，摸摸達達的頭，緩步下車，又把我推回車裡，露出彌留般虛弱的一笑，說話聲幾不可聞——

「……如果我出事，密碼是：『52428 7』，裡面有我所有的計畫……」他說。我才張嘴，他又說：「……去吧，妳還有更重要的任務……」雙眼帶著青光，彷彿穿越幽冥。

我震驚得直點頭，在他的堅持與目送下，開走車。繞一圈回來，偷偷看著他血淋淋的背影。他的雙腿逐漸不受控制，身體沉重得像個百歲老人，艱難攀上台階，還沒碰到電動門，全身關節一鬆，摔在地上發出悶響，動也不動，就像我漏拍的心跳……

我忙衝下車，急診室的電動門隨後打開，先是警衛，大聲喚來護理師和醫師，搬來擔架後，火速將藍秩雲往裡面送去，我這才開車離去。恍恍惚惚，直到午夜過後，找到一間廢棄鐵皮廠房，鐵捲門是破的，地上發了草，廢棄機具已生鏽，屋頂還破了一個大洞，就像我當下的靈魂。

「……沒事……沒事……一定會沒事的……」用力擦著地，手指、膝蓋無不發疼，天氣冷，沒有流汗，惟有淚水不停滴落……

「啊。」車門被打開，達達只穿一條內褲，端著臉盆和溼毛巾。

我說：「達達，你還要熱水嗎？」

「呃……」達達搖頭，拍拍自己的身體。

「血……身體已經擦洗乾淨了是吧。好，放著就好。先把衣服穿起來。」

達達動作迅速，立即套上衣褲。我也加速打掃乾淨，一回頭就看見達達已迫不及待滑起他的平板電腦……突然有一個想法：藍秩雲說的「524287」，該不會是開啟電腦的密碼吧？

我立刻起身，打開長椅下方的置物箱——只剩下毒品、錢，還有那些舊筆電。所有手槍都不見了。先是震驚，我隨即搖搖頭，告訴自己不要多想。拿出那些筆記型電腦，算了算，一共七台，大多數是PC，只有一台Mac，很多鍵帽都丟失了，只剩下導電薄膜或鍵盤軸。

我逐一排列在長椅上與地上，按下電源鍵，Win 10系統搶先開機，Win 8.1、Win 8、Mac OS緊追在後，Vista姍姍來遲，Win 7老驥伏櫪，Win XP則是烏龜爬行……，達達也忍不住坐到我身邊來觀看。果然，所有電腦都要求輸入密碼。我一律輸入：524287。順利進入系統。

我本以為要花許多時間探查硬碟，卻沒想到每台筆電裡空空如也，除了一大堆影片檔案，系統裡只剩下一個程式，就是影片剪輯軟體蒙太奇。

試用到期的蒙太奇9.0，正版的7.0、6.0、5.0、4.0、3.0，還有二十六年前出品的蒙太奇2.0，再加上他駕駛座旁的現任筆電，用的是8.0……宛如蒙太奇博物館，只差專為DOS系統設計的蒙太奇1.0，以及網路版的蒙太奇α，就能夠見證這套軟體的演進史。

點開那些檔案夾，裡頭只有一個系列影片，最新的檔名叫做「藍天白雲青田紅葉（59）」。最古老筆電的Win XP終於跑完，我急忙輸入密碼，「藍天白雲青田紅葉（1）」就在眼前……點擊，啟動影片，雖然畫質與音質都顯得老舊，但依然能看得非常清楚……

櫻花，城市，日本的街頭，廣大的會場正中間，無數觀眾包圍，兩個男孩坐在方桌的兩端，全神貫注，下著黑色與白色的圓形棋子。一個生得有些憂鬱，他輸了，忍不住哭泣，一個生得甜美開朗，他贏了，起身抱住他，用全身的溫暖當作鼓勵。兩個男孩握手，一起領獎狀，看名字，第二名是藍秩雲，第一名是青田紅葉。兩人一起上學，一起參加學園祭，一起參加運動會，一起畢業，又一起上學，又一起畢業，男孩逐漸長大……。熟悉的字，熟悉的街景，回到台灣，大學校園裡，兩個男孩已經長為兩個男人，他們一起入鏡，互相拍攝，一起玩耍，互相捉弄，一起打工，互相鼓勵，一起生活，互相愛戀，一起喜怒哀樂，互相擁抱親吻……。藍秩雲畢業了，找到剪接師的工作，青田紅葉也畢業了，考上律師，大肆慶祝，大吃大喝……。他們一起起床，一起做飯，一起下班，一起旅遊，一起入眠，一起拿著彩虹旗遊行。他參加電影節，他跟著去酒會裡找大明星。他出庭辯護，他拿著攝影機被法警請出去。他們一起熱熱鬧鬧、甜甜蜜蜜、歡歡笑笑……直到，青田紅葉的笑臉日漸消瘦，猶如洩了氣。風光明媚的一天，一處廠房，紅色的紅葉號露營車已改裝完備，青田紅葉開心歡呼，藍秩雲強顏歡笑。兩人上路，無論晴天雨天，暑熱寒冷，沒有一日不玩得酣暢……。直至，青田紅葉形容枯槁，整天臥在床上睡覺，或是依偎著藍秩雲假寐，而他，總是默默流下眼淚……。

關閉第五十九個檔案，順暢的剪接、適當的配樂、愈發清晰的畫質，從頭看到尾，不知不覺間，竟然已經過了七個半小時，陽光穿透過破損的屋頂與車頂天窗，灑在身上，往臉上一抹，才發現自己滿臉淚水，像是靈魂深處被裝進滿滿的感情，太多、太真摯，幾乎使我滅頂，只有不停向外流洩，才能夠趁隙呼吸換氣……

原來，這就是藍秩雲的祕密。回想與他一起度過的這幾天，徵兆太多了……我早該發現的。

我還是不知道他的計畫，卻已沒時間遲疑，必須先完成他交待的任務。拿了剩下的四十萬放進包包，叫了計程車，我一個人趕往醫院，把達達留在紅葉號，約定好每三十分鐘打一次視訊確認平安。

◇ ◆ ◇

戴著口罩與鴨舌帽，我混進早起看門診的阿公阿嬤之中，順利進入醫院。第一時間衝到婦產科，試圖找任何一位醫生或護理師交談，但他們都非常忙碌，我才張嘴要問，直接被叫去大廳掛號。

研究醫院樓層簡介，找到榮總的產後護理中心，進到櫃檯坐著，一派認真地詢問各種服務與價錢，愈問愈細節，他們只好請出最資深的護理長為我說明。

我說：「我是朋友介紹來的啦，她說她六年前在這裡生孩子，有點難產，多虧了醫生搶救，還在醫院裡住了兩個月才出院，所以特別過來詢問一下。對了，不知道還有沒有人記得她？他丈夫姓白啦，是社會上很有頭臉的人物喔。」

「喔……」護理長臉一皺，露出警戒的表情，「……妳說，妳朋友六年前在這裡生了小孩，她的小孩就住我們產後護理中心，所以妳才特別過來看一看，也想住這邊……是這個意思嗎？」

「嗯……是啊是啊。」我也只是猜測。

「唉呀，那妳一定是搞錯了，我們這個產後護理中心是前年才成立的喔。」

「啊，那有可能、可能真的是我搞錯了……抱歉抱歉，我還有事，先離開了……」我實在太過緊張，立刻起身向外走。

「慢走啊，」她對我揮揮手，「順便幫我跟廖記者打聲招呼，跟他說：他這一屆的新人不行啊。」

「啊？誰？」我忙回頭。

「哼……」她白眼一翻，賞給我一個冷笑，彷彿已看穿一切。我卻完全摸不著頭腦。

眼看快到中午，我已想不到辦法繼續調查，決定先前往急診室，探聽一下藍秩雲的狀況。因沒吃早餐，一時餓得頭暈，正好有外送員進來，送來兩大袋南部才有的連鎖速食，又有救護車載來一個腿部骨折的男生，所有人都忙碌起來，我便順手「拿」了一小袋，躲到旁邊去吃。

香香辣辣的鮮脆雞腿堡，搭配爽脆的生菜和酸甜味的美乃滋，吃得我額頭冒汗，赤肉麵線羹香滑順口，可惜太甜，我在台北住久了，覺得有點膩，等我拿起紅茶牛奶一吸，又是好甜，忽然感到一陣反胃，不禁衝到廁所裡嘔吐。

才出廁間，就看到一個中年太太，正急切地對一個打掃歐巴桑詢問，問哪一位骨科醫師最好？我想起來，這位太太是跟剛剛那個骨折的男生一起進來的。我走到洗手台，一邊洗臉漱口，一邊偷聽。

打掃歐巴桑毫不藏私……脊椎開刀，一定要找林主任；換膝蓋要找陳醫師，千萬不能找趙醫師，除非是長短腳；運動員受傷一定要找郭醫師，他以前是籃球國手啦；手腳骨折，一般情況，找最會復健的宋醫師，要是狀況很嚴重，那就要找王醫師，他清碎骨最細心……

那個太太連連稱謝，淚眼婆娑，塞了三千元給歐巴桑，迅速出了廁所。這勉強算是個機會，眼看歐巴桑收起錢，推著清潔推車要往外走，我立刻攔下她。

「不好意思，請問一下。我聽說，六年前，鉑宇公司的董事長白碩坤，帶著兒媳婦來這裡生孫子，還住了兩個月，我、我想請問妳，妳知道那個兒媳婦她的身分嗎？……妳知道她到底是誰嗎？」

「妳……」歐巴桑上下打量我，眼神與剛剛的護理長幾乎一模一樣，「……你們廖記者沒跟妳說嗎？我……我不知道那個女人是誰啦。」

「喔……是這樣啊，抱歉——」

「不過，我……我其實還知道一些訊息啦……」她笑了笑，露出嘴裡一顆金牙，「……都這麼久了，我也不收這麼貴，不用五十啦，只要……再有個一、二十萬，我就願意說了啦。」

「真是太好了！那我給妳二十萬，快把妳知道的全都告訴我！」

「嗯……三十！」

「呃……」我驚覺答應得太快，立馬故作沉思，「……三十也行，不過我得先付一半，聽完之後，感覺值得的話，才付另一半。」

「那就二十啦，二十萬一次付清！」歐巴桑直看到我點頭，咧開了嘴，露出一絲得逞的微笑。

歐巴桑把我帶到沒人會走的逃生樓梯，我也立刻付了錢。

她說：「六年前喔，我負責打掃加護病房啦，那時候啊，送進來一個難產的孕婦，很神祕，從頭到尾沒有名字，不知道她是誰。但是，我有看到過幾次，白董事長常常深夜來探望，聽護士說，他是來看孫子的。後來我才知道啊，原來那個女人是白董事長的媳婦……是那個白勝雪在外面亂搞的女人。」

「嗯……加護病房？」我想不通，「難產不是要送婦產科開刀才對嗎？」

「對啊，我也覺得很奇怪，就故意去聽那些護士們在說……說是已經開過了，但是孕婦身體太虛，手術到一半突然休克，心臟跳不動，好不容易搶救回來，差點一屍兩命，快點把肚子縫起來喔。」

「都已經難產了怎麼又縫合？那達達……我說，那孩子都要生出來了，怎麼辦啊？」

「哪有快生出來啊？我聽說，她那時候雖然是要剖腹產，卻根本不緊急啦。之後啊，那個小姐就在加護病房住了兩個月，這才順利把孩子生下來的。」

「等等，那孩子在肚子裡待了十二個月，這也太久了吧！」

「這就是最奇怪的地方……」歐巴桑不自覺瞪大眼睛、壓低聲音，「等到孩子出生那天，體重、身長，全部正常啦，我懷疑啊，那個小姐要剖腹的時候，根本只有懷孕八個月。我猜啊，一定是白董事長太迷信，算了一個好日子，所以才要強行剖腹，早產兩個月也不在乎，害死人喔。我那時候，手上有鉑宇的股票，馬上賣光光，妳不知道喔，之後果然就跌了二十幾塊，差點被套牢……」

「等等，」我心裡突然有個靈感，忙打斷歐巴桑的股票經，「那小孩出生之後呢？那個女人呢？他們立刻出院了嗎？」

「喔，小孩子說是腦部有點腫，又住了兩個月的負壓隔離艙。那個媽媽啊，一生完孩子就出院了，聽說是附近有別墅，可能是請了專業的看護做月子，有錢真好喔……」

我瞬間恍然大悟：我懂了，原來是這樣，那達達他絕對不可能是白宇光的兒子了，更可能是——白董事長想讓達達當白宇光的兒子！

忽然，頭頂之上出現一陣腳步聲，愈來愈響、愈來愈近，火車出軌一般，由樓上往樓下衝刺，一個閃身，藍秩雲出現在我眼前！他打著赤腳，身上穿著病人服，一看見我，還有幾分虛弱的臉上頓時露出笑容，瞥眼便看到打掃歐巴桑，先是面露一絲驚訝，然後加速衝向我——

我說：「你恢復了，已經沒事了嗎？——」

「閉嘴！」藍秩雲瞬間繞到我身後，手臂繞過我面前，拍掉我的帽子，扯掉口罩，緊緊把我摟住，下一秒，一把亮晃晃的水果刀架在我脖子上，「看我開刀拿出子彈了，妳很失望對吧！啊？說啊！」

我被嚇了一大跳，瞬間心裡閃過無數個念頭：問他？狀況好像不對。罵他？感覺又怪怪的。呼救？但藍秩雲不會害我的……立時腦袋打結，全身僵硬，完全不知道該怎麼辦。同時間，打掃歐巴桑已放聲尖叫，打開逃生鐵門就往外衝，外頭二、三十名患者全轉過頭來，看見我錯愕的臉。

我突然出現一個新的念頭——幹！完蛋了！

19／協助

2021
02.14
（日）

兩個月前我下定決心，立刻訂下三大步驟：拿檔案，改檔案，上傳檔案。

第一步驟：現有的盜版太多，必須拿到最新的蒙太奇 α 為誘餌，才能獲得最高效益。

拿出老舊的桃色隨身碟，不禁嘆了口氣……。我只在上班時間改寫程式碼，稍有進展就上傳影武者，就像例行工作，卻是反過來用主機測試病毒……花了兩星期，病毒已能夠來去自如、不留痕跡。

一個平常的日子，行動開始。病毒進入影武者後，沒有觸動任何安全系統，我天真的同事們也沒半分察覺。病毒花了兩個小時找到目標，並開啟系統後門，以每秒 10 Byte 的速度，將分割好的檔案向我的筆電傳輸，下載了兩天，得到近十七萬個分割檔，經過檔案合併程式處理，又花去半天時間，終於獲得蒙太奇 α 程式原始檔，完整、開放，可以直接安裝使用。我差點在辦公室裡放聲尖叫。

第二步驟：改造蒙太奇 α 的程式碼。

又花了兩個星期，先修改驗證過程，必需偵測到台灣的ＩＰ才能啟用軟體。一來，怕世界上的駭客太多，真的能夠破解程式，二來，若在海外打官司，恐怕鉑宇鞭長莫及。另外新增了一個設定，使用期限只到二〇二三年一月一號，之後就會使電腦嚴重當機，必須重灌系統，以免出了什麼差錯，真的影響到蒙太奇的市場。最後，也最重要的，在其中混入一個新編寫的間諜程式。

第三步：上傳網路。我不僅使用VPN，還透過代理伺服器、匿名瀏覽器，盡可能隱藏IP位置，並且開了一間房，使用酒店的wifi，假冒美國的IP，入侵利比亞的一處網咖，再透過那裡，將蒙太奇α的檔案上傳到中國的P2P網路空間，最後，在台灣最大的網路論壇留下下載資源連結。兩天後，有五十萬則轉貼文章。不到一個星期，就有三萬人次下載。

自此，我能做的事只剩下等待，等待著這些蒙太奇α被安裝完畢，間諜程式就會立即啟動，在盜版使用者的電腦裡蒐集個人資料與IP位置，全部打包成txt檔，傳送到鉑宇公司的盜版檢舉信箱……

據白勝雪所說，最終收到一萬多封有用的訊息。白勝雪立刻聯絡警方，並動用新組建的律師團，近百個律師一起行動，各個擊破，宛如特種部隊那般雷厲風行。一個月不到，跑遍全台灣各個角落，將所有使用盜版的人逐一起訴，全部告上法院……。絕大部分的人立刻選擇和解，同意繳納二十萬權利金。一時間，十幾二十億資金湧入鉑宇，白勝雪終於彌補了資金缺口，也有多餘時間處理金流漏洞，不久後，整個人就恢復了以往的神采。

鉑宇打擊盜版的事在網路上迅速流傳，媒體也大肆報導，白勝雪應邀受訪，只說是有神祕客匿名檢舉，並開玩笑道：說不定是受到「薄荷糖」的幫助。這個說法在網路上得到廣大支持，使鉑宇的股價連續漲停一個星期，更使白勝雪受到全公司上下與國內外媒體的一致推崇。

臨近過年時，我提前住到他家陪他，親眼看見來自四面八方的問候與禮物，各種邀約也是一個接一個，其中不乏董事會的成員、白董的老下屬、工會會長、民意代表、大老闆、大客戶、大媒體……白勝雪忙得不可開交，開心壞了，就像個孩子，有時甚至興奮得睡不著，我們就徹夜一起鬧，一起瘋，一起做愛……，當他看見電視的巧克力廣告與精品店寄來的粉色DM，立即決定租一艘三層遊艇，慶祝我倆的第二個情人節與認識一週年。

從大年初一到今天大年初三，迎著冬陽出航，遊覽太平洋的絕美海景。船長、船員、主廚、服務生、按摩師、音樂家……十幾個人服侍我們兩個人。我們在遊艇上油壓按摩，聽演奏，跳舞，吃現場烹調的龍蝦，喝〇八年的香檳王，在玫瑰花包圍下盡情做愛，感覺像是沐浴在金粉與蜂蜜的風暴裡，扶搖直上衝破幸福的天際，也一舉衝破我對性愛的所有想像！

高潮過後，我做了一個夢，夢中有錢、有豪宅、有名牌、有名車、有小孩、有他……緩緩睜開眼睛，就看見白勝雪的睡臉，映著海藍色晨光，輕輕闔著眼，嘴角翹翹的，那麼愉悅滿足，彷彿將這世上的所有憂愁都拋諸腦後，讓我愈看愈著迷，不禁伸手，摸摸他筆挺的鼻樑，觸碰他柔軟的雙唇……

「嗯……」白勝雪緩緩睜開眼睛，滿臉幸福的笑意依然。

我說：「吵到你了嗎？」

「沒有……」他看著我，一派深情，「……妳永遠不會吵到我的。情人節快樂。」他靠近我，擁抱我，吻我。我也吻他。他說：「謝謝妳……」

「我才要謝謝你，帶我出來，玩得這麼開心。」

「比起妳帶給我的，這根本不算什麼。」

「我就是來陪陪你而已，我以前答應過的。」

「我說的不只是這個。」

「……呃……」我抬頭望向他，「……你……你怎麼……？」

「我知道，因為，只有妳做得到。」

「嗯。」

「嗯……」他再次對我微笑，日出了，陽光照在他的臉上，「……謝謝妳……我要告訴妳，這是我這輩子最快樂的一次過年。不，是我這輩子最快樂的一天。而這一切都是因為妳，我、我好愛妳。」

「嗯……」我縮進他的懷裡，用極輕的聲音說：「……我也是。」

「曉艾……妳……」

「嗯？」

「妳願意搬到我家……跟我一起住嗎？」

「嗯！」我說，心裡放起焰火。

◇　◆　◇

坐遊艇回來，我用最快速度整理，在租屋處辦了一場二手拍賣會，將帶不走的鍋碗瓢盆、家飾、家具、家電、健身器材全都賣掉，還向房東爭取到一半押金，順利搬進白勝雪家。

生活上，他每天早上親自下廚，烹煮各種美味的餐點，每晚都要與我親熱，假日不是陪我健身，就是帶我出門玩；工作上，他總裁的地位愈來愈穩固，還把鄭哥調回網路安全管理部，讓我成為聯合網路安全檢查部門的新主任。

如此順遂又甜蜜幸福的時光，過了將近半年，我在心中不斷許願，希望這樣的日子永遠不要停止，直到白董事長突然請我們吃飯，說是立秋了，要幫達達辦一場慶祝會，就在父親節前一天。眼看白勝雪一時滿臉陰鬱，去年白碩坤朝他開槍的畫面又在我心中浮現……

2021 08.07（六）

這次白勝雪不開車，請連司機代勞。路上，他渾身緊繃，一直不說話。我想說些什麼，卻沒有一句合適，只能握住他的手，給他一些溫暖，終於換得他微乎其微的笑容。

隔著別墅圍牆，遠遠就看見裡頭竟有一座摩天輪！下車後，我忍不住加快腳步，院子草皮上都是大型遊樂器材，八公尺高的摩天輪、旋轉熱氣球、電動小汽車、旋轉木馬、太空飛梭、軌道火車，還有射氣球、套圈圈、打彈珠、撈金魚、丟乒乓球……，旁邊都有專人和老闆服務，簡直是把移動遊樂園和夜市攤位都搬進家裡了。

「哇——！哇——！哇——！」

我忍不住讚嘆，一低頭就看見達達，他開著小汽車，領著卡夫和夫卡兩隻杜賓犬，開心地四處兜風，身後還跟著兩個女傭和兩個保鏢。達達抬頭便看到了我，立即跳下車，一邊朝我揮手，一邊飛奔過來，緊緊拉著我的手，拖著我到處去玩。

白勝雪隨後進來，遠遠看著我。我用眼神問他，是否要先進去向白董打招呼？白勝雪似乎也被我感染，微微一笑，對我壓了壓手，讓我慢慢玩，不要著急。只見他脫了外套，上前幫忙松哥和阿榮，搬著一捆又一捆的木柴，堆到兩座大型碳烤爐旁邊，還有木炭、飲用水、飲料、食材，一箱又一箱，與木柴靠在一起，疊得比人還要高。一切安排就緒，他便捲起袖子，穿起圍裙，從柳姨手中搶走烤肉的工作，在熱火與炊煙中自得其樂，張羅起所有人的午餐。

轉眼，已經到吃飯時間，四周充斥著烤肉的香氣。

一個傭人阿姨要帶孫少爺先去洗澡，達達一直拉著我，我只好跟著過去。走到二樓一處浴室，已放好了滿浴缸的溫水，咪咪則蜷縮在角落裡的藤籃裡打盹。達達脫光衣服，只剩下紅色的香火袋還掛在脖子上，猛地跳進浴缸，眾人都被濺到水花，咪咪也是，牠一溜煙鑽過我的腳邊，跑出浴室。

「咪咪、咪咪、咪咪、咪咪！」達達一直喊，傭人阿姨和門外兩個保鑣都嚇了一跳。

我說：「我猜達達可能想要一邊洗澡，一邊看到咪咪。不如我去帶牠回來好了。」說完就快步逃離浴室，免得弄溼衣服。

才轉過彎，發現咪咪臥在牆邊，張大了嘴打哈欠。我悄悄靠近，忽然聽見身後傳來幾聲熟悉的啾啾聲，像是窗外有雀鳥飛過。咪咪似乎很討厭那個聲音，起身往走廊另一邊跑去，我趕緊跟上。咪咪雖然已有年紀，動作依然十分靈活，追著牠，走到一條陰暗狹窄的樓梯，像是傭人使用的，我一路向上爬了兩層樓。最後，牠躺在牆邊喘氣，肚皮起起伏伏，彷彿累壞了。

我躡著腳靠近，輕易將咪咪抱在手上，才要下樓，就聽見兩個隱隱約約的聲音，從牆的彼端傳了過來，一個聲音衰老沙啞，一個聲音甜美細潤，我趕緊把耳朵貼在牆上——是白碩坤和蘇琳。

「……蘇，所以，小吳呢？」白董說，咬字比之前順暢一些。

蘇特助回答道：「吳董和蔡理事長，在拜訪過勝雪之後，就已經不願意接電話了……」

「所以……我們還剩下什麼？」

「這個嘛……恐怕……恐怕……」

我不禁露出冷笑。哼，這兩個人還想要陷害勝雪呀，呵呵，作夢去吧。

「嗯……」白碩坤的聲音低沉得像是身體發出的共鳴，「……那麼，妳之前發現的帳目呢？……妳不是說，比對過全公司的帳目……發現白勝雪進公司以來，鉑宇的資產平白無故少了一億……？」

「這筆帳，在半年前已經全數補上了……」

「補上……？他拿什麼補上？那些權利金？」

「我查過，權利金並未被挪用，似乎不是……但是，就在查緝盜版那段時間，勝雪不知道透過什麼門路，得到一筆鉅款，已經確實把一億元的缺口補上了。」

「就算補上金額，那也有金流紀錄……過程不對，也是盜用公款！」

「我……我發現，公司裡所有的帳目，從去年十一月中開始到現在，全都被重新處理過，並且在西雅圖、東京、雅加達、墨爾本、布宜諾斯艾利斯的分公司過過水，鉅細靡遺，幾乎找不出破綻。」

「那些地方……都是他的人馬。」

「是的。除非……我們想要更深入……」

「不行，如果驚動太多人，事情被公開，公司的損失會更大。」

「如果只想要在內部處理，那麼我之前蒐集到的所有資料，就已經完全沒用了。」

「沒用……沒用了……沒用了……老了……我、我……我也沒有用了……」

等等、等等、等等……他們在說什麼？不對吧……是你們兩個人修改帳目，想要陷害白勝雪，怎麼變成白勝雪盜用公款？胡扯，我那天在公司明明就偷聽到……等等，難道我那天聽錯了？是我會錯意？補上一億？我知道白勝雪有錢，但不可能有這麼多現金。她說，帳目被更改的時間是從去年的十一月中開始，那時，白勝雪正好天天在公司熬夜……她還說，修改完成是在半年前，並補上金額，那不正是白勝雪帶我出海，身心最放鬆的時候……

「怎麼會呢？」蘇特助的聲音又輕又柔，「董事長，別忘了您當初僅僅用了一萬元，從電子計算機起家，創立鉑宇，超越了多少國際系統公司，如今市值已經高達兩千億新台幣——」

「但是，之後就是他的了……我真的是沒用了……」

「您一直是最英明的。千萬不要再這樣說了。」

「『再』……？」白董突然停頓一會，「蘇，我今天是第幾次問妳這些事了……？」

「這……第五次。董事長，您剛洗完澡，不要著涼了，我們先吃藥吧……勝雪和她的女友已經來了，我們約了勝雪吃飯，您記得嗎？」

「呃……是、是了……我記得，但我不跟他吃飯……既然不能全部給達達，那麼，我一定要幫達達爭取到……應得的那一份……下午，妳讓他進來喝茶……讓他跟我談一談……」

達達？他是白勝雪的兒子，當然會得到應得的一份。白董想全部給達達？這是在說什麼啊？對了，他需要吃藥，這一切都是胡言亂語……但蘇特助可不需要吃藥……。停止思考！忘掉、忘掉，我現在過得很好……但白勝雪把公司的錢……是別人吧，對，一定是巧合吧，是別人幹的……一定是！

倉皇走下樓梯，感覺雙腳發麻，迎面還有一股壓力，像是闖進了一大張塑膠薄膜之中，蒙住了頭臉，怎麼也喘不過氣。

20／目的

2021 12.31（五）

醫院裡，病患們四散逃命。藍秩雲一手拿著水果刀架在我脖子上，一手扯著我，才從樓梯間走出逃生鐵門，兩個手持警棍的保全就跑了過來，才靠近，藍秩雲立刻拿我當盾牌，大吼兩聲說要傷人，嚇退他們之後，趁隙帶我直奔大馬路。

「你！」我急忙壓低音量，「……你是忘了吃藥嗎？」

「呵，」他輕笑，說得又快又輕，「假的啦，配合我。」

「喔，早、早說嘛。」

好巧不巧，路邊有個老阿公，正攙扶著一個駝背的老太太上車，動作慢到不行。藍秩雲立刻搶先他們，一邊被拐杖打，一邊把我丟上副駕駛座，等他跑進駕駛座，立刻踩下油門。倒車間，醫院裡竟跑出兩個鼻青臉腫的制服警員，舉槍朝著我們瞄準。

「快點叫救命！」藍秩雲說。

「好。」我立刻配合，「救命啊！不要開槍！救命啊！」

我一邊喊，一邊用身體堵住窗口，假裝揮手求救，擋住槍口瞄準的路徑。兩個警員不敢輕舉妄動，遲疑間，藍秩雲已倒好車，緊踩油門，鑽過下午兩點的車陣，揚長而去。

我一路指揮，沒三分鐘就找到紅葉號，達達還來不及歡呼，就被抱進後座，立即啟程。一路南下，順著台88線往屏東，上屏鵝公路往恆春。腎上腺素逐漸退去，我才感到一股怒氣往大腦直衝。

「藍秩雲！」我忍不住大吼，「你拿刀挾持我就算了，為什麼要摘掉我的口罩啊！他們一定會查出來我是誰的！」

「放心，我有安排，會有人引開他們的，」他蒼白的臉上盡力露出微笑，「而且其實沒有差，當我中彈送醫，醫院就報警了，我們的行跡絕對藏不住。剛剛那兩個警察就是來調查我的。」

「所以你真的襲警了嗎？我的天啊！你知道這有多嚴重嗎？」

「我知道，」他凝重地點點頭，「但是，只要計畫順利——」

「計畫一點都不順利！我們現在根本還沒查出個什麼有用的消息，行跡就洩露了！照這樣下去，恐怕明天就會被抓住，你說該怎麼辦？你說啊！」

「嗯……？妳沒找到我給妳的計畫嗎？我筆電的密碼就是『524287』，妳沒有打開來看嗎？」

「你筆電那麼多！我都看了，沒有什麼計畫啊？」

「……」他抬頭，從圓鏡裡看向長椅，「……妳發現了？」

「是，你藏起來的那些東西，我都找到了……」想起他和青田紅葉，一時滅了大半怒氣，「唉……那五十九段影片，我都看過了，拍得很好，很動人……還有那些東西、你見過的那些人，我也知道了。」

「……妳是什麼時候、怎麼知道的？」

「這……」要問他人的祕密，最好先說出自己的祕密，「我寫了一個程式，可以竊聽你的手機。」

「……」藍秩雲瞥一眼自己的手機，彷彿裡頭裝著炸彈。

「我先是感覺到，你每天早上的精神都有點異狀，後來又發現，你用你弟弟藍學峰的名字，在吃精神科的藥。所以，在台中科博館，我就把程式安裝到你手機裡，之後就聽到你和范姜議員談條件。等到了彰化，你去買爌肉飯，我趁機搜車，在長椅下找到兩、三千萬現金和電腦。後來到雲林，你假裝去修車，我又偷聽到了，你和一個孟先生一起去找一些東西。等住進台南英華會館那晚，我就發現錢不見了，出現一堆手槍和毒品……但是，現在只剩毒品了。」

「不錯……不錯……」他皺起眉頭，嘴邊卻浮現一絲淡淡的笑意，像是為難，又像是讚賞。

「所以，你、你和范姜議員談了什麼？孟先生是誰？你要這些毒品做什麼？手槍到哪裡去了？」

「呼……」藍秩雲吐了好長一口氣，感覺快把肺腑吐出來，「……首先，藍學峰確實是我弟弟，他長年待在日本，我留鬍子的話，跟他長得有點像，所以，自從我被通緝之後，就用他的健保卡看醫生，治療我心理的問題，車上的第三個位子本來是留給他的。至於范姜議員，她和她的立委先生，被人稱瀧哥的黑道威脅，而我有三嶺幫的一點把柄，所以，我以幫他們對付瀧哥為條件，透過范姜議員聯繫孟先生，以很低的價格拿到手槍與毒品，當作籌碼，為了對付鉑宇、對付白勝雪。」

「黑道？籌碼？白勝雪？……你、你的計畫是什麼？你的目的又是什麼？都到了這個時候，你可不要再說什麼故意想要幫我的爛理由喔。」

「呵呵……」他露出憔悴又溫柔的表情，「妳看過影片，已經知道我和紅葉的感情，對吧？」

「是的，所有的影片我都看完了……你與青田先生的感情，真的是非常真摯動人。」

「嗯……是啊，但在我們的父母與親戚眼中，卻是罪惡的。所以，除了我弟支持我，他們全都與我們斷絕關係。尤其紅葉，他的父母都是日本知名的大律師，更是完全容不下他。於是，我極力說服紅葉，終於讓他移民台灣，跟我一起生活。本以為可以一輩子幸福快樂，沒想到，紅葉被診斷出罹患了急性骨髓性白血病，已經……已經末期了，骨髓和血液裡滿滿的都是癌細胞，幾乎所有器官都受到影響，連……連醫生都不建議化療，建議直接……直接安寧治療……」

「藍先生……」我看向他。他已紅透眼眶。

「呵。但是紅葉是什麼人，當然不願意呆呆等死。我自然也支持他，便將原本的計畫提前，花了多一倍的錢，請師傅用最快的速度，幫我們打造了『青田紅葉號』。我們花了半年的時間，開著露營車環島，四處看風景、吃美食，想睡路邊就睡路邊，想住飯店就住飯店，很快樂，也有一點哀傷，但是我們都格外珍惜，全心全意投入，享受著我們僅剩的最後一段時光。」

「呼……」我也不禁嘆了口氣，「那……到底又發生了什麼事？」

「今年二月初……我心裡有一個預感，紅葉他……紅葉他已經快要撐不下去了。那陣子，我每個晚上都在剪接那些影片，想要在紅葉離開之前，重新回顧我們從小到大所經歷的一切。影片就快要完成的時候，我原本用的那台筆電，因為系統更新導致藍屏當機，整個重灌……卻想不到，重新安裝完我的蒙太奇9.0後，卻根本無法啟用。我立刻上鉑宇的官網查詢，原來，自從推出網路版的蒙太奇 α ，鉑宇竟然將所有舊版蒙太奇的啟用伺服器關閉了。」

「難怪你的筆電只有蒙太奇9.0點不開……等等……我聽鉑宇的同事說過，這是白勝雪剛當總裁時下的政策……」

「沒錯，」他說得咬牙，「就算我購買的是正版軟體，我也擁有正版序號，只要鉑宇關閉啟用伺服器，就沒有辦法通過網路驗證，不能再次使用蒙太奇9.0。」

「可是那時蒙太奇9.0才上市一年吔，這就不能用了？」

「是……我問過官方，他們的說法是：鉑宇要對付盜版，因為就算是盜版軟體，也需要利用假序號上網驗證才能夠啟用，所以才不得不如此。我說：我是正版吔。他們又說：不是不能用，只是不能重灌而已，影響應該不大。」

「這、這還是不公平呀！電腦有新有舊、有好有壞，這樣是要我們拼運氣、拼財力嗎？」

「的確不公平，要是在平常，我不會屈服。但是，我實在沒有時間，也沒有其他辦法，我手上製作的檔案都是9.0的版本，舊版系統打不開……就在我要刷卡買蒙太奇α的時候，突然發現，論壇上有一則載點分享，是破解版的蒙太奇α。α版更高階，能夠打開9.0的檔案，又能立即使用，我想都沒想就下載了。果然能用，用得非常順手。」

「……」突然心肺一抽，像是嗆著了血管氣管，忙低下頭、縮起身體，不敢看他。

他的聲音哀愁而緩慢，又說：「……就在過年前兩天，影片就快要完成了，一大批警察追蹤我的刷卡紀錄，帶著律師進到旅館，對我說明了罪責。我不服氣，提出我的道理，他們聽都不聽，我就罵人，還打了律師，連警察都揍……最後被逮捕，被判拘役十天。那時候正放假，我根本找不到人來保我……五、五天後……情人節當天……紅葉他就走了。沒有……沒有看到我為他剪接的影片……沒有……沒有……沒有人陪他……孤孤單單一個人……離開……離開了這個世界……」

我鼓起勇氣，轉頭望向藍秩雲。他的淚水盈滿眼眶，順著臉頰滑落，溼透了落腮鬍，由下巴一滴一滴落下，又弄溼了手臂與方向盤……哭泣，明明是最柔弱、最無力時才有的表現，卻難掩他一身蠢蠢欲動的戾氣，像是翻騰的血液，那麼地悽厲而肅殺。

「……」一股巨大的虧欠感攫住我，達達也被氣氛影響，不住發出嗚咭。我摸摸他的頭，指尖不斷發顫，咽了咽口水，低聲說：「……對、對不起，都是因為我上傳了蒙太奇α——」

「不不不不不……」他忙用手背抹去淚水，卻是溼得愈大片，「……我不是……我、我一開始也氣過上傳的人，但是當妳的事情爆發之後，我就知道，肯定跟妳沒關係，是有人指使的，我之前說過的……妳不用自責的，真的不用。」

「對對對，你早知道，我的確是被利用的。」我稍稍鬆一口氣，達達也露出微笑。我說：「所、所以你之所以幫我，就是要向白勝雪報仇，是嗎……？」

「是……但也不完全是。畢竟選擇使用盜版的人是我，說到底，沒有什麼仇。我要的，只是一個交待……要討一個公道，要給他一個教訓……我想給他一個迎頭痛擊……然後……然後……」

我等了又等，但他沒把話說完。我說：「那你到底想要怎麼做？」

「我……我推論出一個祕密。並且在手上累積了許多籌碼，還有這些毒品……我想要借用黑道的力量，砸爛鉑宇的總公司，並且，趁機入侵他們的主機，找到蒙太奇1.0到9.0，還有蒙太奇α的原始碼。如果可以證明一件事，那麼我的計畫就能夠成功。」

「這……想砸爛公司我是可以理解啦。但是，你要這些軟體的原始碼做什麼？」

「我從國小開始，就一直使用蒙太奇程式，職校和大學裡教的也是蒙太奇，從1.0到9.0，每一代的軟體都用正版，用得滾瓜爛熟，就連所有的快捷鍵組合我都能背下來……因此，我深刻體會到一件事，只要揭發這件事，就算達達的事什麼都查不出來，還是可以讓鉑宇、讓白勝雪全面潰敗。」

「真的嗎！是什麼事？」我不由得睜大眼睛。

「蒙太奇軟體的每一個版本，除了少許新增的功能，其餘的基本功能，全都是大同小異。」

「你是說……鉑宇幾乎沒有更改，就把舊軟體當新軟體賣……那、那又怎麼樣呢？那畢竟是他們家研發的產品，這、這又能有什麼影響呢？……」

他瞳裡放光，說：「如果我說這種行為，是一種『自我盜版』，妳認為，有多少人會接受呢？」

「嗯……自我盜版……多少人……」我細細思考，不禁猛地倒抽一口氣，差點驚掉下巴，「喔──！原來如此，你、你……這一招確實很猛，可以說是太厲害了，我竟然完全沒想到！」

「是吧……」他說，輕笑，笑得益發虛弱了。

我又說：「可是，不用什麼黑道介入吧？鉑宇公司我再熟不過了，雖然他們的系統已經被我強化過，藉由網路無法入侵，但只要我們能夠偷溜進去，能接觸到鉑宇的主機伺服器，我就有辦法──」

「不行……我在紅葉面前說的最後一句話，就是『我一定要砸爛你們鉑宇的總公司』，所以，我一定要達成這個承諾。」

「這、這算是什麼理由……」我想像他在青田先生面前被警察逮捕的景象，其實也還算可以理解，「……等等……你剛剛說的瀧哥，不會是彪哥和鳶哥的結拜大哥吧？」

「是的，就是他。還有那個張烏鴉，他也是鳶哥的手下。」

「啊？……天啊！那我爸當年就是在鳶哥賭場輸的錢……等等等等等，你知道張烏鴉討債的時候有多恐怖嗎？你知道鳶哥有多狠，他曾經把盧逍關起來，要逼他去泰國賣淫吔！還有那個彪哥，他手下有多少人啊，他曾經處理過一個搞換臉A片的，手腳直接打斷、戳瞎一隻眼睛，還上了新聞。更別說那個瀧哥，一定更可怕！你不知道，這三個結拜兄弟千萬不能──啊！」車子突然偏離車道，差點與對向來車發生擦撞，直到聽見刺耳的喇叭鳴聲才猛然回正，「老公！」

「……」藍秩雲不支聲，滿頭冒著冷汗，眼皮都快撐不開了。

「啊，是手術的傷口……我來我來……」我趕忙接手方向盤。

◇　◆　◇

紅葉號一路開到墾丁白沙灣海灘，外面一片陽光明媚，碧海白沙，藍秩雲好不容易緩過來，提議大家一起到海邊躺一躺。我起初並不樂意，架不住藍秩雲再三保證了他已有所安排，達達也是一臉的蠢蠢欲動……兩票對一票。

不愧為國境之南，雖然是冬天，氣溫卻有二十五、六度。我在鬆軟的沙灘上鋪了條大毛巾，讓藍秩雲趴著休息，還借了把大遮陽傘插在一旁，買了飲料，還有一桶沙灘玩具，陪達達挖了一會沙，再回頭查看時，藍秩雲已沉沉睡去……落腮鬍隨風飄動，睫毛蓋在略顯烏青的眼下，沉靜而安詳。

我突然發覺，自上車以來，藍秩雲每晚都在剪片，這是我第一次看見他的睡臉……算算，青田先生離開人世到現在，已經過了十個月，這段日子裡，他一定天天徹夜難眠，不……或許，從青田先生確認患病的那天起，他就再也沒睡過一場好覺了吧。

我坐在沙灘椅上，愈想，愈替他心疼……藍秩雲被警察帶走那天，與青田先生的最後一句話竟是「我一定要砸爛你們的總公司」。那時的他有多麼憤怒，想必現在就有多麼後悔，後悔到竟然把這句氣話當成一種承諾，拚了命也要將它完成。但，瀧哥、彪哥、鳶哥，這三個人中的任何一個，都是藍秩雲惹不起的，拿起身邊達達的平板電腦，關閉了一個名為「語言治療小夥伴」的聊天室，開始搜尋三嶺幫過去的犯罪紀錄，恐嚇賄賂、殺人放火、綁標圍標，無不令人不寒而慄。

藍秩雲一睡就是好幾個小時，忽然聽見達達開心大笑，我一抬頭，看見海洋、沙灘、人影、斜陽，有種似曾相識的感覺，瞇起眼睛細細回想，像是在影片裡有看過相似的片段……轉念再想，想到了藍秩雲的網站。

平板搜尋「青田號の旅行」，顯示在第一位，點入部落格，裡頭沒有藍秩雲、沒有青田先生，沒有任何人入鏡，有的只是一張張的美景與美食照片，清楚標注了地點，還寫有幾句精準又可愛的札記與評論，看著不像是藍秩雲的語氣。署名是：AODA MOMIJI。翻譯後，正是「青田紅葉」。

往下滑過幾十則，台南炒鱔魚和米糕，再滑過一張張照片，澎湖的海膽炒飯，再滑過幾家店，嘉義的火雞肉飯與麻油雞，再滑，雲林的煎盤粿，又滑，彰化的肉圓與爌肉飯，台中的大麵羹，新竹廟口的潤餅和米粉，桃園的斤餅與牛肉麵，台北的厚餅油條與焦糖酥餅，這六天來我都吃到過……

我第一個直覺是：傻。隨即又感到他骨子裡的絕望與瘋狂……。最後，一縷至為深刻的情意攫住了我。至死不渝，那麼深沉而有力，鑽進骨髓，縈繞靈魂，使我不禁潸然淚下。

接近傍晚，天氣稍稍轉涼，我幫他蓋上毯子，帶上達達，開車到附近的台菜餐廳，按照部落格裡的照片，買了許多料理。才回來，遠遠看見藍秩雲由夕陽裡緩緩走來，手臂掛著毛巾和毯子，提著垃圾，輕輕朝我們揮手，一臉微笑，像是已經充飽了電。我也輕輕揮手，停好車，達達立刻衝上去擁抱，就像真正的一家人。

在車裡，我把餐點一一擺開，黑豆腐鍋、雪菜龍膽石斑、菲力骰子牛、三杯雞、金莎墨魚炒飯、雨來菇鮮蚵粉絲、明太子燒軟絲、拔絲芋頭地瓜。香氣蒸氳，令人食指大動。

我說：「開動吧。」

「啊！啊！啊！」達達興奮得上竄下跳。

「老婆……」看見熟悉的菜色，藍秩雲難掩詫異，看了一輪又一輪，頓時紅了眼眶，最終面向我、盯著我，呼吸間壓抑著激動的情緒，久久之後才稍微平復，「……謝謝妳。」

「趁熱快吃吧，」我微微一笑，「什麼事都之後再說，今晚要跨年呢，一定要吃好一點。」

藍秩雲一直點頭。

這晚，我們一起吃吃喝喝，看完新聞裡朱志城警官的通緝記者會，又看了各地的跨年晚會，歌星們唱歌跳舞，施放燦爛無比的焰火……霎時間，感覺過去與未來都已消散，惟有當下存在，那麼確實、那麼清晰可觸，誰也盜不走、偷不去。

21／暗算

2021 08.07（六）

偷聽了白董與蘇特助的對話，之後的秋天慶祝會，我依舊陪著達達，整個人卻已食不知味、玩不知趣，不停思索著一個問題：我冒險做的這一切，到底是為了誰？然後，問題一個接一個……

我是為了白勝雪？當然，他很愛我，對我體貼入微，我可以為他豁出一切。還是，我是為了我自己？恐怕也是，只要能和白勝雪有結果，那就是一輩子榮華富貴。所以——我表面上是為他犯罪，實際上，也是為了我自己……那我現在的心煩意亂是怎麼回事？白勝雪已經搞定一切，而且他對待我的心意也不曾改變，沒必要遲疑，繼續吃喝玩樂、約會、做愛，甚至結婚……。但，白勝雪到底是誰？在此之前，他是身世可憐的翩翩君子，不卑不亢又自立自強……；在此之後，他或許是個滿口謊話的卑鄙小人……。這種人到底在想些什麼？這種人真的值得託付嗎？

「黃小姐！」身旁的女傭大聲提醒。

我趕緊離開軌道，達達搭乘著小火車衝過來，與我擦身而過。我怕他被嚇著，想上前安撫，卻看見達達轉過半圈脖子，瞪著大眼睛，正朝院子的角落直瞅，渾然不知發生什麼事。

順著達達的眼神看去，白勝雪還在兩座大型碳烤爐的後方大展身手，抽柴，翻肉，裝盤，招呼著那些遊樂器材的老闆與操作員，一派和藹親民，完全沒有總裁的架子。正當我感覺有些安心，小火車一個大轉彎，繞到旋轉木馬後面。同時白勝雪抬頭一瞪，銳利的視線直射過去，正好與達達的眼神錯開，短短一瞬，彷彿鷹視狼顧，令我不寒而慄。

中午吃烤肉時，白董果然沒出現，直到下午兩點半，蘇特助才一派慎重地來到院子，邀請白勝雪到董事長的房間喝茶。我趕緊跟上去，一是怕衝突，二是想多少打聽一點內幕。可惜，蘇特助委婉地告訴我，我並沒有受邀。白勝雪僵著臉對我笑了笑，之後便隨她離去。

達達終於餓了，吃著烤肉，也餵卡夫卡吃白煮肉加狗食、餵咪咪吃貓罐頭。我稍微走遠些，坐在圍牆角落的樹蔭下休息，只要我看向達達，他那雙天真可愛的眼睛也會立刻看著我，對我笑。

「……妳好……」似乎有個男人的聲音，「……黃小姐……」愈來愈靠近，「……艾兒波波！」

「哇，抱歉，我正在發呆……」我定睛一看，是阿榮那個討厭鬼。「……喔，是你呀。」

阿榮說：「艾兒波波小姐，我有事想跟妳單獨談一下。」

「抱歉，我跟你沒什麼好談的，」我站起身，想繞過他。他一個踏步，立刻擋在我面前。不愧是籃球隊的。

「你想做什麼？」

「我在網路上找到一些資料，跟妳有關的。我本來想拿給勝雪哥看一看，分辨一下裡頭的人物，但是……剛好妳在這，給妳先看一下也無所謂──」

「抱歉，我沒興趣。」我又要走。

他俐落閃身，再次擋在我身前，說：「妳最好照我說的做，否則，我把所有人都喊過來一起看，那也很精彩。但是啊，那就很難收拾了喔……妳自己決定吧。」

阿榮一臉輕蔑的笑意。我當然不願意照他說的做，雙手插腰，看他在眾目睽睽之下，敢不敢對我怎麼樣。果然，他除了死死瞪著我，沒有任何動作。

「啊啊啊！啊啊啊！啊啊啊！」院子裡突然傳出一陣騷動，我歪頭去看，是達達。達達本來正吃著東西，現在不知道怎麼搞的，一邊亂叫，一邊往脖子上抓，卡夫、夫卡、咪咪都嚇了一跳，在場的保鏢和傭人們都還搞不清楚狀況，達達突然就趴在地上，到處亂爬、亂摸、亂看……

「唉呀！」旁邊有個女傭發現了什麼，「是老爺送給孫少爺的香火袋不見了！那是孫少爺的寶貝，大家快點幫忙找！」

一時間，所有傭人、保鏢、攤位老闆們無不低頭彎腰，沒頭沒腦地撥開每一根草、每一片落葉，不放過各個遊樂器材與院子裡的各個角落，活像熱鍋上的一群螞蟻。

我正想過去幫忙，不料阿榮趁亂把我拉走，力氣之大，完全沒辦法掙脫。被用力一推，我倒在放打掃用具的白漆木屋後面，遠離了所有人的視線，正想大聲尖叫，阿榮立刻跨坐在我身上，緊緊摀住我的嘴巴，從口袋裡拿出一大捲的影印紙，在我眼前甩開，露胸、露腿、露點、狗爬式、69、火車便當、皮鞭、捆綁、多P，所有的女主角都是我的臉。

「妳這個騷貨，當直播主賣乳溝還不夠，竟然直接跑去拍A片……我告訴妳，妳想用下三爛的招數勾引勝雪哥、想要嫁入豪門，那都無所謂，誰來這裡不是為了錢。不過啊，只要妳在這裡的一天，就要完全服從我的命令，否則，我就要公布妳的黑歷史，讓妳完蛋，妳聽懂了沒有？」

「嗚、嗚、嗚……」我緩緩點頭。

「呵呵呵，知道怕就好……」他露出一臉得逞的笑，「……來，現在就幫我服務一下吧。」

「嗯、嗯、嗯……」我又點頭。

阿榮立刻放開手，再三警告我不要發出聲音，迅速解開腰帶，猴急地把褲子往下拉——

「幹！」我立刻抬起膝蓋，往他的胯下猛力一頂！

「嗚——啊！」阿榮白眼一翻，整張臉瞬間扭曲到不像個人類，雙手迅速摀住下體、夾緊大腿。

眼看他身體前傾，即將倒在我身上，我舉手就是一個大巴掌把他搧到旁邊去死，爬起身，掏出手機，按下錄影鍵，移動鏡頭，把阿榮與滿地的性愛裸照圖紙全部拍進去。

「妳這個賤貨……」他聲音變得有點尖，「……妳有種……敢不幫我吹……我就……要把妳去拍Ａ片的事跟所有人說，我、我、我現在就要說……」他終於轉過身，看見我正在錄影，臉色驟變，「……錄影也沒用……妳就是有拍Ａ片……我要把妳最淫蕩的照片公布給所有的人看……我要把——」

「哈！哈哈哈！白痴，真是白痴！……」我打從心裡笑出來，「兩年前，直播界有一個變態，專門盜用直播主的頭像建模，用ＡＩ做換頭Ａ片賣錢。那時候，就屬我們星魚直播受害的主播最多，還打了一場集體訴訟，要不是Ａ片公司先勝訴，把他告到破產，我早就是百萬富翁了。」

「……妳……網路……我……怎、怎麼會……」

「呵呵，你以為找到我的醜聞，卻沒想到，我可是法院認證的受害者，你拿這些東西……噗……是想威脅誰呢？你還想恐嚇我，還企圖強暴我，你他馬的，真是個下流無恥的人渣……」

「呃……呃……呃……」猶如被潑了桶冰水，阿榮的臉更加蒼白，下巴不停發抖，發不出聲音。

真是開心，我按下錄影停止鍵。「現在，換我有你的把柄了，混蛋。」

本想就此轉身離開，但是滿地的性愛圖片實在太難看，只好一一撿拾起來。阿榮一手握著蛋蛋，趁機撲向我，想搶手機，被我一腳踹翻，再朝肚子踢兩腳，只得趴在地上哀號。

發洩過後，原本鬱悶的心情瞬間開朗許多。

大步走回院子裡，所有人還在草皮上尋找香火袋。我望了望，終於看見達達，他全身衣服沾滿泥草，趴在地上到處亂鑽，一張小臉髒兮兮的，還一副心急欲泣的模樣。身旁卡夫和夫卡一路尾隨，咪咪則是跳到了木柴堆上，遠遠眺望著牠的小主人。

在幫達達之前，手上的圖紙必須先處理掉。迅速看一圈，沒有比碳烤爐更好的選擇。快步繞過所有人，把圖紙丟進木材的餘燼中，沒幾秒就再度起火，燒個精光。抬頭，看見白董和白勝雪臉上帶著僵硬的笑意，正從屋裡走向院子。我不禁思考：不知道他們到底談妥了些什麼，也不曉得，該不該現在就去說強暴的事，以免到時候阿榮跑出來胡鬧，平添麻煩。

正猶豫，餘光看見達達瞪大眼睛、咧開了嘴，朝我飛奔而來。我完全搞不清狀況，張開雙手，準備迎接一個大大的擁抱。達達卻是經過我身邊，跑向碳烤爐的後面，趴在木柴堆上，往其中一個不大不小的縫隙裡直看，隨即將他細短的手臂伸進縫隙裡，又蹦又跳，朝裡頭又抓又掏。

我只瞥了一眼，就發現這堆木柴排列得有些歪斜，並且與旁邊的飲料、木炭堆互相傾倚支撐，看似穩當，其實就像一座疊高抽抽樂積木，只要結構改變，失去重心，即刻就有大廈傾頹的危險。

「達達，小心——」

話沒說完，就看見達達抽出一根木柴，用力一跳，想把手伸進更裡面，卻把木柴堆撞得更加歪斜。隨即旁邊幾箱果汁與木炭滑動，壓到木柴堆，上上下下的木柴不堪外力，紛紛落下，就連臥在頂端的咪咪也失去重心……，不到一秒，整大堆木柴各自錯位，倏地全部崩散，彷彿坍方落石砸下。

達達縮起手，一抬頭，直接愣在當場。

也許是基於保護弱小的潛意識，也許是不想辜負達達的喜愛，也許就只是鬼使神差，導致身上某條彈簧脫了勾，我瞬間往前跨出一大步，任憑木柴砸下，兩隻手臂抱住達達就往地上摔去，好死不死，一段又粗又重的木柴砸在我左小腿腿骨上，瞬間痛得我噴出眼淚，頭暈眼花，不住耳鳴……

失靈的感官，像是一層霧色薄膜，將我與世界暫時隔開，彷彿時間也變得緩慢。隱隱約約間，聽見四周傳來尖叫聲，隨即白董事長一聲大吼，無數腳步聲靠近，我身上的木柴被移開……雙眼逐漸聚焦，就看見白董一臉著急，在蘇特助幫忙下，撬開我的手，拉起達達，查看他身上的每一絲每一毫。白勝雪也走過來，幫著松哥攙起我……

白勝雪說：「曉艾，妳還好嗎？」

「我、我好像骨折了……」我說，腳一沾地就痛，只得跌進白勝雪懷裡。抬頭一望，白勝雪繃著臉，沒看向我，而是瞇著陰翳的雙眼，盯著達達直瞧。我看向達達，他身在白董的懷抱之中，手上已拿著珍愛的紅色香火袋，失而復得卻沒有分毫開心，而是一臉驚魂未定。

達達看了我一眼，又看向白勝雪，手腳不停搖晃掙扎，終於離開白董後，被木柴絆了一下，頭一低，發現一個毛絨物體，迅速蹲下身體，將牠捧在手上——是咪咪，舌頭外吐，渾身癱軟，雪白色的身體被木柴砸得變形，髒污與鮮血滿布，再也不可能動彈了。

「嗚——啊——！」

達達張大嘴，巨大哭號聲如同爆炸般掩蓋所有聲音，眼淚鼻涕同時噴出，無論旁邊白董如何手忙腳亂，蘇特助怎麼安撫，完全沒有用，沒有十幾秒，達達悲愴到了極點，抽噎的速度跟不上換氣，身體與大腦迅速缺氧，突然兩眼一翻，全身一癱，竟把他自己哭暈了過去。

喊醫生！叫救護車！喚司機！人聲吶喊！狗吠呼嚎！全場陷入更大的慌亂之中……

只有我，聽著白勝雪急促而混亂的心跳聲，回想起他今天的所做所為，不得不在心中反覆思量：這不會是白勝雪設下的陷阱……他不可能殺達達……那是他兒子……他沒有動機……不會……不會的……我……我是不是也已經中了白勝雪的陷阱呢……不，絕對不可能，絕對絕對不可能……除非……除非……除非我不想再自己欺騙自己了……

22／交戰

2022
01.01
（六）

夢是沒有色彩的……

黑色天空裡施放著白色焰火，低頭，看見彪哥一手揪住藍秩雲的頭髮，一手舉起槍，狠狠往他太陽穴裡擊發一顆白色子彈，噴出大量黑色鮮血……彪哥一臉凶神惡煞，拋下屍體，一步步靠近。想跑，卻動不了，一低頭，嘴被塞住，雙手反綁，整個人被捆在椅子上。醒過來！醒過來！醒過來！睜著眼，卻撐不開緊繃的眼皮。彪哥止步，舉槍，直指眉心，死了！死了！死了！死了！突然臉頰傳來小而清脆的聲響，啪、啪、啪、啪……刺痛逐次增加……啪、啪、啪、啪……一聲又一聲，更痛更響，而彪哥的身影也變得愈發模糊且遙遠。

啪！終於將我痛醒──睜開眼，一切恢復彩色，看見達達跨坐在我胸口上，閉著眼睛，一雙小手不停朝我揮打，打得我兩個臉頰腫脹刺痛，火燙燙的，像是剛蒸好的饅頭還抹滿了辣椒醬。

「痛痛痛痛痛！停停停停停！」我忙揮開他的手，「兒子，你、你在幹什麼啊？」

達達漲紅著臉，額頭上滿是汗珠，霍地睜開眼，像是嚇壞了，連眨了好幾次眼睛，將我看清之後才虛弱一笑，露出一張如釋重負的小臉，彷彿世界又重新開始運轉。

「啊！好痛，我的臉！」跳下床，一時頭暈踉蹌，走到車前的圓鏡照個仔細，兩個小掌印紅通通的，中心還透著紫淤，「天啊！你叫我起床有必要用打的嗎？這掌印簡直是恐怖片……你打了多久啊？」

「啊……啊……」達達手指比五，又比了一個十。

「五十分鐘！我的天啊，達達你是哪根筋斷掉了啊！老公！兒子這樣亂搞，你也不管一管！老公？」我環顧車上，只有我們兩人，看了一眼時鐘已經九點，再看向達達，他不停搓著紅通通的雙手，「兒子，你的手也很痛嗎……嗯？不對、不對，你打了我五十分鐘，我怎麼可能現在才醒過來……昨晚……昨晚我、我是怎麼睡著的？」

「啊、啊、啊！」達達連忙跳下床，到座位上拿來平板電腦，點開一段影片，遞給我——

……剛開始的畫面天旋地轉，稍稍停下，就看見時鐘顯示是早上六點半，天都還沒亮透，藍秩雲在方向盤上留下字條，再把所有毒品粉末裝進背包，揹上，準備開車門出去。達達急忙擺下平板電腦，不小心碰到了一下，反而精準拍到兩人：

「啊？」達達上前拉住藍秩雲的衣角。

「喔，」藍秩雲立刻停下腳步，轉過身，「是兒子啊，嚇我一跳……吵醒你了嗎？」

「喔喔喔……」達達直搖頭。

「不是吵醒你，難道，你在等我啊？」藍秩雲伸手摸達達的頭，露出和藹的微笑。

「嗯。呃……嗯？嗯……？嗯？嗯！」

「兒子，我知道你要說什麼。昨天，你有看到我給媽媽的飲料加東西，對不對？」

「嗯！嗯！嗯！嗯！嗯！」

「呵，兒子不要怪爸爸喔，因為今天，爸爸跟人有約，要去一趟國家森林遊樂區那邊，處理一些事情。你要留在這裡照顧媽媽，我差不多中午之前就會回來了，知道嗎？」

「嗯……」

「真乖。」藍秩雲立刻下了車，一步一步，彷彿不再回頭……

那聲「真乖」像是說給我聽的，感覺太陽穴的血管都快爆掉了！我立刻打他手機，沒人接，二話不說，將達達抱上座位，綁好安全帶，自己坐到駕駛座，扔掉寫著「中午回來。」的字條。發動引擎，即刻驅車前往——

憤怒令思考清晰，我心想：藍秩雲帶走所有的毒品，一定是要去見三嶺幫的人。但是從白沙灣海灘到墾丁國家森林公園，一路可是有二、三十公里，徒步至少得花三、四個小時，六點半出發，到那邊都十點了，想要中午之前回來，絕對不可能……叫車？對方可是三嶺幫，去還行，難道還能由得他慢慢叫車回來？而且，要是他這麼有信心，就不會撇下我們了……難道，他根本沒打算回來？不會的，他還要討一個公道……或者是，他自知，有很大的可能會回不來……

「可惡！之前還說有什麼把柄、有什麼籌碼，說得那麼好聽！我看，他原本根本不想告訴我，是被我發現了，所以才故意說來安撫我的，可惡啊！」

儘可能將由門踩到底，出屏鵝公路，轉台26線，一路往山上爬升，在樹木隧道中左彎右拐，經過一個白牆綠瓦的中式建築拱門，不到三十分鐘，立刻到達了遊樂區寬闊的停車場。元旦連假第一天，人卻不少，我直衝最裡面的位子，看了一圈，全場一共有五、六十台車，一半是一般家庭用的房車，另一半是格格不入的黑色轎車，透著不祥的氣氛。

我把達達留在車上。買好票，才轉身，就聽見售票亭的太太碎念道：「……今天來了好多單身男人，還有一大票穿西裝的，不知道是什麼凶神惡煞……難得看到一個女的，竟然是自己一個人，連個孩子都沒帶，這是什麼奇怪的一年呀……」

我心裡更加不安，衝進入口，找到園區的地圖告示牌，苦思著他們會在哪個地點會面？片刻後我才驀然想到，傳出簡訊，沒有半分鐘，藍秩雲手機的後台被啟動，透過網路，把聲音傳送進我的無線耳機，山裡頭訊號不穩，帶著許多雜音，只能勉強聽得到藍秩雲說了幾個字……

「……準備……要到了……銀龍……那就換……還有一個……洞……」之後就斷訊了。

約莫聽到了「銀龍洞」三個字，我立刻向右，快步走過森林浴步道，瞥了一眼茄苳巨木，繞過象牙白色的遊客中心，走經一座玻璃溫室花園，從旁邊小徑抄近路，踩著石板樓梯向上，路旁出現長滿青苔的珊瑚礁岩，終於到達，銀龍洞和觀海樓卻在整修，不能進入。回想地圖，附近還有一處「仙洞」。藍秩雲可能是換到了那裡，立刻改變方向……要不是有健身，早就累垮了。

本以為這裡如此偏僻，林相也有些雜亂，應該沒什麼人會逗留，想不到一路上遊客挺多，一個個綳著臉，或坐或站，或在路邊休息，像是累壞了，都不願與我視線接觸。

繼續往裡面走，遇到岔路，是兩道向下的石階，右邊往仙洞，左邊往廁所。我正想往右，就望見左邊樹林中有許多人身穿黑西裝，站位分散，一層又一層地包圍住一個人。隱約可以看見那個人正雙手插腰，侃侃而談……是藍秩雲的聲音！我趕緊跑進樹林，躲到樹幹後面藏身。

「……火雞哥，」藍秩雲的聲音異常沉穩，將緊張的情緒隱藏得很好，「很榮幸是你親自跑一趟，我本來以為會是番鴨，或是麻雀來處理呢？」

「看來，你很了解我們呀。」男人身穿顯眼的暗紅色西裝，尾音帶著巧妙的上揚。

我默念火雞哥三個字。不正是盧逍的經紀人嗎，他可是鳶哥的得力手下……

藍秩雲又說：「還算可以吧。麻雀這個人嘛，做事偷偷摸摸，有點小人，基本上不了檯面；番鴨一遇事情就只會喊打喊殺，不適合處理太複雜的問題。」

「呵呵呵，」火雞哥咯咯輕笑，真的有點像一隻火雞，「這點，倒是跟我意見一致。」

「至於你，火雞哥，是鳶哥手下最冷靜、最有頭腦的人物，你能夠來這一趟，可見鳶哥對這件事有多重視。」

「嗯，看了你留在烏鴉身上的貨和影片，誰有辦法不重視呢……不過，藍先生，你既然在電話中主動提到要合作，是否能先展現一點誠意？」

「誠意自然是有的，就在我的背包裡。」藍秩雲放下包包，「這裡有十公斤的安非他命，還有七百克的古柯鹼，這就是我的誠意。」

「嗯……十公斤安和七百克可卡，市價至少三千萬起跳。不過，你的消息真是靈通，知道鳶哥接了一張大單，基隆的貨也被攔下，數量不夠，你就把市面上流通的上等貨占了大半……製造麻煩的人，想變成解決麻煩的人。藍先生這樣的禮物，讓人不太敢收呀。」

「呃……」藍秩雲聲音一緊，「……呵，免費奉上，還能解決眼前的困難，難道還不算有誠意？」

「有，誠意當然有，背包裡的東西還是其次，我更想知道的是，你還用了什麼樣的手段，能搜集到這些情報、拍到那段影片？」

「原來是想知道這些呀……」藍秩雲緩了緩，似乎思考著怎麼表達，「……其實這也不難，三、四年前，你們鳶哥不是也學星魚轉型，想進軍演藝圈，派了不少年輕人當 YouTuber 網紅嗎？」

「嗯……那又怎樣？」

「這些孩子是叫『鮮肉天團』吧，雖然都長得不錯，就是有點台，腦子也不太好，總是拍一些日常，吃飯、喝酒、打 game、打賭、打球、打牌，就差沒有打炮和打手槍了。兩、三個月之後，題材用光，開始搞一些整人和冒險的橋段，拍來拍去，把你們的據點全都公布了，麻雀、番鴨、大鵰、二鵬、烏鴉……就連你火雞哥都入了鏡，除了鳶哥，幾乎把所有人都介紹了一輪，簡直不要太方便。」

「原來……我當初就覺得，讓那群小鬼亂搞有點不妥，想不到會落下這樣的把柄。那『磚窯』的事，你又是怎麼發現的？」

「這就比較曲折了，」藍秩雲清清喉嚨，「那些整人影片中，有一個叫做『小蔡』的男人，不知道火雞哥你記得嗎？」

「小蔡……嗯……是彪哥的手下。」

「沒錯，小蔡原本在星魚直播裡當經紀人，長得誠懇，做人也踏實，與鮮肉天團感情很好，常常出現在影片裡，不只幫忙做遊戲，還指導拍片的主題，甚至還有三、四集直接找小蔡惡作劇，他都很親切，從來沒生氣。不過，就在剛過完年，小蔡就沒再出現，而鮮肉天團的影片中，從此出現一個哏，叫做『小蔡去種菜了』，幾乎每部影片都會被提起，令人印象深刻。」

我心想：小蔡不就是我在星魚時的第一個經紀人，帶過我兩個月就被開除，怎麼會去種菜？

「……過了半年多，」藍秩雲繼續說，「在鬼月特輯的影片中，鮮肉天團到了一處深山，有一座陰森老舊的廢磚窯。我記得那集拍得非常精彩，有小孩的哭聲、有鬼火、有戴假髮的女鬼、有飛來飛去的襯衫，還有野狗串場的笑料，恐怖的音效也配得剛剛好，觀看次數超過十萬，是他們最好的作品。這時候，其中一個人說：『……小蔡該不會還在這裡種菜吧？……』讓所有人大笑。」

「喔……」火雞哥聲音發陰，「……你還真是敏銳。」

「好說好說……我立刻採取行動，打了多少電話給全國的磚窯、磚廠詢問，還有鮮肉天團拍的影片，加上Google衛星地圖，經過一個月交叉比對，終於被我找到那個廢磚窯，在附近繞了三天，又找到那一大片菜園，你也看到影片了吧——我還真不知道，台灣可以種出那麼多高品質的大麻呀。」

我趕緊摀住嘴巴。這就是藍秩雲手上的把柄，難怪他這麼有信心。

「真是精彩的推理……」火雞哥稍稍停頓一會，「……但是，憑你一個人不可能調查得這麼仔細。而且，我也看過那些影片，尤其是鬼月夜遊的影片，假髮女鬼的片段早已經剪掉了……在你背後的，究竟是什麼組織？」

「……」藍秩雲沉默了幾秒鐘，安靜得讓我心慌，我正考慮要不要做些什麼轉移注意，他終於開口，「……這很簡單，我有鉑宇系統科技公司的技術，才能找到那些檔案。有鉑宇的技術，只要有ＩＰ位置，我們就能入侵他們的電腦，就算檔案已經刪除，還是能夠找出來。」

我心想：哪裡有這麼好用的科技，這個謊言也說得太蒼白了。

「喔……」火雞哥拉長聲音，帶著懷疑，「……那你的目標呢，拿出好處，又拿出威脅，你的目的卻是想要我們砸毀鉑宇科技的總公司？你不覺得這有點矛盾嗎？」

「這……」他故作沉穩的聲音已經藏不住呼吸的凌亂，「……我……我和白勝雪有仇。」

「可惜呀……」這次的拉長聲，帶著優勢的威脅，「……可惜你並不知道，我們和白勝雪，那可是有多年交情的『好』朋友，並不是你三言兩語可以挑撥的。除非，你肯在這裡招出你背後的組織。說吧……我或許可以放你一馬，是溝仔嶺？蘆江町？五崁？豬口？還是丁幫？漢海盟？六揚建設？還是哪一個議員或立委？……只要你說，我就不殺你。」

彷彿一道寒風灌入山裡，瞬間將我凍結。完了、完了、完了、完了、完了……

藍秩雲說：「你、你不要亂來，這裡可是國家公園——」

「不用你擔心，這裡其實很方便處理屍體的。」火雞哥氣定神閒，舉起手，所有穿黑西裝的男人蓄勢待發。

「說吧，快說吧，我快要失去耐性了……」

「不行……」不行！我必須做些什麼，藍秩雲就要被殺了！不行！絕對不行！忍不住想到心中最深惡痛絕的那個賤男人，一時豁出去了，放聲尖叫道：「白勝雪——！我詛咒你去死——」

一個「死」字還沒說完。砰！突然樹林間傳來槍聲，砰！砰！砰！砰！一聲一聲，似乎繞了一大圈，砰！砰！砰！砰！砰！砰！砰！砰！砰！一聲蓋過一聲，四周的樹木枝葉破碎迸裂，猶如海嘯漩渦，火雞哥與所有手下無不抱頭鼠竄、東鑽西藏尋找掩體，依然被捲了進去！

除了藍秩雲。

「老婆！」藍秩雲一把抓起背包，手刀飛奔過來。

「你、你、你、」我蹲在樹下發抖，眼裡蓄滿驚恐的淚水，「你在幹什麼啊！快！快躲起來！」

「放心，開槍的這些人都是我朋友。不要怕，走。」

藍秩雲拉著我的手就跑。我原本雙腿無力，一聽是藍秩雲的安排，不知怎麼的，一股信心從骨頭裡向外冒，立刻隨著他跑動起來。跑到岔路時，後方火雞與兩、三個手下也已舉槍試圖反擊。槍聲如雷，直震得我耳朵發疼。

跑，繼續跑，我們跑進仙洞裡，鐘乳石、石筍、石柱、石壁，燈光一照，盡顯鬼斧神工的石灰岩地形，美得我忍不住發出讚嘆聲，差點喘岔了氣。跑到仙洞深處，路愈發窄小、空氣也變得稀薄，我們兩人不得不放慢速度，感覺雙腿愈來愈重，只能暫時停下腳步……

「呼、呼、呼……」他喘得雙手扶著膝蓋，「老、老婆，妳、妳怎麼來了？妳怎麼知道我——」

「閉嘴！」我說，揮手就是一個大巴掌打在他臉上。啪！聲音在洞穴裡迴響。

他瞬間挺直腰桿、縮起脖子，輕聲吼道：「妳、妳幹嘛啊妳——」

「閉嘴……」我情不自禁衝上前，踮起腳，用力吻上他的唇。

23／侵入

2021 11.15（二）

立秋慶祝會結束後的三個月內，我實施了三階段的調查行動。

第一階段，事發後一個星期，我跛著腿，帶著送給達達的玩具，直接上陽明山。然而蘇特助不願讓我見達達，也不讓我見白董，估計已對白勝雪戒心拉滿，懷疑我也是同夥。好在達達知道我救過他，雖然心情低落，卻特別跑出來找我玩。蘇特助才態度放軟，甚至留我吃午餐。

我立刻同意，並假借想學料理，逕自到了廚房，用來當話頭的食譜還沒拿出來，柳姨張嘴就說：這已經不是達達第一次出事，他從小就意外連連，爬山擾了蜂窩、看瀑布遇到落石、晚上跑出家門迷路十個小時、撿個球差點被車撞……，大小的事件至少有六、七起。我問白勝雪當時是否有什麼行動？她又說：每一次意外，白勝雪都在場，但是都與達達有些距離，情況就跟這次差不多。我假借散步，轉而向松哥、領班、傭人們打探，說法也幾乎一致。

由此看來，白勝雪的「陷阱式」作案已經行之有年。雖然這招殺傷力不高，優點是不會留下證據，根本無從查起……於是，我想到一個近乎粗暴的主意：何不直接偷看白勝雪的手機呢？

行動第二階段。半個月後，腳傷總算好全了。趁白勝雪有應酬，凌晨一點才回來，我主動邀約做愛，並使出渾身解數，換了十幾種體位，又親又啃，把他搞得虛脫缺水，一繳械就陷入熟睡。我立即用他的指紋解鎖手機，卻發現所有應用程式都上了密碼鎖，連簡訊都看不到。

生日、身分證後四碼、１２３４、０００……什麼都試過了，還是沒辦法打開。苦思了兩星期，無奈破解密碼不是我的強項，只能把計畫往下一步推進：直接竊聽他的手機。

調查第三階段——

我自知寫病毒的功夫遠不是大師等級，但是掌握了幾個套路，稍微排列組合，勉強還能算個專家。然而竊聽手機卻是個大工程，網路、後台、隱藏、訊號、接收……，我搬出大學時的筆記，逛了國內外的論壇、駭客網站，還到國家圖書館下載了三十幾篇碩博士論文，甚至還花了三萬二，買了一台跟白勝雪同機型的手機測試。兩個多月後，終於完成我人生第一個竊聽程式。

昨晚，特別找白勝雪多喝了兩杯紅酒。十二點剛過，他果然起來上廁所，就算只是小便，也必定帶著手機，好隨時關注美國股市。等他回來躺下，十秒鐘後便發出鼾聲。

我霍地睜開眼，貓一般輕輕翻下床，拿起他的手機壓到他的手指上，順利驗證指紋。接著拿出手機專用隨身碟，插入傳輸接口，手機自動跳出視窗，按下啟用，三十秒便安裝完成，隱藏到後台，不露半點痕跡。

早上六點，白勝雪醒來，沖澡，換衣服，拖著行李箱出臥房，直到聽見關大門的聲音，我才從假寐中睜開眼，一夜沒睡，卻是精神亢奮，下床，走到客廳，中島上留了一張紙條：

曉艾，妳好好睡，我趕飛機去了，後天見，愛妳。勝雪

兩個小時之後，我計算他已經到了高雄，便拿起手機，打了一則訊息：

看到紙條了，高雄參展加油喔！想你。

簡訊傳出，啟動他手機裡的竊聽程式，十秒鐘後，接收到回傳的網路訊號，白勝雪身旁的所有聲音都傳進我的耳朵，就連衣服的摩擦聲都聽得清楚。

「……呵……」是白勝雪的聲音，「……睡糊塗了吧，現在誰還在傳簡訊呀。」

「請問到哪裡？」一個男人的聲音問，像是計程車司機。

「LAMP Disco 夜店。」

「白勝雪……」我忍不住握緊拳頭，「……你果然在騙我。」

大概十點左右到達夜店，出現了一個叫 Mike 的男人，滿口ＡＢＣ腔調的中文，與白勝雪又是擊掌、又是擁抱。兩人上了車，聊了許多往事，原來他就是雪濱牛排館的牛肉供應商。車子似乎正往山上前進，中途換了一台車，接著下車步行，進入一個帶有弦樂聲的空間，有人正說著「攤牌」、「盲注」、「轉牌」、「河牌」、「過牌」、「加注」。我心想，德州撲克這種手機就有的線上遊戲，算什麼高級娛樂？直到白勝雪一把贏了兩百萬，差點驚掉我的下巴。

下午兩點，他們離開賭場，又換一台車，經過層層保安檢查，似乎進入了一個空曠的密閉空間，聽得到激烈的怒吼與悶悶的碰撞聲響，時不時還會爆出驚呼與歡呼！

服務生帶了位，兩人點了牛排套餐，還遞上了一個儀器，並仔細說明了下注的方式，以及鬥士之間的比賽規則。我才驚覺，這是一個以現場格鬥為主題的賭場餐廳。我聽著聲音，在大腦裡想像：兩個渾身肌肉的男人，你一拳我一腳，打得對方皮開肉綻、斷牙折骨，白勝雪卻一邊吃著牛排，一邊下注，時而談笑風生，時而歡呼慶賀，時而怒罵髒話……令我想吐到極點，立即切斷連線。

傍晚時，我終於緩過噁心，重新傳了封簡訊，卻是收到電信公司「傳送失敗」的回訊。我十分心急，卻也無計可施，只好每兩個小時傳送一則簡訊測試，直到深夜，終於不支睡去。

2021 11.16 (三)

再醒來時，已經接近中午。

我暗罵髒話，趕緊又傳了一則簡訊，只有兩個字：早安。十秒鐘之後，竊聽程式再度啟動，只聽見轟轟作響的電子音樂之中，Mike非常熱情地帶著白勝雪上了一艘遊艇，隨即眾多女人的聲音湧出來。聽Mike的現場直播，白勝雪被扒光到只剩一條泳褲。

白勝雪隨即大喊：「出發！」引擎聲加大，眾人一起發出興奮的尖叫！

「馬的！白勝雪——！」我在家裡嘶吼。

五十分鐘後，引擎聲驟然停止，並傳來陣陣跳水聲，噗通、噗通、噗通、噗通……像是有人往海裡下餃子。Mike對每一個人的姿勢與距離打分，白勝雪最後壓軸，噗通！贏得女人們巴結的喝采與掌聲。

「忘了梯子……有鯊魚……忘了梯子……有鯊魚……忘了梯子……有鯊魚……」我不停祈禱。

游泳，喝酒，跳舞，一段時間後，Mike發起了一輪酒杯與親吻的遊戲，雖然不知道具體的玩法，但一個叫做Sandy的三八女人得了冠軍，獲得與白勝雪共渡包廂的獎賞，隨即被帶進房，白勝雪喘著粗氣，說著些我從未聽過的淫言穢語，然後，啪啪啪啪啪啪啪啪啪……

我聽了三十秒就又切斷竊聽，氣得指甲都摳進了掌心，在屋子裡大吼大叫，開了白勝雪最貴的馬爹利就喝。三小時之後，再次傳了簡訊：想你。狂歡還在繼續，Mike又開啟一輪新遊戲，又一個女人得到獎賞，啪啪啪啪啪啪啪啪啪……又一輪新遊戲，又一個得到獎賞，啪啪啪啪啪啪啪……又是新遊戲，又一個得獎，啪啪啪啪啪啪啪啪……

我要瘋了！好不容易撐到傍晚，遊艇靠岸，兩人晚餐竟然要去吃女體壽司！我氣得差點腦溢血，手一甩，把玻璃杯和身邊的酒瓶全都摔破！跑去沖了冷水澡，還吃了一大桶冰淇淋……好不容易等到他們吃完飯，Mike又帶白勝雪到一家油壓按摩，叫了五、六個女按摩師，只聽見白勝雪的呼吸聲愈來愈混濁，油水的聲音愈來愈響。啾啾啾啾啾啾……竟是一家手槍店！

「啊……啊……啊……」白勝雪激烈呻吟，「來了！要來了！啊——！」

「幹！幹！幹！幹！幹！幹！」我忍不住大聲飆罵道：「幹妳娘咧！幹——！白勝雪！你這個史上第一下賤渣男大淫蟲！」一甩手，把冰淇淋砸到落地玻璃門上。

去還是留，我本以為自己會陷入兩難，才回過神，發現自己一邊灌著XO，一邊推出最大的行李箱，不停往裡頭塞衣服、塞包包、塞化妝品……。走吧，快走，相信直覺，就算他平時表現得有多愛妳，不管這樣的假象會維持多久，他就是一個超級大爛人！

接近午夜，我逐漸醒來，發現自己竟醉倒在客廳地板上。

四下環顧，一旁的行李箱已塞到滿出來，地上都是內衣內褲、電線插頭、酒瓶酒罐，屋裡椅子傾倒、桌子歪斜、花瓶破碎、地毯皺起、電視摔落、檯燈砸壞、冰箱裡的東西全被挖出來亂扔、酒櫃空了一大半，垃圾桶裝著嘔吐物……簡直慘不忍睹。

正在我頭痛欲裂的時候，手機響起刺耳的鈴聲，一看，是白勝雪的來電。

「來得正好！」甩手再砸破一個酒瓶，我猛地站起身，按下接聽鍵，大聲說：「喂！」

「喂——！」他比我更大聲：「曉艾！我不愛妳！我最不喜歡妳！尤其妳這麼矮，屁股又扁！只有一點小聰明，其實腦子很笨，蠢！我最討厭妳這種扁屁股的蠢女人，噁！噁——！超噁——！」

「你……」我氣得差點沒把牙齒咬斷。

「呵呵呵……但是，我要娶妳……呵呵呵呵呵呵……沒錯……我要娶妳！」

「嗯？什麼意思？」我當場愣住。

他又說：「妳、妳、妳、妳、妳、妳是我的救命恩人，謝謝、謝謝、謝謝、謝謝、謝謝、謝謝妳……要不是有妳這麼笨，我就死定了，完了……蛋了……全部完蛋，全毀了！」

「……」我屏住呼吸，心想：他怎麼了？喝醉了？我盡力壓抑憤恨，把握住這個好機會，說：「……那你……你為什麼要挪用公司的資金？」

「呵呵呵……我是被逼的……因為……因為我是私生子……假兒子……嗚嗚嗚……嗚嗚嗚嗚嗚嗚！為什麼？為什麼是我！為什麼不是白宇光？不是白昱達？就是我！我怎麼這麼倒楣，我也是兒子啊，我也是白碩坤的兒子……嗚嗚嗚……為什麼……」白勝雪痛哭起來，「……為什麼啦！」

「那……你是怎麼把挪用的資金補上的？」

「……還不是就是靠和解金……和解金好多……都是我的……」

靠和解的二十億權利金？這說不通啊。我說：「那你……你……你為什麼要害達達……？」

「……因為……因為我……我、我不想要也有一個私生子……嗚嗚嗚……嗚嗚嗚……」

「嘖……」這原因有說等於沒說，「還是……還是你有留下什麼重要的證據嗎？」

「……達達……達達……達達……」

「聽清楚，我是說：你有沒有留下了什麼證據？」

「……有……有！有留下，我要給妳的，就在抽屜裡……就在……我……我，我書桌左邊……第二個抽屜……的盒子裡……」

「Jesus!」是Mike的聲音，「勝雪，你呼麻呼昏頭了嗎？哇……一次吸這麼多……天啊！這麼多酒都喝完了。God，不要躺地上，來，上床睡啦……你好重啊……嗯？你打給誰啊？——」

我忙切斷電話，忍著頭痛，一路往白勝雪的書房裡衝，拉開他書桌左邊第二個抽屜，裡頭空蕩蕩的，只有一個梨花木盒，打開，裡面有一個貝殼造形的黑色天鵝絨首飾盒，我捧在手上，再打開，晶光璀璨，是一枚絕美的鑽石戒指，至少有三克拉。

「這……」霎時間，我腦中浮現了一個令我自己也唾棄的想法……用力搖頭甩開，「……不行！我黃曉艾不做這麼沒品、沒價值、沒人格的爛事情！錢有什麼了不起，我自己能賺！」

十一點五十九分，忽然間，書房，連同整個房子都暗了下來，任憑我睜大眼睛也看不見任何東西，約莫三秒後，電視突然亮了起來，螢幕顯示著一片薄荷綠色，接著出現兩行碩大白色花體字，寫著「Sugar, we are here.」，並傳出一陣變聲過的聲音，彷彿數位世界裡最嚴肅的法官：

「……我們是薄荷糖。經查證，鉑宇系統科技公司的『蒙太奇α』程式，就是妳，黃曉艾所偷竊並流傳。限時三天，讓妳自首，否則，一切證據將通報警調單位。更甚者，我們也不排除自行處理……」話畢，四周亮起，螢幕一黑，電視像是從沒被開啟過一樣，重歸平靜。

「天、天、天、天、天……天啊……是、是……是薄荷糖……」

我全身血液瞬間凝固，四肢僵硬，每個細胞都在戰慄，愈抖愈厲害，跌坐在地還停不下來，彷彿整個世界正遭受來自宇宙的震宕，頭一垂，瞥見手上的白金鑽戒，宛如看到一絲本錢、一桿救命的稻草……忙掐定心緒，穩穩戴上戒指，拖著幾百幾千斤重的身體，展開第一個關鍵步驟：大掃除。

24／吻合

2022
01.01
（六）

絕美的石灰岩洞穴裡，我忘情一吻，藍秩雲身上淡淡的藥味刺激我的鼻腔，還有他乾燥的嘴唇與鬍子，輕輕扎痛我，無不令我驚覺自己的荒唐。片刻後，他開始全身發抖，不知是害怕，還是被觸動，或是傷感……我趁勢離開他的唇，慢慢後退，他卻是立刻別過臉，愈抖愈厲害……

我說：「老、老公……？」

「噗！」藍秩雲忍不住噗哧笑出來，口水噴得像花灑，「哇哈哈哈哈哈哈——！」

「你——」我頓時羞得臉上更燙了，「你、你、你也太誇張了吧！」

「老婆啊！哈哈哈！妳也實在是……妳明知道我愛男人，還真的給我親下去！噗！哈哈、哈哈哈！妳眼光真的很差，專門愛錯人吔！先是白勝雪，一個渣男，然後是我，一個gay。妳真的太慘了！」

「我、我不是喜歡你，我只是很佩服你……覺得你很帥、很可靠，看你沒事我很……很開心……我、我也不知道啦，剛剛我也不知道自己怎麼了，就、就、就親下去了，根本控制不住，可能是賀爾蒙還是什麼……你不要笑了！」

「呵呵……好，我忍……嗚……噗……噗……」他眼淚都流出來，突然開始搥打肚子，「呵呵……我沒想到妳對我感情用這麼深……抱歉抱歉……是我太迷人了，天啊，我的腹肌，抽筋、抽筋……」

「閉嘴！」

「好好好……」藍秩雲好不容易挺直腰桿，「……呼……快走吧，我們還不算脫離危險呢。」

「等等，那些槍聲是怎麼回事？那些登山客都是你朋友嗎？你、你怎麼能有這麼多人手？」

「呵呵呵，那些人啊，是我只能用一次的底牌。」他往前走，「他們是我在『全國剪輯師同業公會』裡的朋友。」

「啊？」我忙跟上他的腳步，「剪輯師……公會……？」

「買過蒙太奇1.0到9.0，又下載盜版蒙太奇α的人，可不只我一個。我加入的全國剪輯師同業公會裡，也有很多人的蒙太奇軟體被停用，因為不爽付錢買蒙太奇α，下載了盜版，之後的事妳也知道，警察和律師找上門，大家只能選擇賠錢，把不甘心往肚子裡吞。」

「所以他們在幫你？」

「對，因為他們跟我一樣憤怒，我找他們幫忙時，他們全都非常興奮。范姜議員的影片、我剛剛說的鮮肉天團，其他還有很多，這些影片外包的剪輯師，都在全國剪輯師同業公會裡，所以我才能掌握這麼多的檔案和資料，可以用來當籌碼。」

「難怪……難怪憑你一個人能搞出這麼多事，原來你背後有一大群人啊。」

「唉，我不該說的，說了之後，恐怕我就沒這麼神祕迷人了吧。」

「閉嘴啦……」路愈來愈窄，我攙著藍秩雲的手下階梯，「嗯？對了，還有槍啊！我們到嘉義的第一天，車上明明還有手槍，怎麼到高雄就不見了？這……是不是你拿給他們的？」

「沒錯，我們到達嘉義的隔天凌晨，我就把槍交了出去。跟鳶哥約好時間之後，就讓他們扮成登山客，過來幫我把風。要是我談判失敗，就大叫一聲，所有人就會一直亂開槍，掩護我離開。呵呵，不過妳剛剛叫得好大聲喔，算是幫我下達命令了。」

「原來你早有準備……但是，還是很危險，你不知道，我一看到達達偷拍你出門時的影片，簡直快……簡直快……」擔心、緊張、害怕「……快氣死了……」

「不要氣啦，總是有人要顧達達嘛。原來是達達錄影了，難怪妳能找到我，妳的臉也是他打的吧，看起來好慘……這孩子真的不簡單，不過要記得，待會一定要把影片刪掉。」

「等等，還有一點我想不通，為什麼不讓那些剪輯師直接去砸鉑宇公司呢？還要來找這些黑道？要他們這群黑道辦事，這不是很難控制嗎？」

「這有兩個原因：第一，我懷疑白勝雪和三嶺幫有交情，但是沒有證據，所以需要試探一下，現在果然證明了，那就必須一併處理。第二，這些剪輯師都有家庭、有孩子，我安排他們在這裡，槍一丟、包包一揹，裝成遊客就能沒事，但是鉑宇科技大樓可是在市中心，被抓的風險太高了。」

「那、那你呢？」

「我……」他苦笑，「……我比起他們，恐怕……已經沒有什麼東西可以失去了吧。」

「你……？你做這一切，該不會是覺得就算你——」

「走吧，」他似乎已經察覺到我要說什麼，一擺手，讓我先走，「出口到了，他們可能隨時會追上來的，快啊。」

「喔……」我說，拉著他，走到太陽下。

◇　◆　◇

繞了一大圈終於下山，正要進入停車場，藍秩雲卻讓我稍等，沒有兩分鐘，就聽見山下傳來警笛聲，愈來愈近，不過一分鐘時間，就看見兩台警車。藍秩雲趁機拉著我往紅葉號跑。只見那些黑色轎車裡頭還有

四、五個人，正瞪大眼睛看著我們，一邊打手機，一邊掏出手槍，卻不敢下車。

爬上紅葉號，達達才「啊！」了一聲歡迎我們回來，藍秩雲立即開車下山，並向我解釋道：

「早猜到火雞有這一手，我也留了人在停車場監視，一聯絡就會報警，引來警察後，那些留守的手下不知道該上山還是追人，就能暫時脫身了。」

「厲害，」車速好快，我坐在副駕使座裡渾身緊繃，「但你說『暫時』是什麼意思？」

他看向後照鏡，說：「他們人多，還是會有人追上來。」

「嗯？」我也看向後照鏡，大轉彎時，果然有台黑頭車遠遠尾隨，「現在怎麼辦？」

「放心啦。妳帶走達達之後，一直算到現在，已經過了八天。憑著台灣『監視器王國』的稱號，妳仔細想想，我們怎麼可能到現在還沒被抓到呢？」

「呃……因為……因為……唉，我現在沒辦法思考啦！」

「呵呵，因為我還有一個支持我的弟弟。」他幾乎把油門踩到底，我得抓緊座位扶手才不會被甩出窗外，幾次轉彎之後，路邊有一個可供停車與迴轉的地方，我頓時以為自己眼花了，迎面竟然看見另一台紅葉號就停在那裡，紅色的廂型車，烤漆、體積、品牌、車牌，除了稍微新一些，幾乎與我們的紅葉號一模一樣。

緊急煞車，我和達達同時唉呦一聲，人差點飛出去。那輛車開出來，停在對向車道，駕駛座對著駕駛座，雙雙降下車窗。

藍秩雲望向那輛車，伸出拳頭，說：「學峰。」

「哥，交給我。」車窗裡的藍學峰臉上有些許興奮與滿滿的自信，也伸出手，與哥哥互相碰拳，他一臉落腮鬍，長得真的跟藍秩雲很像，只是氣色好了很多。他身邊還有一個嬌小的女人，打扮得幾乎像我，她說：「大哥、黃小姐，夜露死苦。」

「謝謝你們。」藍秩雲沉重地點了點頭。「謝謝。」我也趕忙點頭致意。

藍學峰與那女人微微一笑，隨即踩下油門，驅車往反方向前進。我們也前進，轉過彎，就聽見後頭緊急迴轉的聲音，必定是火雞的手下掉頭去追了。

「原來，是因為有你弟弟開著一樣的車到處亂竄，才能打亂警方的追捕……那個女人又是誰？」

「她是學峰的太太，曾經是日本暴走族的二把手，她聽我弟說了我的計畫，就自願當妳的替身。」

「原來是這樣……這是……是盜版的我們。」

「用盜版對付盜版，是我能想到最好的辦法。」

「哇……」我忍不住說出內心深處的話，「……老公啊，你還真的是有備而來。」

「哈！妳這句話說好幾次了。」

紅葉號一路前進，山，海，天空，那麼遼闊，也狹窄，似乎只能通往一個地方……

◇　◆　◇

我們先往南，遠眺一眼白色的鵝鑾鼻燈塔，隨即沿著東岸北上，走台26線，過200縣道，進入曲折又狹窄的199縣道，兩旁一片深山老林，車速慢到不行，絕沒有人會想到這會是一條逃亡路徑。經過五小時，終於進入台東市區，天色已經暗了大半。

藍秩雲把車開進一家車體美研工坊。老闆是個黑臉的大哥，頂著一個大啤酒肚出來接待，只問了：材質？顏色？藍秩雲回答後，老闆轉身就開始工作，全程面無表情。

我說：「老公，我們來這裡要做什麼？」

「我看是找不到達達的媽媽了，那麼再接下來，就是進行我的計畫，要進入鉑宇科技大樓。保險起見，紅葉號要重新貼膜，免得太顯眼。我之前就先聯絡過，大概明天早上就會用好。」

「這個人可靠嗎？」

「可靠。我公會裡有個朋友，專門幫汽車節目剪接，發現那些車友常常提到這間店，還有兩個人說溜嘴，說這裡專門為非法輸入的車子貼膜，老闆也有前科，就算他發現了達達，也絕對不會報警。」

「喔……」我更擔心了。

「來了，來了，」二樓傳來腳步聲，一個豐腴的女人走下樓，身上穿著圍裙，露出油光滿面的笑容，「來來來，我正在煮飯，馬上就可以開動了啦，有旗魚、山豬肉，還有一大鍋樹豆湯，很好吃的。你們先去樓上休息，這邊讓我老公去忙就行了啦，不要管他。對了，你們要不要先洗澡？」

我說：「好啊，謝謝，爬完山之後我就好想洗澡喔。」

「太好了，來來來，我來幫你們拿行李啦。」老闆娘從我手上接過背包，突然握住我的手，「妳這個是草屋的吧，你們已經去那裡玩過了啊，黑白色的，搭配得好漂亮喔，等等，這是特製的吼，難怪我沒看過。妳看看，我手上這一串也很美吧？」

她舉起手臂搖了搖，我這才發現她手腕上也有一串珠子，跟潘大師送我的珠子質地一模一樣，只是我的珠珠圖案比較細緻複雜，她的是幾何圖案，簡單卻也不失趣味。

「等等，老闆娘，妳剛剛說這串佛珠是哪裡來的，妳知道是不是？」

她說：「這不是佛珠啦，是我們排灣族的琉璃珠，是草屋那邊做的，在我們台東很有名，妳隨便上網查一下就知道了。」

「啊！」我和藍秩雲互看一眼，急忙往前一步，同時說道：「快告訴我那間草屋在哪裡！」

◇　◆　◇

借了機車，藍秩雲載著我騎了三十分鐘的回頭路，終於找到老闆娘說的地址。

那是棟一層樓的水泥平房，鏽色的外門，鏤空圍牆，紅綠黃色的植栽從小巧的院子裡冒出頭來，灰色公寓大門塗藍，搭配青色的鐵窗，雖然不是一間草屋，卻充滿了草屋的趣味。

院子裡面有個男人坐在躺椅上，彈著吉他，唱著原住民的古調，聲音沉穩但高亢，微微沙啞，嘹轉迴盪，彷彿秋風吹進山谷，尋尋覓覓一個出口，任憑花凋蕊謝、草木枯黃，終究無法逃脫……我高中畢旅時聽過，這是〈追求女友之歌〉，是在描述一個愛而不得的故事。

一曲完畢，我們才敢進入打擾。我說：「請問，你是老闆嗎？這裡是草屋嗎？」

「你好，我就是老闆，我姓呂。我們已經改名字，不叫草屋了，」呂老闆站起身，走向我們，他有個大鼻子，低頭就見到我手上的黑白色琉璃珠，「你們以前來過嗎？是不是有上過琉璃珠的體驗課程？嗯？這是……？這是潘大姐的珠子？」

「是的是的，」我連忙點頭，忙把珠子交到他手上，「這是潘大師親手給我的。你認識潘大師嗎？」

「我只見過她一面，」呂老闆細細端詳每一顆珠子，「沒錯，這每一顆都是我燒的，我絕對不會認錯，這真的是潘大姐的……你們認識廖大哥嗎？」

「廖大哥是誰？」

「這……先進來吧。」呂老闆請我們進屋裡坐，給我們倒杯熱茶，也為我們講述一個故事：

三十二年前，潘庭媗有個願望，想要精通世界上所有的料理。於是辭掉主廚工作，拿著所有存款環遊世界。一路上搭便車，自己洗衣服，睡最便宜的旅館，只為了逛遍各地的市場，吃最道地的美食，與最好的廚師交流……。那原本是趟單人旅行，直到在伊斯法罕的一間青年旅館，她看見一個男人，爬到一棵八公尺高的梧桐樹上，只為拍一張照片。

廖尚杰是一位旅遊記者，一下樹就看見潘庭媗。同樣來自台灣、同樣年紀，他們初見便無話不談，也很快發現彼此的缺點：潘庭媗拍的美食照片單調又無趣，彷彿便當店菜單；而廖尚杰對飲食的要求只有一個標準，果腹。兩人皆認為對方「罪不可恕」，便結伴同行，發誓要教會對方箇中的樂趣。

一路上，經過搶劫、腸胃炎掛急診、搭便車被司機追砍、租車爆胎被獅子包圍、擺路邊攤賣蚵仔煎、到國際大公司裡幫忙外燴、受邀到公爵的城堡裡負責晚宴、與米其林大廚大打出手……

旅程的末端，他在墨爾本之星摩天輪上說：嫁給我？她也立刻說：我願意。

回台灣後，潘庭媗為了還旅費，忙著演講、出書、開餐廳，每天忙碌到睡覺時間都不夠，兩人便把結婚的事暫時擱下。兩、三年之後，潘庭媗功成名就，也吸引來這輩子最大的投資：白碩坤董事長要建立一家全台灣最頂級的豪華餐廳。那時，廖尚杰剛從埃及回國，就發現潘庭媗退回了戒指，他立時明白一切，幾乎崩潰，流浪到了台東，找到他當兵時的好友，也就是呂老闆的爸爸，每天喝酒、聊天、痛哭……，幾個月過後，突然傳出潘庭媗過勞送醫、餐廳結束營業的消息。

廖尚杰隻身上台北找人，卻一無所獲。一年後，潘庭媗又出現在螢光幕前，已經剃了頭，穿上海青，成為潘大師。廖尚杰用盡了所有辦法，帶上了年少時的呂老闆作為掩飾，終於在佛寺裡與潘大師見到面，她只是哭，什麼都不說。他卻猜得出幕後的人，隨即入股一間小雜誌社，針對白碩坤找尋所有可能的醜聞，想要搞垮他，只為了換取潘大姐的自由。

二十幾年過去，廖尚杰一路受盡打壓，散盡家財，並在兩年前罹患了第三期肺癌，惡化得非常迅速，就在臨終之前，他讓呂老闆特製了一串琉璃珠，要有山、海、天、人，交給潘大師，當做是一種情意，一種保護，一種紀念……一種天人永隔之後仍能串起彼此的思念……

呂老闆故事說完。我手上的茶已經涼了，心下悵然，不自覺看向藍秩雲，他的淚已落下，用力揮手擦拭。生死不渝的愛情，在場也只有他體會最深了吧。

「……對，沒錯，」我忙打起精神，「當年有本專門爆料白勝雪私生子的八卦週刊……還有，我在高雄榮總那時，那些護理人員說的廖記者，就是這位廖尚杰先生，對吧？」

「是的，廖大哥那時身體已經很不舒服，還是不放棄最後的希望。」呂老闆說著，轉身到身後的櫃子，拿出一個破舊的大牛皮紙袋，「廖大哥有說過，如果潘大姐來了，就把這些東西交給她。我想，你們今天帶著潘大姐的珠子過來，意思也是一樣的吧。」

我接過紙袋後立即打開，把裡頭的東西全拿出來，是一大疊的相片。呂老闆端起桌上的茶杯，說著要幫我們添熱茶，便出了房間。我們將全部相片攤開在桌上，有的已經泛黃，有的還很新，從二十年前到兩年前都有，看著還未如此年老的眾多白碩坤……一張一張檢視，不放過每一個色點……

「呵……」藍秩雲拿起一張照片，不住搖頭，「這個白董事長也真會玩，喝酒、洗澡、按摩，年輕的時候就算了，這麼老了還在車上把妹，這才大學剛畢業吧，也太嫩了。」

「我看……」我拿過照片端詳。半張蒼老的臉與半張可愛的娃娃臉重疊，看似父女一般，輕輕一吻，像是不小心的接觸，也像用情至深後的平淡……突然有種似曾相識的感覺，不禁張大嘴巴，「……這、這、這不是蘇特助嗎？雖然比較年輕，也沒有化妝，但是能長得那麼甜美的絕對不會是別人，啊……」彷彿電流在血液中飛竄，最終竄進大腦，豁然開朗，「沒錯！絕對就是她，是蘇琳，蘇特助！」

「啊……該不會！」藍秩雲也張大了嘴巴，「那、那就說得通了！」

「是的，一切都說得通了，」勝券在握的感覺充斥身體每個細胞，「達達的爸爸不是白勝雪，是白碩坤董事長，而達達的媽媽，就是蘇琳。」

25／背叛

2021
11.17
（四）

耗費七個小時，歸位所有家具和家電，掃地又吸地，拖了一桶又一桶髒水，酒瓶和酒杯的碎片連同垃圾，打包兩層塑膠袋扔出去，最後還擦了玻璃，終於將房子儘可能恢復原狀，然後打電話叫最高級的餐廳外賣，準備了一桌極為豐盛的晚餐，坐在沙發上靜靜等待……

晚上，白勝雪「出差」回來，才開門，我連忙壓抑急促的心跳，重塑慌亂的臉，擠出最幸福洋溢的笑容，衝進他懷裡，抬起頭，用一個全力施為的法式深吻當作開場。

「勝雪……我好想你……」我高舉左手，在他眼前展示著無名指上的白金鑽戒，「我願意！」

「啊……妳、妳發現了……」他說，臉上帶著點猶豫。

「什麼啦，不是我發現的，是你昨天晚上告訴我的啊，說戒指在你的書桌抽屜，還向我求婚了。我立刻就答應了！我好開心喔！我願意、我願意、我願意！我一百個願意、一千個願意！」

「喔……對對對……」他迅速調整臉部肌肉，試圖讓恍惚的表情看起來精明些，「對！沒錯，太好了！我也好開心，我好怕妳會拒絕喔。」

「怎麼會呢？你對我這麼好，全心全意支持我、愛我。我相信，無論是什麼『難關』，只要有你在，『你一定會幫我』，我們一定都有辦法克服的。」

「呵，有我在，哪會有什麼難關呢？對了……昨天晚上，我除了求婚，還……還說了什麼嗎？」

「當然啊，你說了很多……」我強行咬住嘴裡的髒話，「……你說，要愛我一萬年。」

他嘟起嘴，偷偷吁了一口氣，又說：「對，我絕對會愛妳一萬年！」

不等他把話說完，我繼續吻他，迫使他將我攔腰抱到臥室，兩人在床上脫得精光。他吻我，我吻他，他知道我喜歡傳教士式，但我現在實在不想看到他的臉，刻意轉過身，改採取他最喜歡的推車式……或許一連三天他玩得太嗨了，久久出不來，讓我不得不裝了五十分鐘的高潮……

等他終於繳械，累積的疲勞一口氣爆發，大吼一聲，隨即癱倒在床上，發出「呃……呃……呃……」死豬一般的哀號聲。

眼見第一步計畫成功，我立刻起床洗澡，打理好自己，回到廚房，把所有飯菜重新熱過。等白勝雪也洗好澡，換了衣服，緩緩走到客廳，我又吻他，拉他到餐桌坐下，幫他盛飯夾菜舀湯，撕肉剝蝦挑魚，還開了紅酒，要讓他吃飽喝足，我才好開口。

然而，白勝雪突然聊起鉑宇的業務，滔滔不絕地說明他的計畫，他說，東南亞與非洲的自媒體還有許多發展空間，他要向當地的技術學校拋出橄欖枝，免費授權蒙太奇α在他們的課程之中，再舉辦微電影比賽，贊助政府單位、在地的媒體公司、電影公司，他要掌握住東南亞與非洲未來三十年的剪輯軟體龍頭地位……興致非常高，紅酒喝完換啤酒，愈喝愈有精神。

眼看時鐘顯示已經十一點五十九分。我實在忍不住了，鼓起僅存的全部勇氣，張開嘴，要把所有準備好的說詞和盤托出——

忽然，整個房子又一次暗了下來，三秒後，唯有電視亮了起來，螢幕裡一片薄荷綠色，出現兩行碩大的白色花體字「Sugar, we are here.」，並傳出變聲過的嚴肅聲音：

「……我們是薄荷糖。經查證，鉑宇系統科技公司的『蒙太奇α』程式，就是黃曉艾所偷竊並流傳。請妳儘速自首，時限還有兩天，否則，所有證據將通報警調單位。甚至，不排除我們自行處理……」言罷，四周亮起，螢幕已是全黑，黑得異常深沉。

一時間，我已經搞不懂，這是天要助我，還是天要滅我。

「老公……怎、怎麼辦？」聲音因害怕而發顫，終於忍不住一滴眼淚流下眼眶，滑落我冰冷的臉頰，感覺比火還燙。

「……」白勝雪緩緩轉身看向我，神情先是震驚，腳步還微微踉蹌，像是差點崩潰，不到一秒的時間，飄忽的眼神變得肯定，連同呼吸也逐漸回穩，似乎心中已萌生出巨大的信心，「……老婆，交給我，我一定傾盡整個鉑宇公司的力量，幫妳把整件事情壓下來。」

「太、太好了……」

千辛萬苦，心中的巨石終於稍微卸下，頓時整個人都鬆弛了，淚腺也開始失控，更多的眼淚落下，一滴一滴匯成枝杈，不停向下流淌，像是鎮日烏雲大雨中穿透了幾條光線，雖然溼冷依舊，總算心中還有一絲盼望，盼望太陽……

2021 11.18（五）

打深夜開始，白勝雪一直待在書房，撥打電話給不同的律師，忙到天亮，終於討論出一套辦法：

既然國際知名駭客組織「薄荷糖」出手了，想完全隱瞞已是不可能，如今唯一能做的就是低調自首，先讓薄荷糖不要將事態擴大。鉑宇方面則假裝提告，並配合隱瞞犯罪事實，讓檢察官查不到具體罪證，等拖過一段時間，輿論消退，再偷偷撤訴，便能解決所有問題，船過水無痕。

我聽從白勝雪的建議，休假在家，他出門後不到一個小時，就來了兩個西裝筆挺的大律師，三人圍著餐桌坐下，要替我擬定自白書。他們先讓我說明一切經過，並集思廣益，刪除掉可以隱瞞、可以略過的部分，不停尋找相關的法律漏洞來修正用字措辭，搞了整整一天……

晚上十點，白勝雪回到家時一臉倦容，吃著冷掉的外送鍋貼與玉米湯，對我說，已經與各大媒體打好關係，有信心到時候可以完全壓下消息，而且，他還透過朋友，打聽哪位調查員或是警官可以買通，以便得到最好的配合，絕對不會把事情鬧大。

洗好澡，換好睡衣，我們一起爬上床，卻怎麼也睡不著，直到晚上十一點五十九分，小夜燈一暗，三秒後電視一亮，薄荷綠色螢幕出現白色花體字「Sugar, we are here.」，音響傳出變聲過的嚴肅聲音：

「……我們是薄荷糖。經查證，鉑宇公司的『蒙太奇 α』程式是黃曉艾所偷竊並流傳。請妳儘速自首，時限還有一天，否則，所有證據將通報警調，也不排除我們自行處理。這是，最後通牒……」說完，螢幕又變黑，黑得讓人不敢進入夢鄉。

2021 11.19（六）

一大早起來，白勝雪已經出門，沒來得及與我吻別。我點了外送鹹粥當早餐，卻沒動湯匙。

兩位大律師再次駕到。數不清的枝微末節、讀不盡的法律條文、論不停的虛擬攻防……，我已經兩夜沒有闔眼，坐在沙發上，彷彿掉進一個洞窟，又深又暗，還不斷崩塌……一回神，已然淚流滿面。

大律師輪流給我端茶遞水，紙巾毛巾，先是說笑，又忍不住斥責，搞了一個多小時，我哭得眼睛紅腫，全身抽動又不停哽咽，話都說不清楚……他們實在撐不住了，便拋下我，彼此討論商量，又經過兩個小時，擬定了最終版的犯罪自白書，遞到我面前，要我簽名。

我盯著那幾張紙，眼淚依舊……我知道我有罪，但那不是為了我自己犯的，我從來沒有收到過一塊錢，我也沒得到任何好處，沒有，完全沒有……我不想承認，真的不想，不想……我不要，我不要承認，不要！我揮手拍掉他手上的高級鋼筆。

下午五點，白勝雪提早回家，還帶著一名男人。

「兩位律師，坐。」白勝雪說，坐到我的身邊，撫著我的手，「曉艾，這位是朱志城警官，刑警大隊偵五隊的隊長，專辦著作權相關的案件。他一聽說妳無意間洩露了程式，想要自首換取減刑，就主動聯絡上我，希望能提供最大的幫助。」

我一抹眼淚，脫落了幾根睫毛，抬頭看，男人約莫三十五、六歲，穿著棕色皮衣、牛仔褲，頂著一個小啤酒肚，梳著油頭，一張圓臉帶著些許笑容，靜靜站在一旁，感覺親切又正派。

「你……你好。」我說。

朱警官說：「黃小姐您放心，我專辦著作權案件已經十年，每個檢察官都非常熟悉，交給我來溝通，我可以保證，絕對讓您適用最低限度的法規，也能以最低調的方式進行，不會讓任何媒體察覺。」

「真的？」我說。

白勝雪說：「當然是真的，而且我也和公司裡的律師討論過了，一定不跟檢察官配合，儘可能將流程向後拖延，拖到天長地久。檢察官為了業績，想要加速結案，絕對會降低罪責，到時候，我再付一筆封口費，並趁機撤訴，妳肯定就沒事了。現在最重要的，就是必須先自首，要是讓薄荷糖率先爆料，這一切的努力就都白費了。」

「真的嗎？」我看向兩位律師。

一位律師立刻搭腔：「真的，這是法界常有的事。」另一位也說：「沒錯沒錯，白總裁這招破釜沉舟，可以將傷害降到最小。」

我再看向朱警官，說：「真的可以簽嗎？」

「嗯……」朱警官拿起桌上的犯罪自白書，翻翻看看，不住點頭，點了又點，「就我的經驗來看，這一份自白書可說是無懈可擊，完全規避了法條上的重大條例，就算直接判無罪，也是有空間的。」

白勝雪、兩名律師、朱警官都朝我點頭。我心想：一個律師的鐘點費都是幾千塊、幾萬塊計價，何況白勝雪還請了兩個，非常有誠意。尤其難得的是這位朱警官，明明是資深刑警，卻這麼和藹可親、彬彬有禮，甚至連坐都不敢坐下，可見白勝雪已經花了大錢將他收買……

「好……我想……這已經是最好的安排了……」

朱警官放下自白書，律師遞上鋼筆與印泥，我隨即簽了名，蓋上大拇指印，讓朱警官帶回警局備案。白勝雪輕輕擁抱我，我也抱著他，不過幾秒鐘的功夫，我就睡倒在他可靠又溫暖的懷抱裡……

2021 11.20（日）

……再次甦醒，陽光讓我難以睜眼，感覺身體依然疲憊，整個人恍恍惚惚的。

好不容易摸到手機一看，已經十一點，頓時肚子咕嚕一響，我才發覺，已經一星期沒有好好吃過一頓飯，下床後悠悠走到廚房，中島上已經做好一盤吐司三明治，夾著培根、花生醬、酪梨、歐姆蛋，旁邊還有一杯咖啡牛奶，一口咬下便油香四溢，我微微一笑……總算白勝雪還有一點良心與貼心。

又吃一些，感覺靈魂逐漸歸位。翻看手機，發現有十幾通未接來電，都是盧逍打來的，連忙回電。同時家裡的電鈴響了起來，定是白勝雪忘了帶鑰匙，我連忙走去開門。

「喂！」手機接通，傳來盧逍的聲音，「曉艾姐，妳在哪裡啊？現在外面都烽火一片了！妳怎麼都不接手機啊！」

「我現在住男朋友家，手機好像開了靜音，睡過頭了……你說什麼烽火？」

「『薄荷糖』那個駭客組織，昨晚零點突然公開了一則訊息，說妳藉由職務，惡意盜版蒙太奇α程式到處散布，造成鉑宇公司很大的損失！現在各大媒體都在報導，論壇、臉書、ＰＴＴ……全部都在討論、都在肉搜妳呢！妳竟然還在睡覺！」

「什麼？不可能，我已經自首了啊——」忙打開門，「勝雪！我問你，我朋友跟我說——」

「黃曉艾小姐妳好……」一個中年男人說著，對我亮出他的刑警證件與拘提文件，他身後還有四、五個制服警察，路邊停了三、四輛警車，「……我們收到了一份資料，清楚紀錄了妳是如何竊取鉑宇系統科技公司的蒙太奇α軟體，以及，妳是透過什麼渠道上傳網路散布，造成鉑宇公司的損失。這已經違反著作權法，鉑宇公司也已提出告訴，指控妳『擅自以重製之方法侵害他人之著作財產權』。請妳立刻跟我到警局說明，妳也可以聘請認識的律師，或是妳需要法律扶助，我們也可以……」

「勝雪……」我突然感覺耳裡轟隆隆的，逐漸聽不見刑警的聲音，不由自主加大音量，「勝雪，怎麼了？白勝雪，白勝雪——！」激憤大吼後，忽然全身脫力，跪倒在地，一陣反胃，大吐特吐，將那幾口三明治和咖啡牛奶全都吐出來，還是不斷乾嘔，滿嘴酸苦，再說不出半個字……

26／陳述

2022
01.02
（日）

車體美研工坊二樓，老闆娘招待我們吃早餐，有昨晚剩的樹豆排骨湯，還有台東很出名的手工豆包，煎得外酥裡嫩，沾了醬油吃，豆香滿溢，醃漬嫩薑、煙燻山豬肉、豆腐乳、鹹魚、炸荷包蛋，搭配一鍋池上米煮的白粥，熱呼呼又清爽爽，我本來沒什麼胃口，卻吃了兩碗。

直到電視裡傳來藍學峰被捕的新聞，我和藍秩雲趕緊放下碗筷，帶著達達下到一樓。老闆的手藝非常好，紅葉號被貼上一層霧面黑色薄膜，一個氣泡也沒有，像是在暗夜中披上薄紗，變得毫不起眼。藍秩雲喃喃說了「黑影號」三個字，付了錢，我們立刻告辭，上路向北。

藍秩雲開車，我在副駕駛座，達達坐在後排單人座，我與藍秩雲再度交換眼神，經過昨夜的討論，我倆準備向白勝雪攤牌，但在此之前，還有一件事必須先做……

「達達……」我轉過頭，「……達達，你回想一下喔，我們第一次見面的時候，你在一座山上掃墓，自己跑遠了，那時候你在喊『姆姆、姆姆』……其實不是在叫我，對不對？」

「……」達達放下平板，圓滾的眼睛直盯著我。藍秩雲也不時透過圓鏡看向我們。

「你記得嗎？那一天我們見面之後，蘇特助就出現了，你在找的人其實就是蘇特助，蘇琳就是你的媽媽……對不對？」
「……」
「達達，你早就知道自己真正的媽媽是誰了，對嗎？」
「……嗯……」達達點點頭，動作微乎其微，更像是在顫抖。
「好。那你知道自己的爸爸是誰嗎？」
「……」達達點了一下頭，在平板裡寫下「白勝雪」三個大字，字跡非常整齊。
「達達，」深深吐出一口濁氣，讓腦袋澄清，「我告訴你，其實你爸爸……不是白勝雪……」
「啊……？」達達頓時張大嘴巴、瞪大眼睛，傻愣愣不敢置信。
「達達，你想想……」我伸手到後座，摸摸他的頭，再輕輕拿起他脖子上的紅色香火袋，感覺到父愛的沉重，「……你想想，這個你最寶貝的香火袋是誰送你的呢？達達，平常日子，除了蘇特助媽媽，還有誰最照顧你？你還記得嗎，去年父親節的前一天，是誰舉辦了一場超好玩的秋天慶祝會，把遊樂園都搬到家裡來了？……你記得是誰嗎？」
「……阿……阿公……」
「對，是白碩坤董事長。你再想想，白勝雪根本不想跟你住在一起，也不照顧你，還想了很多壞主意，那一次，撿走香火袋，害你把木柴弄垮，想要……想要把你壓扁……你知道為什麼嗎？」
「……」達達拚命搖頭。
「因為……你的爸爸不是白勝雪，是你阿公，是白碩坤董事長，他才是你的爸爸。」
說完，我心裡七上八下的，就怕事實傷了這個孩子。但我認為，要拿這件事當籌碼，必定要讓達達知情，否則就真的太可憐了……
只見達達黯然低下頭，歪著脖子，似乎正想著什麼，愣了好一陣子，忽然淚珠撲簌簌落下，抹溼了袖子也止不住……我暗罵自己的不體貼，趕緊解開安全帶，走到後座，把達達擁入懷裡。藍秩雲立即在路邊停妥了車，站到我身後，我輕輕放開手臂，登時眼前一亮，發現達達正咧開了嘴，樂呵呵笑著，笑得有如陽光一般燦爛，加上不止的淚滴，彷彿能看見彩虹。

「達達？你、你怎麼了？」

他說：「妳、妳說的是真的嗎？」

「是真的，」我從外套口袋裡拿出照片，「你看，這是不是蘇特助和白董事長，他們親嘴了，親嘴就是喜歡的意思，所以，他們才是你的爸爸媽媽。」

「喔，那就對了，呵呵，我在房間裡也看過他們親親，原來是這樣……難怪，我就覺得很奇怪，為什麼爸爸一直想害我。呵，原來、原來他不是我的爸爸，阿公才是我的爸爸，太棒了！」

「對，對啊，白勝雪他是壞人，但是……白碩坤董事長他、他其實也……也……」

「老婆，」藍秩雲拍拍我肩膀，「妳沒發現達達他說話很順嗎？」

「啊？什麼……？啊！達達，你、你會說話了？」我忙上下打量，解開他的安全帶，抱起這個男孩前看後看，猶如在檢查哪一個開關、哪一個零件被我誤觸了，「天啊，你會說話了！怎麼辦到的？你怎麼突然會說話了？天啊！我的老天爺啊！」

達達說：「我……我是裝的啦。」

「裝？」聲音像是在吼叫，「你、你怎麼裝的？」

「我……我……」達達擦乾眼淚，嘟起了小嘴，「……我三歲的時候，發現爸爸想要害我，我很怕，就一直躲他，結果他還是一樣……快要四歲的時候，我跌倒了，流血，我就想了一個辦法，假裝從樓梯上滾下來，用血抹得紅紅的，假裝摔到頭，故意變得很笨的樣子……結果，他還是想要害我……現在我終於知道，原來爸爸是假的，阿公才是我真的爸爸，真的太棒了！」

「我的天呀……」

我不禁紅了眼眶，將達達抱得更緊，感到無比心疼，心疼他小小年紀就必須為了生存而奮鬥，同時也十分讚嘆，他那時才四歲，小小的身體與腦袋，就有能力做出這種計畫，果然是天才。藍秩雲也過來抱抱他，抱抱我，臉上帶著淡淡微笑。

「老公，你怎麼不太震驚的樣子？達達他……兒子會說話了吔。」

藍秩雲說：「呵，在台中科博館那時候，妳告訴過我，兒子叫了『媽媽』，發音還很標準，我就知道他是裝的了。說話嘛，就像騎腳踏車，會騎十公尺，沒道理不會騎一百公尺。」

「你、你怎麼不告訴我啊？」

「這是兒子的選擇，我必須尊重他。」

「你……」我不禁翻了一個白眼，又看向達達，「兒子，你既然早就發現了，怎麼不跟別人說呢？你要是早點跟其他人說，大家一定會幫你把白勝雪抓起來的呀。」

「這……」達達小小的眉頭皺在一起，「……我那時候以為他真的是我爸爸嘛，我不想害他……」

「天啊……」

「還有……我聽阿公……不，是真爸爸啦，真爸爸說，假爸爸害死過一個人……所以我也很怕假爸爸不只會害我，說不定，還會害真爸爸和媽媽……所以、所以不敢說。」

「你是說白勝雪害死白宇光的事嗎？」

「對對對，就是他，真爸爸的另一個兒子，白宇光叔叔，不，應該是哥哥。」達達輕輕點頭，「我那時候自己在玩，躲在真爸爸的書桌下面，聽到兩個人走進來，一個是真爸爸，一個應該是阿松叔叔，他們在聊天。阿松叔叔說，他剛剛從澳洲回來，他發現，那個假的爸爸好像是弄壞了幾個零件，有幾個什麼鐵環不見了，才會害白宇光叔叔跳下飛機的時候，降落傘壞掉，才會摔死的。」

「啊……」我倒吸一口氣，看向藍秩雲，「……所以說，白宇光不單純是死於飛機事故，而是跳傘失敗，這、這是兩件事……對呀，那架小飛機到底發生什麼意外，都是白勝雪單方面說的，媒體也報導得很籠統，我根本沒辦法查證……」我細思，輕輕搖頭，「……只是，沒有證據……」

「我知道那些零件在哪裡喔！」達達興奮地舉起手，像是在課堂中搶答，「我知道那些鐵環被柳姨撿走了，就藏在她的化妝盒裡面！」

「你、你怎麼知道的？」

達達說：「我玩捉迷藏的時候，聽到柳姨在講電話，她跟一個她的老師說的。」

我再次看向藍秩雲，藍秩雲也看向我。

「是潘大師，」我恍然大悟，「難怪……難怪在澎湖時，她會說那樣的話，要我阻止白勝雪。」

「嗯，」藍秩雲點頭，「這樣很好，這樣一來，妳的計畫就更有勝算了。」

「是啊，我的……」輕輕將頭轉開，「……我的計畫就更有勝算了。」

◇ ◆ ◇

為了慶祝達達恢復語言能力，我們改變路線，順著台9線花東縱谷公路進入花蓮，轉台9丙線上山，抵達花蓮鯉魚潭。四面青山，山勢兩側收攏成一條通谷，谷底就是壁綠的潭水，今天低處無風，水面幾乎不見波紋，像一面翠玉打磨成的鏡子，映著藍天、白雲、山影，美得令人屏息。

天冷，加上疫情，遊客三三兩兩。我借到一台天鵝腳踏船，自己出航，藍秩雲與達達則是穿上救生衣，拿著槳，借了一張巨無霸浮版，可以在上方任意行走、潑水、看魚，玩得非常開心。達達身為一個語言天才，忍了這麼長時間，如今一開口就停不下來，中文、台語、英語、法語、西班牙語、阿拉伯語，用盡了一切詞彙發出讚嘆聲，我大半都聽不懂，反而覺得有一點吵。

我遠遠地朝藍秩雲揮揮手，將天鵝船踩到潭水中心，獨自撥打手機，打到白勝雪的書房。

「喂……」是白勝雪，聲音過於慎重。這是第一個指標。

「勝雪……」我盡量克制住暴怒與嘔吐的衝動，按照計畫，每一字、每一句都慢慢說出口，「你為什麼要這樣對我？明明……明明是你利用我，不斷暗示我，是你唆使我去偷蒙太奇 α，幫你賺了幾十億元的權利金……面對法院，你卻立刻切割——」

「胡扯！」他打斷我，這是第二個指標，「一切都是妳做的，沒有人會相信妳的鬼話！」

「你……你旁邊有人嗎？」

「……沒人。」

一瞬間的猶豫，這是第三個指標。我與藍秩雲討論過，只要有這三個指標，就有極高的可能，警方正在追蹤並監聽這支電話，好透過發訊位置找到我們。如此一來，警察必定會讓白勝雪拖延時間，但我若攤牌，白勝雪就不會配合，還會愈說愈快、愈說愈短……這就是我們要的效果。

「沒人……那就太好了……」發展得非常順利，使我的聲音更加沉穩，「……白勝雪，你知道我為什麼要帶走達達嗎？」

「還不是為了錢、為了威脅我撤告。」

「你錯了……我要的，不過是為了爭取一些時間，找一些證據。」

「什麼證據？」

「你以為，你刻意靠近我，讓我愛上你，你就可以利用我……但是卻忘了，我也靠近了你，了解你……勝雪，我這通電話打來好一陣子了，你就完全不關心達達嗎？竟然連問都不問？」

「這……達達他還好嗎？」

「他很好，他已經會說話了，達達他說……他說……」我深吸一口氣，從口袋裡拿出事先寫好的一紙草稿，並在咬字清晰的範圍裡，盡量加快語速，「達達說你好幾次想殺害他，因為你根本不是達達的爸爸，他爸是白碩坤董事長，媽媽是蘇琳蘇特助。你還破壞白宇光的降落傘，害死你哥。你曾經盜用公款，你要篡奪鉑宇公司，我手上都有證據——」

喀！電話那端掛斷了，快得將他的心虛暴露無遺。

大功告成，抬起頭，看著達達和藍秩雲玩得盡興，竟雙雙跳下了水，冷得不停發出尖叫聲，我不禁大笑起來，忙把天鵝船踩過去……

◇ ◆ ◇

還了船，已經快要中午。附近餐廳很多，我們本來想隨便選一家，但是達達真的吵得太過顯眼，便讓藍秩雲帶他回車上，我去買外帶。我選了一家外觀有點俗豔的店面，買了滑蛋炒過貓、蒜酥魚蝦、野菇湯，還有土雞肉、炒飯、炒什錦，還去另一家阿嬤的店，打包了三杯木瓜牛奶。

走回黑影號的半路，我才想到應該買些點心，手上提著大包小包，懶得回頭，正好看到路邊有一位中年太太，就著一張小巧的折疊矮桌，擺了許多塑膠盒裝的手工小米麻糬，黑芝麻、白芝麻、花生、芋頭、椰絲，各種顏色，看得我口水都要滴下來。

我說：「老闆娘，這一盒怎麼賣？」

「一盒一百五，三盒四百……」中年太太有些遲疑，忽然指著我，「妳？……妳是曉艾嗎？」

我立時被嚇得不輕，忙確認口罩確實還戴在臉上、鴨舌帽也在頭上，想要逃跑，怕顯得太心虛，想要說她認錯人，但我的動作又太過明顯，左右為難間抬頭一看，卻覺得這位太太長得慈眉善目，皮膚黝黑又有光澤，還綁著一條原住民圖騰綁巾，十分眼熟。

我說：「妳……妳是……」

「真的是妳，我差點認不出來了。我是徐媽媽啦，徐立莉的媽媽啦！曉艾啊！妳好久沒來我們這裡玩了。妳出什麼事了？怎麼新聞都在說妳的壞話？我跟妳說，我都不信啦，現在看到妳在這裡玩，我就知道，電視果然是在騙人啦！」

「對對對，電視上那都是在誣賴我的啦……徐媽媽，好多年沒見了吔，妳怎麼……妳家裡本來不是種田的嗎？怎麼跑到這裡來賣麻糬了？」

「唉……這……這……」

「……」我見她一臉為難，便說：「……那立莉呢？我跟她很久沒聯絡了，她最近好嗎？還是她人還在國外旅行嗎？」

「她、她、她……」徐媽媽一時紅了眼眶，淚珠不住落下，「……兩年前……立莉她……她被人、被人強暴……她實在太、太害怕，就……就發瘋了啦……她已經在療養院住了兩年……唉……家裡都要沒錢了，所以……所以我才來這裡賣一些麻糬，多少補貼一點……」

「妳說、妳說……妳再說一次，妳說立莉這兩年怎麼了？——」我幾乎用吼的，彷彿那些字句只入得了耳朵，進不了腦子，令人完全不能理解，不敢相信。

27／說服

2021
11.20
（日）

地上的手機都來不及拿，我被警察帶上警車，嘴裡還散發著適才嘔吐的酸臭味，感覺渾身痲木，肉身與靈魂若即若離，腦袋持續空轉……直到到達警局，一步踏進偵訊室，人生即將毀滅的預感由腳底往上竄，鑽進腦子，觸動了所有淚腺，立時涕泗滂沱，嚎啕啼吼——

一名中年男警要幫我做筆錄，然而我已哭得失控，半句話都說不清楚，兩個小時，除了確認個人資料，沒辦法回答任何問題。他們無奈換上女警，替我端開水、送午餐，又兩個小時，我不吃不喝，卻用掉十捲衛生紙，女警想轉移我的注意力，說了一個她遇到渣男的故事，卻害我哭得更加淒厲，搥胸頓足、呼天搶地，一時換氣不及，可能血糖和電解質也太低了，頓時眼前一黑，暈了過去……

「……艾……曉艾……曉艾姐……」

有個聲音一直呼喚我，還有個力量不斷扯我的頭皮……又吵又痛，我幽幽轉醒，發現自己躺在警局休息區的沙發上，看了眼時鐘，下午四點，一低頭，雙手竟被上了手銬，不禁又熱淚盈眶……

「……曉艾姐，妳醒了嗎？」聲音又低又沉。

「誰……」我仰頭去看，是個年輕男人的背影，他扯著我的頭髮，稍稍偏過頭，長得陽光英俊，「……盧……盧逍……？」

「對，是我。妳小聲一點，先裝睡。」

我趕忙瞇起眼睛，壓低聲音說道：「你……你怎麼進來的？」

「我看新聞，說妳被抓到這個分局，立刻跑過來，看看能不能幫上什麼忙。我先問妳，妳跟警察說什麼了嗎？——」

「嗚……」眼淚再度溢出，「……我忍不住，一直哭，什麼都說不出來……」

「太好了，妳先別哭了，」盧逍雙眼一亮，「曉艾姐，我告訴妳，妳什麼都不要說，全程使用『緘默權』，堅持刑法的『無罪推定原則』，人民沒有義務要證明自己有罪。記住，什麼都不要說就對了。」

「是這樣嗎……可是我是被白勝雪陷害的，為什麼不能說？」

「我想想……對了，妳犯的這種叫做『告訴乃論罪』，只要鉑宇撤告就沒事了。所以千萬不要輕易把底牌打出來，要先拖延，向對方表明一種很無害的態度，也不要請律師，一切都等出來了再說，才能爭取時間，想出更厲害的辦法對付他們。」

「喔……是是是，懂了懂了。先裝蠢，之後再反擊……你、你什麼時候變得這麼厲害了？」

遠處一名警察朝盧逍走過來，招招手，說：「不好意思，剛剛有人亂報警，一時緊急出動，人手比較不足，請這邊做筆錄喔。」

「好的。啊，我綁一下鞋帶，」盧逍側身蹲了下來，與我靠得更近，聲音壓得更低，「……不是我，是我在警局外遇見一個很有型的藍先生，是他教我的。妳一出去就聯絡他，他說他有辦法。先走了。」他起身瞬間，向我丟出一張折起的紙條，逕自往前走，擋住警察的視線。

趕緊將紙條收進口袋，我在心中向盧逍道謝，並思考著：這個藍先生是誰？為什麼要幫我？……

我躺得腰痠，不得不翻身，這才被警察發現，再度被帶進偵訊室。心中有了決斷之後，眼淚竟流不出來了，乾嚎搭配一點抽噎，我自己都覺得好假。於是女警換回男警，再變成三個男警一起問話，我雙腿顫抖，持續閉嘴使用緘默權……他們澈底了解我的決心，著手要將我移送地檢署。

2021 11.21（一）

我與三、四個陌生人在羈押室裡坐了一夜。凌晨兩點，多了個喝醉酒的男人，他忽然小便失禁，把我逼退至角落，正好能看到警局前頭的電視，值夜班的警察不停在新聞台間切換，都在播報我的事：

原來，薄荷糖在昨天零點零分零秒，要求我自首的期限一過，瞬間駭入鉑宇科技大樓的所有電腦與官方網站，並留下了一份資料，清楚記錄了，他們是怎麼由利比亞的網咖回溯，並從台灣最大的盜版論壇、中國的P2P空間、美國的假IP三管其下，在ISP網際網路服務供應商的巨型數據庫裡，大海撈針一般，查到我所留下的微末紀錄，一步步破解我用的匿名瀏覽器、代理伺服器、VPN虛擬私人網絡……直接找到我當晚下榻的酒店，甚至還有我的住房紀錄……最後更表明：幫助鉑宇打擊盜版的並非薄荷糖，直到現在，我們才成為了其中的一分子。

不愧是國際頂級駭客，能完全破解我那些小技倆，卻還是看不透白勝雪的心機。回想，白勝雪曾在媒體前得意忘形，說打擊盜版是受到薄荷糖的幫助。必定是這句話，薄荷糖才會著手調查……他馬的，白勝雪，你真是愚蠢又自大的廢物人渣！

苦思到天亮，我終於得出結論：有這份資料，還有之前簽的自白書，我早已經罪證確鑿，所謂筆錄與偵查，無非是走個過場，完全可以直接起訴……或許，真如那位藍先生所說，我的反應才是最重要的，白勝雪和鉑宇公司都等著看，看我被推進火坑後會有什麼反應，好有所應對……

◇　◆　◇

早上八點，警察將我移送地檢署。也不知道合不合規矩，檢察官辦公室裡面還有個西裝筆挺的禿頭男人……感覺有幾分眼熟。

面對男檢察官的提問，我依舊行使緘默權，除了個人資料之外，其餘的問題一概不回答。而一旁的禿頭律師只是靜靜看著我……我拚命回想、拚命回想，直到看見他手邊有一本鉑宇公司的記事本，終於想起，我與他在鉑宇的電梯裡打過幾次照面，也在白勝雪身邊看過他，應該是個律師。

不一會，男檢察官接到一通電話。我張大耳朵，約略聽到對方駁回了他的羈押聲請，猜測是法官打來的。掛電話後，男檢察官毫不掩飾，朝禿頭律師兩手一攤，像是表達他已盡了全力……我暗自心驚，想不到檢察官已經和白勝雪的人勾結，要是我早將一切和盤托出，底牌就真的被看光了！

最後，男檢察官擺擺手，裁定我可以立刻離開，並自顧自地打起電腦，一副氣定神閑的嘴臉。我一時惱怒，起身時，偷偷一腳踩歪地上的電源插座洩憤，竟使電腦瞬間停擺。男檢察官以為是當機，敲鍵盤，摔滑鼠，打內線找助理卻沒人接，急忙跑出去喊……我被嚇得站在原地，卻是歪打正著，能與禿頭律師單獨相處幾秒鐘。

「勞、勞煩你回去一定告訴勝雪……」我面露最真摯的表情，「……請你跟他說，他要我做什麼，我就做什麼，要我說什麼，我就說什麼……我、我絕對不會連累他……我、我、我只能靠他了……」硬擠出一滴眼淚停在臉頰上，把戲演到表面張力的極限。

「……是是是……」禿頭律師忙點頭，難掩嘴角的蔑笑，「……黃小姐，我絕對會替妳轉達。」

◇　◆　◇

出了地檢署，我急忙掏出紙條攤開，裡頭寫了給盧逍的法規小抄，還有一組手機號碼，急忙找到一台公共電話，站在馬路邊，迎著車潮人潮，投錢，撥出……

「喂？」我聲音顫抖，「……是……是藍先生嗎？」

「是的，黃小姐妳好，我就是藍秩雲。」

「藍……藍秩雲……」怎麼那麼耳熟？「啊！你、你是那個不願意和解、不願意繳交權利金的剪輯師？你……你……你不是被通緝了嗎？」我既心虛又擔心。

「是的，但是妳放心啦，我不會害妳的——」

「怎麼不會……你看了薄荷糖的新聞，知道就是我散布盜版蒙太奇 α，就是我害你被通緝……你怎麼不會害我？」

「呵，正是因為看了新聞，我才能完全確認，這不可能是妳的責任。」

「怎、怎麼說？」

「原因很簡單，一共有三點：」藍秩雲聲音沉穩，語速不快不慢，「第一，鉑宇竟然起訴了妳。第二，薄荷糖有提到，曾給過妳三次機會去自首，明明可以換取減刑，妳卻選擇放棄。這兩點加起來，說明了妳與白勝雪的利益不一致，你們之間沒有做過什麼協議，他也完全沒有要幫妳的意思。」

「對對對，他根本沒有要幫我，他要害我，我本來是想自首的，真的！」

「嗯，我就知道。」他說，彷彿已掌握全局，「所以，最後就是第三點：白勝雪因為抓到盜版，不僅公司股票一直漲，還因此坐穩了總裁的位置，他明顯是受益者。而妳這個實際執行的人，卻被起訴、被切割，什麼都沒得到，這就很明顯了，妳跟他絕對不是一夥的。然後，這就又可以延伸出三種可能。」

「哪……哪三種可能？」

「呵，」一聲輕笑，似乎我的發問都在預料之中，「第一種可能，妳很笨，做了壞事卻不知道要拿好處……但，就憑妳有能力搞出這麼多事，我看這不會成立。第二種，妳心中有什麼不滿，想要報復……但是我看過妳的臉書和ＩＧ，都是些買東西、吃東西、秀身材的照片和文章，活得很滋潤，料定也不可能。那就只剩下第三種可能——妳中了人家精心布置的圈套，被澈底利用，直到現在被一腳踢開了，這才恍然大悟。」

「對，很有道理，完全正確……」我瞠目結舌。

「所以，我要幫妳，當然啦，也是幫我自己。」

「太、太好了！」樂不到半秒，心中又浮起一絲憂慮，「但是，就憑推論，你就願意相信我嗎？這……這是不是太簡單了一點……」

「呵呵呵，我的一舉一動都是很慎重的。之所以相信妳，是因為妳這麼快就被釋放，必定是聽了我的意見：什麼都沒有說。由此可見，妳現在能夠相信的，只剩下我這一個陌生人而已，是真的走投無路了……光是這個舉動，就足以證明我所有的論點都是正確的，不是嗎？」

「對……沒錯。」這個人既聰明又冷靜，絕對值得信任，而且我也沒有別的選擇了。「所以你有什麼辦法可以救我？快點跟我說。」

「這個嘛，畢竟妳才是當事人，最了解狀況，所以得靠妳自己想出一個作戰計畫才行。」

「那你呢？你不是說要幫我？」

「首先，我畢竟是旁人。再來，只要在一審詰辯之前，鉑宇都能夠提出撤告，這段時間可長可短，只有妳身在其中才能主導，而我，最多只能在一旁出意見……不過，只要妳能想出一個計畫，我就會全力配合，盡一切可能，幫妳把控所有的人力、物力、財力，把事情辦到最好，也幫我自己，將身上的事情了結乾淨。」

「……」我心想，他一席話，沒有華而不實的藍圖，也沒有空口白話的承諾，乍一聽，令我感到茫然，卻沒有不安。「……好……好，我相信你。我們馬上見個面吧，你現在人在哪？」

「我就在妳附近，遠遠可以看到妳，但是妳先不要激動，不要急著轉頭。因為妳已經被人盯上了，就在妳身後，停在便利商店前面的那輛藍色福特。慢慢的，慢慢轉過身，用餘光去看。」

「真的假的……」我渾身僵硬照做，果然看見車裡兩個男人坐在正副駕駛座，帶著墨鏡四處打量，無所事事卻煞有介事的樣子，透著一股不自然。「……是真的……那怎麼辦啊？」

「我們短時間之內應該是很難見面了，只能電話聯繫。不過不要緊張，我現在可以給妳三個建議。第一，妳繼續表演，演出他們想要看到的樣子，讓他們鬆懈。第二個，要找到他的破綻，甚至是創造破綻。第三個建議，那個姓盧的小帥哥。」

「好、好，我記下來了……表演、破綻、盧逍，我懂了。」

「那就先這樣，講太久我怕他們起疑，還有，我很少睡，妳隨時打電話來都可以。」

「了解，我、我再聯絡你。」

「好。」

我掛上電話，立刻裝成失魂落魄的樣子，在路上招了半個小時的車，也在心裡不停籌劃著，接下來到底該如何反擊。

28／當年

2022
01.02
（日）

徐媽媽騎著機車，黑影號跟在後頭，沿台9線北上，天空與太平洋逐漸變成灰藍色，進入宜蘭，天氣也慢慢回到一月該有的寒冷……藍秩雲試圖說笑話，達達也正在展現他高超的法語繞口令，都想讓我開心，但是我滿腦子想著徐立莉，什麼聲音都聽不清，半句話也無法回答……

進國道5號，下交流道，四周農地裡長滿無數的小白花，本該是個愜意的地方，卻低伏著一棟灰色的鋼筋水泥建築，那是間專門治療精神病的醫院，因為防疫，只能讓徐媽媽一個人進去。

站在一排寂寥的路樹下，我抱著自己的手臂等待著，藍秩雲為我披上外套，達達還在表演西班牙語繞口令，讓我在寒風中感到一絲溫暖……一個鐘頭後，遠遠看見徐媽媽推著輪椅出來，愈走愈近，最後來到我的身邊。

兩年了，我終於見到徐立莉——皮膚非常蒼白，感覺身體裡已無血液在流淌，畏縮的眼神宛如兩個黑洞，僵硬的四肢蜷在一起，猶如枯敗的樹枝，毛毯所包裹的彷彿不是人，而是一具骷髏，往日的美麗、婀娜、氣質、自信、迷人……半點痕跡也未留下。

「我、我的天啊……」我不禁摀住嘴，後退了半步。

徐媽媽拉住我的手，說：「立莉，這是妳最好的朋友啊，是曉艾啊，妳記得嗎？立莉，快說說話啊……

快說話啊……曉艾，妳……妳也快跟她說說話啊……」

「妳、妳真的是立莉嗎……？」我瞇起眼，終於認出她眼角邊的一顆痣，伏身蹲下，緩緩握起她冰冷潮溼的手，「……是妳，立莉，真的是妳……妳還記得我嗎？當初我們都在海大上課，我是大學部的電機系，妳是讀應用外語研究所，我們本來是不認識的，直到妳來皇家影音租書城借片，妳記得嗎？我那時在打工，我們第一次見面時，妳——」

「……呃……」徐立莉輕哼一聲，無神雙眼緩慢抬起，手臂、手指顫動，猶如在輕摳我的掌心。

藍秩雲問道：「這是正常的嗎？徐小姐常常這樣嗎？」

「沒有沒有！」徐媽媽又泣又喜，「從來沒有過的，曉艾啊，妳趕快多說一點！」

「好好好，我說，我馬上說——」

◇　◆　◇

二〇一五的七月，我剛考上海大電機，提前一個月北上基隆，頭一天就在下雨。

我租了一間小雅房，好方便打工。開學前，找到一間家庭式飲料店，開學後，只要錯開選課時間，繼續上班完全沒問題。我還在學校圖書館打工，排書、刷條碼、歸檔，簡單卻不無小補。圖書館老師又推薦我到她弟弟開的二十四小時影音租書城，我包下所有的夜班，時薪不高，但客人很少，老闆還讓我可以自由寫作業。

十一月，寒冷的基隆依舊下著雨，凌晨兩點，我剛完成期中報告，短暫歡呼之後，準備再寫幾隻病毒練習程式語言，此時，妳第一次走進店裡——白襯衫包著與我匹敵的34C、牛仔褲裹著一雙大長腿，一回眸，俐落短髮盪開，柳眉杏眼，玉鼻蛋頰，雖是淡妝，唇瓣卻比桃花還要紅潤，讓我在羨慕之餘也看呆了眼，口水差點流下來……妳輕笑，也已看見我一臉傻樣。

妳逛了逛，選了三片DVD，妳說妳名叫徐立莉，就讀海大應用英語研究所，要辦學生會員證，老家在花蓮。我說我叫黃曉艾，海大電機系，老家在台南。妳又笑了……此後，妳常常出現在店裡找我聊天，還帶宵夜，有時是沙茶咖哩牛肉炒麵，有時候是粿仔湯……我們愈來愈熟。妳每次都會借三片歐美電影的DVD，隔一、兩天就來還。

有一次，妳請我到妳家修電腦。我發現妳借住的親戚家又大又整齊，房租卻超便宜。妳看我逛了好幾圈，便邀請我一起住，我當場答應，妳嫣然一笑，感覺比我還開心。從此，我們一起生活，去學校上課，吃喝玩樂，分擔支出，還一起去花蓮找過妳的媽媽和哥哥，看你們家的田，喝你們家釀的酒。妳也去過我家，但是妳不喜歡我最愛的府城小吃，總是說太甜。

我二年級下學期時，妳的畢業論文開始收尾。我記得，妳對我研究的冷鏈技術完全沒興趣，我卻非常喜歡妳的論文題目——《英語在影劇翻譯時的邏輯與語態謬誤》。尤其那時，妳在臉書有個專頁，上傳了幾百個歐美電影的片段，專門比較盜版電影與正版電影的翻譯，讓兩者互較高下，角度刁鑽有趣，加上妳的美貌，吸引了五萬個粉絲關注。

同時間，積極的學生會想要創建一套學生自決的投票系統，假意與校長溝通後，先舉辦了一場全校選美大賽，讓電腦運算資訊中心配合，直接透過教職員與學生事務系統，進行身分認證與投票，還有校友捐贈的十萬元當獎金。我永遠記得，選美第一階段公布那天，我們兩個人都被提名了。我更記得那個下午，妳完成了碩士論文的口試。

我們一起慶祝，在廟口夜市喝得爛醉，騎不了車，便叫計程車回家，一起倒在床上昏睡……隔天清晨六、七點，忽然有人用力敲門，我去開，一群警察衝進來，帶走了妳的電腦主機，還帶走了妳，我想阻止，才追上兩步，卻因宿醉而大吐特吐……

妳的電腦裡被查出八百多部盜版電影，一半是店裡借去拷貝的，一半是經由網路下載。被檢察官起訴違反著作權法，可處三年以下有期徒刑、拘役，或科或併科新臺幣七十五萬元以下罰金。還有好幾家電影發行公司也提出告訴，要求幾千萬的賠償金。幸好，妳遇到一個很不錯的公益律師，說只是為了學術研究，沒有營利，有八成以上的勝算，這才安心。

我們卻沒有想到，社會輿論與校友的抗議聲湧向海大，紛紛要求校方開除妳的學籍……又多虧妳的指導教授通風報信，還決心幫妳用最快的速度畢業。

無奈的是，精裝本論文的製作出了差錯，眼看校方已經通過決議，退學通知即將發送。那天，妳哭得撕心裂肺，我擔心再這樣下去，妳會想不開，於是我獨自展開行動，按下火災警報器，趁亂將妳送我的桃紅色隨身碟插進電腦運算資訊中心，將我日常練習所寫的十隻病毒全送進網路硬碟空間……九隻失敗了，只有一隻成功，無視所有權限，替我打開一道後門。我慢慢等，等到那封信出現，立刻將教職員與學生事務系統裡，每個人收到的每一封信件、每一封公文，澈底刪除。

就在我準備退出時，突然想起那場誘人的選美比賽，還有那相當於我五個月薪水的十萬元獎金，瞬間心癢不已，以最快的速度進入投票系統，寫了一個簡單的偷票程式。

隔天，精裝本論文送達，我拉著妳辦理離校手續，圖書館、總務處、系辦公室、校務辦公室……雖然遭受到不少猜忌與白眼，任憑他們查遍電腦，妳的學籍還在，也沒有任何文書證明可以加以阻止。我還記得非常清楚，妳終於拿到畢業證書那一刻，我們兩人一起歡呼，一起流了滿臉淚水……校長急急忙忙趕到，跌了一跤還摔壞了眼鏡，我們又開懷大笑。

一個月後，妳獲判無罪，卻還是受到影響，無法從事最嚮往的翻譯工作。妳也不再遲疑，靠著五萬人的臉書專頁，毅然決然轉戰直播平台，不到一年時間，成為模特兒界的新星。

而我三年級時，忙著打工，也忙著選畢業論文的指導教授……竟完全沒注意到，學生會突襲校方，進行了一場要求改善學校餐廳的投票活動，短短八個小時之內就公布投票結果，投票率高達百分之八十五，但是其中有百分之三十的票都消失了，跑到去年選美比賽的第五號選手身上。

我被校方退學，並追回十萬元獎金，學校想要低調處理，但消息還是傳了出去……正當我徬徨無助、無路可走時，多虧妳的介紹，我才能進入星魚，成為一個直播主，再次跟妳住在一起，分擔日常的好事、壞事，能夠繼續賺錢，撐到家裡還了賭債，那些黑道也不再上門搗亂，我的生活也終於能稍微輕鬆一些……一切都是因為有妳，立莉，我這輩子最好的朋友……

◇　◆　◇

我緩緩說著。徐立莉的反應愈來愈大，先是撫摸我的手背，後來潸然淚下，「……呃呃……呃呃……」，力不從心的呼喚一聲又一聲，讓我也紅透眼眶，淚珠一顆一顆落下，不由得呼吸紊亂……若非徐媽媽不斷投注期望的眼神，我早就說不下去了。

「……妳還記得我在星魚的經紀人小蔡嗎？」我轉移話題，試著緩和回憶的哀傷，「妳以前就常常誇他做事特別認真，我最近才知道，他竟然被派去種大麻，妳說可不可怕——」

「呃呃……呃！呃！……」她突然激動起來，渾身都在顫動。

「什麼？我說了什麼了嗎？小蔡？……他怎麼了嗎？還是大麻？」

「呃！呃！呃！呃——！」

「是大麻……大麻怎麼了嗎？」

徐媽媽忙說：「立莉被送醫那一天，神智很不清醒，醫生有做檢測，說立莉她有吸過大麻。但是我知道這是不可能的啦，立莉不可能會去吸毒！」

「我也不相信立莉會去吸毒，」我說，看向藍秩雲，「但是……大麻？」

藍秩雲回想了一下，說道：「說到毒品，在三嶺幫裡都是鳶哥在主導，大麻也不例外，我記得，鳶哥最得力的手下就是火雞，他現在應該是小蔡的上司，這個火雞他自己也有在吸食——」

「呃！呃！呃！呃！呃！呃！呃！呃！」徐立莉激動得差點掉下輪椅。

「啊，怎麼了？」我趕忙站起身扶住她，「是、是火雞？妳要說的是火雞哥嗎？」

「呃！呃！呃——！」她一直點頭。

「火雞哥……」往事突然浮現在眼前。想當初，徐立莉的ＩＧ充斥著環遊世界的照片，封鎖我、不回我的訊息，卻會回覆其他人，非常奇怪。那時，豹子哥說，要我去問火雞哥……「立莉，妳……妳就是被火雞哥強暴的嗎？」

「呃！呃！呃！」她點頭，「呃……呃……呃……」又不斷搖頭。

「是又不是……？難道……不只火雞哥？那……豹子哥？是他嗎？還有豹子哥嗎？」

「呃！呃！呃！」她拚命點頭。

「不、不會吧……我的天呀……」我在腦中將事件重組，一時震撼得不能自已。「……立莉，我問妳……是不是豹子哥和火雞哥……他們用大麻迷暈妳，之後他們兩個人將妳、將妳強暴了……火雞哥還控制了妳的ＩＧ和LINE，還威脅妳的家人，就是要製造出妳已經出國的假象……妳不敢、也完全沒辦法反抗，所以才變成現在這個樣子……是嗎？」

「呃……呃……是……就、就是……是這樣子……」她口齒不清地說，突然站起來。我、徐媽媽、藍秩雲趕緊上前攙扶。她五指箕張，彷彿在施展最可怕的詛咒。「……我、我要……報復……曉艾……我、我……我要讓他們完蛋……報復！我要報仇——！」

徐立莉忽然劇烈顫動，彷彿是在豁命反抗，力量好大，我與藍秩雲怕傷了她，想壓制卻不敢用力，情況迅速失去控制。徐媽媽急忙跑進醫院喊救命，醫生和護士衝出來，迅速診斷是全身性的抽筋，把她放倒在地上，按壓，伸展，熱敷，餵食糖水，注射肌肉鬆弛劑……花了十幾分鐘才平穩下來，用擔架將她抬往醫院，好接續之後的治療。徐媽媽也急忙告別並跟上。

我遠遠眺望，徐立莉無力地朝我盼了最後一眼，猶如是絕望的遺念，充滿哀傷……

那一眼的重量超乎想像，霎時間，將我整個人與雙眼視線牢牢困住，只能定定地站著，任憑風吹，葉落，眼痠，腳麻，逐漸哽塞的呼吸堵住心肺，久久不能動彈……

「老婆……」藍秩雲輕聲說，走近我，「……妳還好嗎？……」

「媽媽……」達達也從我身後鑽出來，「……妳怎麼了？……」

「……」我逐漸回神，緩緩轉身，拭去眼淚，對藍秩雲弱弱一笑，摸摸達達的頭，長長嘆了一口氣，

「……老公，我有一件事想問你，你說你要砸鉑宇公司——」

「老婆，我先問妳，」藍秩雲直盯著我的眼睛，「妳剛剛說的故事，似乎跳過了些什麼吧？」

「你……」

「那個徐立莉小姐很喜歡妳，對吧？」

「這……唉……」我心中又一陣酸楚，「……是，她向我告白過，就在她口試通過那晚……我、我剛剛沒說，是因為立莉不希望她媽媽知道……」

「嗯，我能理解她的顧慮。」他淡淡一笑，「但是，以妳遲鈍的程度，應該是從來都沒有感受到她的心意吧。」

「是……我只是覺得她實在美得驚人，個性熱情又大方，只想跟她做好朋友，從來沒想過……所以我拒絕她了，拒絕得很快，太快了，可以說是半秒鐘都沒考慮……」

「所以，妳一知道校方要開除她的學籍，才會這樣，願意冒險幫她處理……因為妳覺得虧欠她，覺得對

不起她，是嗎？」

「……是……」

「其實，感情這種事沒什麼虧欠不虧欠的，妳完全沒必要這樣做。」

「是啊，我知道……」稍稍仰起頭，吸進一股空氣，「那你呢？」

「我……？我不一樣，」他的笑有些苦澀，「我最主要的目的，是要消除對紅葉的一絲遺憾，還有，我身為消費者的一股憤怒……他們沒資格偷走我們的最後一面，一秒也不行。」

「那我也跟你一樣……我對立莉所經歷的一切感到遺憾，我也對豹子和火雞兩個人渣感到極度憤怒，他們沒資格偷走立莉的人生，沒資格毀了她的一輩子。」

「我與紅葉發誓過要一輩子相愛。」

「我與立莉的友情也不會比你們遜色。」

「妳現在是冷靜的嗎？」

「是的，老公，我這一生之中，沒有比現在更冷靜過了。」我已經完全理解，「我的第一次失敗，是因為貪心。而我的第二次失敗，用愛包裝，其實還是貪心。但這是第三次，我已經一無所有，除了想討個公道，還有什麼好貪的呢……老公，我知道，其實你很希望我加入。我之前不敢，但我現在敢了，你不用擔心我，我不怕。」

「好……好，很好。」

「所以說，照你原本的計畫，可以對付得了豹子和火雞嗎？」

「是可以。」他先舒了口氣，「墾丁森林遊樂區那邊，我早料到是火雞會來，故意在他面前暴露身分，就是為了讓他通知他的好友豹子。到時候一切布置完成，我一通電話，就能引他們過來鉑宇總公司。但是，豹子和火雞認識白勝雪，那麼有很大的機率，他們已經猜出是我在幫妳……所以，不止是事後有風險，恐怕，在我執行計畫的當下，就很危險。」

「那怎麼樣做會最好？」

「一切都和時間有關，拖愈久，可能愈危險。」

「好，那我們就趕快行動吧。」

藍秩雲擔憂的雙眼看向我，是之前從來沒有過的神情，似乎我是他當下唯一的牽掛。但是我已經決定了，眼神不由得堅定起來，彷彿比他還視死如歸。

「等一下！」達達衝進我們兩人中間，大聲喊道：「你們要去打壞人，對不對？」

「……」我不說話，等待計畫主持人的同意。

「唉……」藍秩雲點點頭，「……對。」

我笑了。

「那樣正好，我的好朋友說他也會幫忙喔！」達達一臉興高采烈的樣子，高舉他手中的平板電腦，顯示著語言治療小夥伴的聊天室與密密麻麻的聊天串。

「喔，好棒。」藍秩雲低下頭，微微一笑。

「謝謝你，你好乖唷——」我摸摸達達的頭，頭髮非常柔軟。

我與藍秩雲互望一眼，一同想著，該怎麼安頓這個即將六歲的孩子，以免他受傷，或是發生更難挽回的情況。

29／布置

2021 11.21（一）

與藍秩雲通完電話，我急忙搭計程車回到白勝雪家，撿起地上的手機，傳了一封簡訊：勝雪，我已經到家了，你在哪裡，我好想你，我需要你。十秒鐘之後，聲音回傳。

「……我的天呀，」白勝雪的聲音有些封閉，像是坐在車裡，「這個女人是怎麼回事？我擺明了要推她出來當槍靶，她卻還相信我，這簡直是太……太天真了吧。」

「是啊，我一聽她這樣說，也嚇一跳，」聲音渾厚，是那個禿頭律師，「不過以您的身價，這也不意外。白總裁，這是絕佳機會，今天定要逼她簽認罪書，將案子迅速解決。」

「我倒是認為不用逼，」又出現一個女人的聲音，「雖然監守自盜是事實，但是，她和您交往過，還同居，只要有心，誰都能查得出來。不如好好控制住她，免得她以此為把柄亂說話。」

白勝雪說：「她能怎麼說？說是我策劃盜版自己公司的產品？呵，這樣的指控也太離譜了。」

女人又說：「這當然是很離譜，但也是因為她，銆宇才能收到二十億的權利金，雖然在法律上不會有問題，但是她若對外聲稱，一切都是受您指使，雖然不至於影響判決，但在輿論上就很難說了。」

「嘖！」白勝雪輕叱一聲。這聲「嘖」我聽過，每當他做菜不順，都會發出這樣的聲音。難道我在他的心中，就是一盤青菜豆芽、一塊砧板上的魚肉？

「嗯……紀律師說得也有道理，」禿頭律師的聲音有些緊繃，「白總裁您放心啦，我看那個女人一臉蠢樣，絕對不敢違背您的意思，要是她真的有膽不配合，我們再用犯罪自白書威脅她，她也一定會簽名的。」

「要是……」白勝雪的聲音一時收斂，「……她是假裝配合……那該怎麼辦？」

「這……」禿頭律師答不上來。

「我認為呀，」女人的聲音充滿自信，「待會，她要是真的對您百依百順，連半句話都不質疑、不抱怨，那就可能會有問題。要是她雖然願意配合，卻表現得有些不安，甚至提出一、兩個條件，那就很真實了，到時候，就算條件有些不合理，您不妨全都口頭答應下來，之後再反悔就是了。」

「那當然，」白勝雪的聲音冷得像冰，「都已經到這種時候，我還能答應她什麼嗎？」

我一聽，彷彿風雪灌進心扉……忽然驚覺，我的潛意識裡竟還有一絲不切實際的盼望，希望他可能會內疚、會同情我，甚至還願意娶我……蠢啊黃曉艾！快點清醒！不能再心存僥倖了！

我切斷訊號，沖澡，要將一切雜念洗淨，專心思考藍秩雲給我的第一個建議：演戲。不一會兒，客廳傳來開門聲，我深呼吸一口氣，轉冷水，用蓮蓬頭將渾身溼透的自己淋得更溼，尤其是臉，隨即全裸跑出浴室，衝進白勝雪懷裡。

「勝雪！怎麼辦！怎麼會這樣？」我用淒厲的哭腔說話，其實流不出半滴眼淚，全靠滿頭滿臉的水珠掩飾，「勝雪！你一定要救救我！」

「啊這！」白勝雪緊緊抱住我，「曉艾，有、有客人啦！」

我佯裝驚訝，忙看向玄關前的禿頭律師，還有一個打扮幹練的中年女人，兩個人無不瞪大眼睛，一臉詫異，我再看一眼白勝雪，他一臉緊張地替我遮掩身體……這三人已經被我打亂節奏，接受到我的慌亂與痴情。我隨即一聲驚呼，衝進房間，不梳整、不化妝，換上最簡單的棉麻T恤與長褲。再出來時，白勝雪正等著我，輕攬著我走向客廳，四人坐在L型沙發的兩側。

「曉艾，這位是呂律師，妳應該見過的，」白勝雪伸手比向禿頭律師，接著又比向那個女人，「這位是紀律師。這兩位都是執業超過二十年的大律師，我特別聘請他們來處理這件案子。」

「你好。」我迅速點頭，「勝雪……怎麼……我明明自首了……怎麼會變成這樣呢？」

「呃……唉……都是我的錯，原來那個朱志城，專門吃案搶功勞，是個很陰險的警察，他一定是拿了資料之後上報搶功，只收錢卻根本不辦事……曉艾，真的很抱歉，是我錯信他了……」

「原來是這樣……不怪你，只怪那個可惡的小人……」我呸，他要是搶功，怎麼不親自來辦我的案子，「……欺騙人又不敢負責任的無恥人渣！」

「嗯……對呀，」白勝雪摸摸鼻子，「呂律師，要不請你先說明一下現況吧。」

呂律師說：「白總裁通知我之後，我動用了多少關係，終於在最後一刻聯絡上負責的檢察官，不僅調閱了薄荷糖提供的資料，也順便監督檢察官對您的審問是否合乎規定。」

「喔，」那分明是為了監視我，「真是辛苦你了……那有辦法了嗎？」

「非常遺憾，資料真的太完整了，完全沒有任何辯護的空間，這也是他們不繼續羈押您的原因。我可以用我的職業生涯擔保，在這件案子上，您已經沒有任何勝訴的機會。」

「那……勝雪，要是讓鉑宇撤訴呢？我知道，這是告訴乃論的案子，只要撤訴就沒事了。」

白勝雪搖搖頭，說道：「我也不想起訴妳，但這是董事會逼我下的決定，他們怕公司受到輿論的影響，所以堅持要向妳提告。」

「董事會？輿論？」這謊言說得高明，「那、那他們想怎麼對付我？」

白勝雪眼神一動，紀律師立刻發言道：「據我所知，鉑宇的董事會決議，將要對您求償七千萬。」

「七千萬！」我渾身顫抖，「天啊！我怎麼可能有七千萬呢？勝雪……？」

「放心……」白勝雪摟住我，吻我的頭頂，「……我絕對會幫妳出的，每一塊錢。」

「真的嗎？謝謝、謝謝！勝雪，謝謝你——」我抱他、吻他，心裡暗罵髒話。

「黃小姐，」紀律師從公事包裡拿出備好的文件遞給我，還有一枝鋼筆，「其實，我已經跟對方協商過了，要是您現在就簽署認罪協議的話，我可以使求償金降到五千萬，不用跑法院，也不會有後續的麻煩。」

「認罪……五千萬……」我的目標是拖延時間，絕對不能簽名……我苦著一張臉，右手不停轉動左手無名指上的白金鑽戒，「……這……這……我……」

白勝雪說：「妳還有什麼顧慮嗎？」

「那你……你之後還……還願意娶我嗎？」這個條件，夠不合理了吧。

「呃，當然呀，」他快速與兩個律師眼神交會，「或許會隔久一些，但是我當然會娶妳。」

「喔，太好了！我要哭了！」我逃進他的懷裡，掩飾我枯涸的雙眼。

「簽吧。」他輕輕推開我，拿起鋼筆遞給我。

我拿著鋼筆，不禁發抖，以這輩子從沒達到的轉速運作大腦，突！突！突！突！突！突！突！就像一台引擎，要衝出一條路，要想一個辦法，要找到一個可以爭取到時間的理由，墨水從一點暈開成一個圓，想起藍秩雲給我的第二個建議：破綻。

「不對！這不對！」我把鋼筆拍在桌上。白勝雪與兩位大律師的臉瞬間變得無比警覺。我立刻又說：「勝雪，你剛剛說到『輿論』，這一點很對！要是我現在就簽了名，雖然馬上就能結案，但是處理得太快，那些媒體一定會認為是你對我施壓，是你逼我認罪的。」

白勝雪緩緩點頭，說：「的確……的確有這種可能……」

「我覺得，這場官司一定要照正常的程序打下去。你可以幫我請一個律師，我一開始堅決否認，然後鉑宇的律師就拿出各種證據，把我打得啞口無言，最後法院宣判，我逼不得已才只好認罪。這樣才真實，這樣就沒有人會懷疑你了！」

「但是賠償金——」

「反正你會幫我付嘛，我們之後還會結婚，我不怕罰金！」找到你的破綻了，「所以，為了你，我現在絕對不能簽這個名！我一定會幫你到底的！」

「這……」白勝雪又看向兩個律師。我從餘光看見，他們毫不掩飾地交頭接耳，然後雙雙點頭。白勝雪又說：「……曉艾，妳能這麼為我著想，我真是太幸福了，我、我愛妳！」

他展開雙臂，緊緊抱住我。

我也緊緊抱住他，恨不得直接勒斷他的脊椎。

◇ ◆ ◇

那天之後，我突然清醒了，猶如一台2.0升直列四缸渦輪增壓引擎，高效率又馬力十足！

白勝雪委任了紀律師幫我跑訴訟，又說為了避嫌、也為了讓我住得更舒適，他自己搬了出去，前腳剛走，後腳那輛藍色福特就經過家門口，停在轉彎處最不顯眼的車格。

紀律師每天都會到家裡來，她特別準備了一套法律攻防策略，要讓我輸得更加真實。我清楚她是白勝雪的眼線，每每與她相處，刻意自稱是白勝雪的未婚妻，並不斷以老闆娘的身分感謝她、誇獎她，跟她討論名牌和珠寶，積極營造拜金花痴女的形象……開庭前的書狀往返，我要求紀律師務必壓在時限最後一刻寄出，以表演我方的垂死掙扎。開庭後，她又遵行我愚蠢的建議，聲請傳喚了鄭哥、曼姐、小周、Amie當證人，反而證實了我是寫病毒的高手，卻也因此多開了兩次庭。檢察官明知勝券在握，也願意配合我們慢慢玩，半點也不著急……

沒有人知道，每當我在家獨處時，一直積極計畫著，要如何對付白勝雪。

我將我與白勝雪之間曾經經歷過的每一件事、見過的每一個人、說過的每一句話、吃過的每一道菜、花過的每一塊錢……全部記錄下來，花了一星期，寫出十萬字。又花了三天交叉分析，樹狀圖、泡泡圖、時間圖，不放過任何小細節，統整出白勝雪身上有三個最大的破綻：

第一，白宇光的死因——可惜他死在澳洲，我還被限制出境，根本無從查起；第二，白勝雪曾挪用鉑宇公司上億元資金——無奈白董與蘇特助為了公司營運，已經停止調查，若為此又招惹了白董，那就難辦了；第三，也是最大的破綻，白昱達——畢竟白勝雪曾多次想要害死他，這個不滿六歲的私生子身上，必定藏著能威脅白勝雪的關鍵資訊，尤其達達的媽媽，只要能找出她是誰，必定會是個驚天動地的大醜聞。

我的大腦一路衝，又花了三天時間，總共睡不到六個小時，終於制定出一整套的計劃。

首先，我整理出一份名單，寫出所有可能知道達達身分背景的人，寄了電子郵件給藍秩雲，請他立刻著手調查。還請他幫我購買一組隱藏式監視系統，讓他交給盧逍。「完全沒問題。」藍秩雲問也不問，連費用都沒提，沉穩得令人安心。

再來，等藍秩雲買的超高級ＨＤ針孔監視器系統送到盧逍手上，我立刻把阿榮想要強暴我的影片也傳給盧逍，讓他以此威脅阿榮，逼阿榮把監視鏡頭安裝在陽明山白家別墅內部的各個角落，讓我可以確保達達的安全，也看看是否能錄到白勝雪下一次犯案的過程。「放心，我死也會給妳辦到好！」盧逍朝著手機大吼，想報恩的心情完全遮掩不住。不出三天，盧逍回傳一部影片，他帶著五、六個人，蒙著面，把阿榮團團包圍，一頓拳打腳踢，謊稱我黃曉艾是台南某個角頭的女兒，要他配合找證據，否則就要公布他的強暴影片。阿榮嚇得跪下磕頭，連聲答應。不出一個星期，白家別墅的所有公共空間盡收我的眼底。

最後，擒賊先擒王。萬事具備，我立刻打電話給蘇特助，想要與白碩坤董事長見一面。她支支吾吾的十分為難，任憑我說明了整個盜版的始末，她也一再表示理解，卻直言白董並不感興趣。我又打了兩天電話，傭人們也明顯受到指令，禮貌地敷衍，不再替我轉接蘇特助。

我心思一轉，轉向柳姨請教廚藝，雖聊得熱絡，她卻沒資格轉接白董。正當我一籌莫展，達達來到廚房吃點心——電光石火之間，我的腦神經重新連結，一個全新的角度浮現。讓柳姨把電話交給達達，我發揮直播主自說自話的技能，給他說笑話、讀繪本、表演單口相聲，樂得他一直哈哈大笑，最後，我給他通訊軟體的帳號，相約明天再一起視訊。

2021 12.23（四）

剛做完開庭準備，我又裝作女主人的樣子，高高在上地將紀律師送到門口，順勢朝路口轉角一指，說那輛藍色福特已經停在那裡一個月了，感覺好奇怪，像是記者狗仔。紀律師讓我不要多心，之後便匆匆離開。

回到客廳，打開筆電，展開與達達的第五次連線，我用盡一身幽默感，兩個小時之內沒有一分鐘的冷場，又把他逗得開懷大笑。然後我問道：「達達，聖誕節你們家有沒有要開慶祝派對呀？」跟我預期的一樣，他立刻展開行動，拿著平板，找到了蘇特助，嗯嗯啊啊說了好一陣子，最後在平板裡寫了幾個字。

她說：「達達……你要曉艾姐姐明天來家裡住？一起過聖誕節啊？」

「嗯嗯嗯嗯嗯嗯嗯嗯嗯嗯！」達達拚命點頭。

「這……我怕曉艾姐姐她很忙——」

「我很樂意！」我立刻透過平板大喊，「太棒了！我很願意再陪達達玩一整天！一定會很開心的！達達，對不對！」

達達被我逗得開心歡呼。蘇特助面露無奈，隨即表示要先問了白董才能決定，便往樓上走去。我心知白董最疼達達，百分之百會答應，一派輕鬆走到窗邊等待消息，看見藍色福特汽車緩緩駛離停車格，定是紀律師回報白勝雪後，認為沒有必要繼續監視……一切一切，皆如我的預料。

30／入侵

2022 01.03（一）

我們先在宜蘭買了吃的，接著繞往台2線，沿路看看北海岸的風景，轉國道1號，將黑影號慢慢開進台北內湖，停在鉑宇科技大樓轉角處，最隱密的那個停車格。

我與藍秩雲重複確認計畫中的每一個步驟與細節，準備好所有需要的工具與道具，直到黑夜籠罩，科學園區上班的人潮退去，完全變成一座死城。我倆也換上一身黑衣黑褲，準備開始行動。

「好吃！」藍秩雲吞下最後一顆三星蔥水餃，扒下最後一口合鴨米鴨肉飯，吃得一乾二淨。

「你別這樣，」我放下手中半個香蔥派，有點反胃想吐，「我知道，這是你和青田紅葉先生一起吃過的東西，但也不要吃得像是最後一餐好不好，很不吉利吔。」

「呵，只是補充體力，哪有這麼多意思。老婆，緊張嗎？」

「嗯……」點點頭，感覺心臟突突直跳。

「那很好，會緊張是正常的，代表妳很冷靜。」

「你真的很會自圓其說吔。」

「呵呵。」

「……媽媽……爸爸……」達達躺在床板上說夢話，「……我不要睡覺……也要……要幫忙……」

我說：「老公，你剛剛給他喝的牛奶加了什麼？兒子也睡得太熟了吧？」

「哪有什麼，就是加熱後又加了蜂蜜而已。都凌晨一點了，再天才也是小孩，想睡很正常啦。」

「說得也是。」我倆摸摸達達圓圓的臉頰，好像我們真的是一家人，心情頓時平靜不少。

「走吧。」藍秩雲說，揹起一個大背包。

我也揹起一個小背包，說：「好。」

「那麼，行動開始。」他宣佈，聲音輕快，卻嚴肅。

下了車，我立刻裝成跛腳，讓藍秩雲扶著我過馬路。一進鉑宇科技大樓，踩進一樓大廳，藍秩雲立刻大喊，說我們剛剛摔了機車，需要幫助。留守的警衛大哥人很好，立刻提著醫藥箱出了櫃檯，才跑到我身邊，藍秩雲瞬間掏出手槍直指他的腦袋，他立刻舉起雙手投降。

「把他綁起來！快！」藍秩雲朝我大吼。

「是、是……」我有點嚇到，立刻拿出預備好的尼龍束帶，把警衛大哥牢牢反綁。看藍秩雲臉上還帶著笑意，我不禁心想：你這是在激動幾點的啊？

按計畫，藍秩雲從身前的背包裡拿出八、九個小夾鏈袋，每一包都裝有安非他命或海洛因粉末，往大廳最顯眼的地上一扔。我一把取下警衛脖子上的ＩＣ員工證，立刻往電梯跑去。定睛一看，可能是下班時間的節電措施，原本六台電梯，有五台已經斷電熄燈，剩下的一台就停在一樓。我按開電梯門跑進去，先刷了我的ＩＣ員工證，果然沒效了，改刷警衛大哥的，有效，藍秩雲卻將我拉了出來。

「怎麼了？」我問。

他說：「只有一台電梯，這跟計畫中的不一樣，我感覺還是不要搭比較好。有樓梯嗎？」

「這……好吧。」雖然不想爬樓梯，但是他的直覺一向準確。「有樓梯，我以前的同事曼姐常去抽菸，她跟我說過，大樓逃生門的密碼鎖一律都是『110119』，我們可以從那邊上。」

「好，帶路。」藍秩雲說，先把電梯按上五樓。

我繞了一下確認方位，往廁所的方向跑，藍秩雲跟著我，沿路又丟下一、二十包毒品。跑到逃生梯的鐵門，按下密碼後應聲開啟。「之」字形的水泥樓梯間，瀰漫著厚重灰塵味和淡淡菸味，往下就是停車場，向上可以到達頂樓。爬到二樓，我把警衛的員工證交給藍秩雲，我們一起戴上無線耳機，拿出都安裝了竊聽程式的手機，給對方發了簡訊，十秒後，同時聽到彼此的聲音。

「好了，千萬小心。我往這邊去了。」藍秩雲往樓梯和地上都丟下了毒品，按下密碼，往二樓辦公室的鐵門立即敞開。

「好，待會見。」目送藍秩雲進入後繼續扔毒，我也接著往上爬，一、二、一、二、一、二……維持健身房裡的節奏，多虧我勤練深蹲，一口氣上到八樓才覺得腿腳有些發痠。

藍秩雲在耳機裡說：「二樓丟完了，我要上三樓了。」

「好！我也快到了！」

我繼續向上到十樓，按下密碼打開逃生鐵門，先跑到電梯處，將位在五樓的電梯按上來，門一開，就用一顆玩具軟橡皮球塞住一側的安全門邊，不使它關閉起來。同樣的軟橡皮球還備有十來顆。

接著再往裡跑，跑向我曾任職的聯合網路安全檢查部門。開燈，我的筆電已不在位子上，無法使用之前預留的系統後門，然而辦公室裡碩大的「影武者」是搬不走的，這臺老舊的主機伺服器用來備份存檔，資料內容跟「大將軍」完全一樣。我拿出隨身碟插進裸露的接口，直接將病毒送進去。

我本來想用自己的手機連結，但Amie的筆電就在旁邊，不僅懶得關機，密碼也懶得換，果然還是「1234」。我立刻將筆電連接影武者，等到病毒入侵層層防護，立刻又建立一道後門，主機裡的資料一覽無遺。

藍秩雲在耳機裡邊跑邊說：「四樓也丟完了，要上五樓了。」

「我成功進入影武者了，正在搜尋檔案……」我盯著螢幕，過了幾分鐘，藍秩雲上了六樓，終於有結果，「找到了！」螢幕裡，蒙太奇1.0到蒙太奇9.0的原始檔案盡在眼前，檔案不算太大，我立刻按下下載鍵，「應該再二十分鐘就能下載完成。」

「太好了。」

「等等……等一下……」突然跳出下載失敗的視窗，螢幕裡的九個檔案夾也一個接一個開始消失，「不好，檔案不見了……被刪除……不，影武者被格式化了！」

我迅速調查系統狀態，有人在線上，是熟悉的代號，「有管理者在線上，是鄭哥，白勝雪和鄭哥很熟，一定是他派鄭哥來守著我們。什麼聲音？」突然聽見外頭傳來隆隆引擎聲，又傳來尖叫般的輪胎煞車聲，將寧靜的內湖科技園區撕開。

「太好了，他們來了。」藍秩雲的聲音掩不住興奮。

「天呀！這麼快……」我的聲音忍不住發顫，衝到窗戶邊撥開百葉窗，就見黑夜中十幾輛轎車駛來，團團包圍鉑宇一樓大門，為首的兩個人下了車，一個身穿豹紋，一個紅髮紅衣，帶著四、五十個人。「……真的是豹子和火雞他們這兩個人渣。」

「啊，電梯！」藍秩雲大喊。

「啊。」我趕緊抽了隨身碟，抱著筆電向外跑，耳機裡的藍秩雲也拔腿狂奔，果然看見走廊裡又多亮了四座電梯，我還沒靠近，已經全被按走了，「怎麼辦？他們要上來了！」

「放心，是我按的。我聽到了，他們發現毒品，已經往二樓爬上來。我來報警。」他說，手機傳來嘟嘟嘟的撥號聲，「電梯已經上十樓，按照先前的計畫行動，盡量爭取時間。」

「沒問題。」

報案電話接通，藍秩雲一邊跑，一邊發出極其害怕的聲音：「警察先生救命啊！有一群黑道分子在追殺我，救命！我在內湖的鉑宇系統科技總公司的大樓，他們有一百多個人，身上還有槍，他們還把警衛殺了，好可怕！救命啊！救救我！救救我！」

「噗……」明明身在險境，我卻不禁被他誇張的演技逗得發笑。四台電梯來了，我再拿出四顆軟橡皮球把門塞住，使其不能被按走，接著向樓上跑。

耳機裡，警察語調緊張地說道：「好！別緊張！我立刻通知出動最大警力，十分鐘之後就到！」

「啊——！」藍秩雲尖叫一聲，假裝摔了手機，「不要殺我！不要殺我！啊！啊！啊——！」隨即切斷與警方的通話，繼續跑。

「呵，你的演技實在是……一言難盡。」

「哈，夠用就好啦。我要上七樓丟毒了。哈哈哈，我聽到了，他們到了三樓，已經在砸東西了。哈哈哈！這群蠢貨！真的來幫我砸鉑宇了！砸！砸爛一切！爽！爽！爽！真的太爽了——！」

「呼……」透過耳機，約略聽見一絲乒乒乓乓的聲音，我也樂得臉上綻笑。能夠砸爛白勝雪這個渣男的公司，胸中的鬱悶頓時去了大半，終於理解藍秩雲為何那麼堅持。「爽！超爽！真的超爽的啦——！砸爆他——！」

我倆一路狂奔，狂笑！我實在佩服藍秩雲的布置，他將價值連城的十公斤安非他命和七百克古柯鹼，共兩千個小夾鏈袋，變成絕對會上勾的餌，一進入大樓後就沿路丟。一來，是為了拖延時間，二來，藍秩雲一律朝著辦公桌與鐵櫃下方扔毒品，豹子和火雞那些人被引進來後，不可能趴在地上鑽進去撿，必定是直接掀桌加快速度，如此一來，除了桌子、櫃子，連同上面擺放的電腦與各種設備全都不能倖免。

「老公，你好厲害……」我邊喘邊說，飛奔上樓梯，突然感覺心頭一顫，似乎有些不對勁。

他說：「哈哈哈，這樣就算厲害嗎？哈哈哈！」

「嗯……老公，我有一種感覺……白勝雪他人就在這裡。那個鄭哥雖然有職權，但是他連病毒都寫不好，對系統也不是很熟，更何況是像影武者這樣的大型主機。如果白勝雪真的想找人掌控影武者，那他必定會找小周，或是找其他主機伺服器中心的工程師。」

「這……有沒有可能，是外面請來的其他工程師呢？」

「不會的，只要是讓工程師來處理，刪除檔案就好，不會選擇格式化這麼粗暴的手段。所以，這個人能用鄭哥的權限，卻不懂主機……一定是白勝雪。」我大口喘氣，爬上二十樓，跑到電梯廊道前一看，「還有這台不運轉的電梯，他一定也掌握了安保系統，這是白勝雪為了離開留下的後路。」

「我到十樓了，那五台電梯按上去了。」藍秩雲也喘過一大口氣，「了解，妳去無塵機房的時候，我會盯緊這台電梯，只要有人下來，我一定將電梯按停，好好揍他一頓！」

「我們真的太有默契了。」

「不要又愛上我了喔。」

「呵，臭美。」

五台電梯來到二十樓，我迅速掏出軟橡皮球塞住門邊。往內跑……透過耳機，可以聽見樓下砸東西的聲音愈來愈響，像是愈來愈近，藍秩雲繼續奔跑著扔毒……我也跑到無塵機房的大門之前。

我抬頭看著監視器，心想：白勝雪啊白勝雪，你們當初為了保留影武者在十樓，新建了無塵機房，把大將軍搬到二十樓，門禁系統卻一直沒有和公司同步，這裡進出不用員工證，只有密碼鎖……而我在這裡上班的一年兩個月，跟小周出入過三、四十次，早就把密碼記住了。

「1、6、3、1、4、3、2、8、8、1」

一次輸入成功，無塵機房裡的冷氣立刻流洩出來……黑色幾何切割外殼，科技感的藍色冷光，低頻運轉聲彷彿在呼吸。我感到一陣顫慄……白勝雪，難道你敢把大將軍也格式化嗎！

我按照小周教過的，掀起連接埠的面板，連接筆電，成功進入硬碟內部。然而我對大將軍不夠熟悉，這裡的系統比起影武者也實在複雜太多，按照不同的目的與用途，分割成許多不同區塊，換了好幾次不同的接口，好不容易成功找到了蒙太奇1.0到9.0的檔案，立刻按下下載鍵。

「十分鐘後就能下載完成。夠了。」我說。

藍秩雲說：「什麼夠了？」

「夠我去堵白勝雪了。等等我們在無塵機房會合。」

不顧藍秩雲的勸阻，我衝出無塵機房，從逃生梯往上跑，藍秩雲愈勸愈大聲，我索性把無線耳機摘下。一路衝到頂樓二十五樓，遠遠看見總裁辦公室的大門被打開，他正拿著一台筆電走出來。

「白——！勝——！雪——！」我用盡力量大吼，感覺全身血管緊繃振動，猶如滿拉的弓弦。

「呃……」他緩緩轉過頭，白皙的面孔更顯蒼白，「曉……曉艾……」

「幹你爸的廢物人渣賤貨王八蛋——！」

拔腿，我箭一般朝他飛奔，他愣愣退了半步，我已經穿過偌大的辦公室欺近他面前，跳起來，全力甩出一個驚天大巴掌，劈在他俊美的臉龐上。啪——！聲音迴盪，當我回過神，才發現自己已然氣喘吁吁，四肢都在發抖、發冷，惟有右手掌傳來火辣辣的痛楚，讓我清楚，這一刻確確實實存在。

「……」白勝雪踉蹌兩步，吐出混雜鮮血的唾沫，輕輕看了我一眼，表情有一絲絲愧疚，更多的是大義凜然，「……夠了嗎？」

「這是我要說的吧！騙我也就算了……你還膽敢殺人！你……你到底夠了沒！」

「……知道我會殺人，妳還敢來？」

「你、你不敢啦……偷降落傘的零件，害死你哥哥；布置烤肉的木柴當作陷阱，又想害死你弟弟；搞這麼大一齣戲來欺騙我、利用我，就為了讓我去替你抓盜版、替你釣魚賺權利金；就連你現在想要害死我，也是選擇透過三嶺幫……。哼，我早看穿了，你只敢偷偷摸摸，根本沒種當面下手。」

「……」他皺起眉頭輕蔑一笑，闔起筆電夾在腋下，從口袋掏出手帕擦拭嘴裡咬破的傷口，「看來妳什麼都知道了……也什麼都不知道……」

「我知不知道不重要，重要的是警察會知道什麼。我那通電話，應該已經讓他們開始調查了吧，驗個ＤＮＡ，偵訊白家上上下下，事情很明顯，你絕對逃不掉！」

我忍不住指著他的鼻子。他搖搖頭，揮開我的手，說：「那些都是邊邊角角，都是沒用的。」

「你確定？我跑這一大趟尋找證據，你確定我沒有能對付你的底牌？」

「妳的那些證據都沒有用，就算達達本來就會說話，但現在才想要指證我，已經晚了。」

「你……」我頓時像被掐住喉嚨。

「有必要驚訝嗎？我當然察覺了，不然我為什麼不願意放過他呢？白昱達騙得過別人，騙不過我。但是，他才六歲，他說的話，可能是你們這十天不斷虐待他，逼他講的。六歲就是六歲，就算他是天才，就算老頭想把一切都留給他，但是現在這個當下，有能力的人是我，成年的也是我，我才有辦法幫老頭保住一切，我才有資格繼承一切！是我——！」

白勝雪手指直戳他自己的心臟，一聲吼，夾雜巨大的憤恨與哀戚，猶如烈火轟雷，使我渾身冒汗，然而，他眼中散發出的殺氣，卻彷彿冰霜，又令我骨髓發寒……感覺有無數刀刃逼迫在他周身，挾持了他的一舉一動，不斷逼近，我不自覺後退半步，然而形勢卻已是退無可退……

「我懂了，我終於知道了，過去的我，為什麼會愛上你……」

「還不是為了我的錢。」

「當然，我不否認錢很重要。然而更吸引我的，是你就算面對困境，依然堅持、努力不懈。你這個人，會因為過去而傷感，但卻不會停下腳步，你會一步一步往上爬，展現你的能力、你的才幹。我曾經愛過的……是那樣的你。」

「……那都沒有用，我打從出生開始就全部是錯的。」

「重點不是你的出身，那不重要，重要的是你的選擇，你做了什麼！你現在錯了，錯得這麼明顯，你難道還看不出來嗎？」

「我當然知道，但一路錯下來，錯得太多，已經不能回頭，這條路的終點只有一個，只有贏。」他笑，笑得苦楚，也狠絕，「妳，還有那個藍秩雲，將會被樓下的三嶺幫殺死，而達達終究會重回我的掌握，我要他什麼時候死，他就得什麼時候死。而我將會獲得一切。」

「唉……」這個人真的已經沒救了嗎？深呼吸，我說：「……是嗎？」

外頭突然傳來警笛聲，從四面八方聚集到腳下，將鉑宇科技大樓團團包圍。

「妳……」白勝雪死死瞪著我，瞬間從後腰掏出手槍，「……妳居然敢用這一招。」

我嚇得腿軟，「你……勝雪，你不要激動啊！」

「走，給我走。」他步步逼近，在槍口的威脅下，我一步一步移動，一開始還猜不出他有什麼企圖，直到我進了廊道，站到那唯一沒有運轉的電梯前面。他打開筆電稍作操作，電梯燈亮起，就停在二十五樓，電梯門隨即打開。「進去。」

「你……你要把我送到樓下被殺死？」

「是妳逼我的。進去！」他一把將我推進電梯。

「……你……」我的聲音連同身體都在發顫，「……你……你真的要這樣做？」

「當然。」

「勝雪……我……我……我本來不想說的，誰都不想說……」我只得掀開底牌中的底牌，希望他在最後的一刻，能夠痛改前非，回心轉意，「……我懷孕了。」一滴眼淚不禁流下臉龐。

「妳……」他看著我的眼睛，再看向我的肚子，又看著我的眼睛，瞬間紅了眼眶，泫然欲泣之際，旋即強行控制住情緒，唯有聲音微微發顫，「……再見，不，不會再見了。」

他操作電腦，電梯門慢慢闔上。我察覺他全身都在發抖，抖得筆電搖搖晃晃，就在視線完全被遮蔽的瞬間，他終於壓抑不住心中的波瀾，渾身癱軟跪倒在地，發出低沉的嗚咽聲，彷彿一隻渾身創傷的狼，在嚴寒中飢餓到了極點，進而同類相殘，雖能暫時果腹，卻永遠必須忍受孤獨與哀傷……

我忙擦去眼淚，按樓層鍵卻沒反應，立刻戴上無線耳機。

「……妳聽得到嗎？快點戴上耳機！」藍秩雲大喊。

我說：「聽到了，快點按住電梯！」

「按住了按住了，電梯一亮我就按了，老婆，妳真的太瘋了……妳、妳真的懷了白勝雪的孩子？」

「唉……」長嘆一口氣，感覺靈魂都空了。

「難怪……難怪妳最近都沒什麼食欲，那妳有什麼打算——」

「先別提這個了，你那邊怎麼樣？」

「喔。我已經拿到筆電，檔案都下載好了。豹子和火雞已經開始往樓下移動，等妳從二十樓出來，我們隨便找個地方躲起來，進行程式碼比對，等到警察找到我們，事情就結束了。」

「我、我覺得有點奇怪。白勝雪掌控了安保系統，一定知道我們會去找大將軍，可是……他除了要害我，卻沒想阻止你……老公……要不你先隨便打開一個程式碼看看，我怕……會不會有問題？」

「好，等我一下……」藍秩雲似乎蹲了下來，隨即聽見鍵盤聲，「……嗯？第一行寫著『Anti-Theft Recoded Version』，這是『防盜重新編碼版本』的程式，這、這沒用。」

「他果然有準備，等等……」時間過得太久了，我抬頭一看，頓時張大嘴巴，電梯已經到了十一樓，還在繼續下降，「怎、怎麼會這樣？電梯沒停！」

「我明明有按，啊！他能完全控制電梯不停。該死！」

我整個人、整顆心，如同這台電梯，一路墜落下降到了七樓，電梯門打開瞬間，只見狼藉一片的辦公室裡，豹子和火雞領著四、五十個人，手上都拿著槍，一起轉頭看著我，各個原本神色緊張，突然眼神一凜，全部將槍口指向我，動作整齊劃一，發出俐落的聲響，猶如行刑隊收到指令。

我尖聲大叫，最後一絲求生的意志驅使著我動作，蹬腳一閃，躲進電梯儀表板與電梯牆的夾角之中，緊緊閉上眼睛，等待死亡降臨——砰！砰！砰！砰！砰！砰！砰！砰！砰！砰！砰！砰！……連續的槍響像雷，可能持續了一分鐘，又像是一輩子，整棟大樓為之震動，也幾乎將我的靈魂震碎……

掃射過後……我感覺身上沒有半點疼痛，心想，我一定已經死透了。好不容易將眼睛睜開，看見電梯裡已是千瘡百孔，透過粉碎的鏡子朝外看，薄薄一層煙霧之中充斥著硝煙味，所有人似乎正更換著彈匣，準備進行下一波攻擊，唯有豹子和火雞大步向我走來，各自抽出短刀，面如惡鬼。

我拚命按關，門卻是絲毫不動，抬頭一看，燈已熄滅，已失去動力不能控制……叮，似是隔壁電梯門打開了。幾聲槍響將兩人驅離，緊接著一個人影跑進來，摟住我。

「老婆，」藍秩雲聲音爽朗，笑容也無比灑脫，「不要怕，我不會丟下你們的。」

「老公……」眼淚決堤。

就在所有槍口重新瞄準的瞬間，所有燈光一暗，猶如整棟大樓瞬間斷電，任憑睜大雙眼也看不見任何東西，三秒後，所有還連接著電腦的螢幕亮起來，將煙霧染成薄荷綠色，並出現兩行碩大白色花體字，寫著「Sugar, we are here.」。錯愕瞬間，電梯恢復運轉，電梯門緩緩關閉，任憑外面豹子和火雞憤恨大吼，槍聲大作，子彈愣是鑽不進來。同時，聽見警察已然趕到，雙方激烈交戰。

「是……是薄荷糖！」我說。

藍秩雲說：「是那個薄荷糖嗎？」

「是，我們是薄荷糖，我們沒有惡意……」電梯裡的揚聲系統傳出一陣數位變造過的嚴肅聲音，「我們是透過白昱達的朋友，的朋友，的朋友，的朋友，的朋友，收到訊息，知道了事情的原委，蒙太奇α盜版事件，並非完全是黃曉艾的責任，所以前來支援。我們已經完全掌握這棟大樓的控制系統，並將持續保護兩位，直到警方鎮壓完畢，就會讓他們接手處理，請安心待著就可以了。」

「啊……太好了……太好了……太好了……」我全身癱軟虛脫，眼淚還在氾濫。

「呵呵呵！達達他真的是一個天才吔！妳先休息冷靜一下，」藍秩雲扶我坐下，打開我的背包，拿出半罐礦泉水，剩下的幾顆軟橡皮球也滾了出來，「妳先喝口水，我把之後的計畫跟妳說……」

「……」軟橡皮球滾到腳邊，我撿起一顆拿在手上，突然想到了一個有很多球的地方，低頭，又看見藍秩雲和他適才扔下的筆電，一時想到了小周曾經說過，在大將軍與影武者之前，還有一台像舊冰箱的大型主機……「……老公，我、我知道哪裡有蒙太奇的原始碼，我的天啊！原來就在那！薄荷糖，可以帶我們到十三樓嗎？我們不能在這裡跟警方走，到十三樓我就有辦法逃出去，可以嗎？」

「是沒有問題啦……」薄荷糖的語調似乎饒有興致，電梯剛升到二十一樓，立刻向下，「……但是我們也曾搜尋過歷代蒙太奇的原始碼，並沒有任何收穫。」

藍秩雲說：「老婆，妳想到什麼了嗎？」

「原來……原來……」我感覺大腦無限通暢，「……我早該知道的，原來蒙太奇的原始碼，一直藏在陽明山的白家別墅裡——」

31／帶走

2021 12.24（五）

白碩坤董事長邀請我到陽明山白家別墅住兩天，一起歡度聖誕節。

下午一點，一進門，達達就衝出來給我一個大擁抱。我立刻送上禮物，是兩組360度全方位越野遙控車，無論怎麼翻都不會停下來。達達好喜歡，立刻拆開，因天氣冷，我們就在別墅裡面玩。

畢竟我的新聞已鬧得沸沸揚揚，白家的傭人遇到我時，難掩警戒的神色。更別說屋裡十來個身穿黑西裝的魁梧保鏢，比秋天園遊會那時多了將近三倍，站在各個角落，無處不是監視範圍……

我用手機連接阿榮幫我安裝好的ＨＤ針孔監視器系統，藉由操縱遙控車跑動，從一樓玩到四樓，又從四樓玩到一樓……花了三、四個小時，確認鏡頭與鏡頭之間的相對關係，也大致探清房屋的動線，就連傭人專用的樓梯與房間我都沒錯過。

巨大的聖誕樹傍晚送到，正在一樓的大餐廳布置，蘇特助、我、達達就在二樓的小餐廳吃晚餐。柳姨精心料理的蕃茄肉醬義大利麵清甜酸香，濃郁卻爽口，還搭配蔬菜清湯、馬鈴薯溫沙拉、炸魚柳佐千島醬，點心是檸檬馬德蓮加一球香草冰淇淋，好吃得讓我不停讚嘆。

到了晚上，蘇特助親自安排我入住三樓的房間，就在她自己的房間隔壁。大面落地窗能夠一覽陽明山的風光，床墊彈性絕佳，絲質的床單與被套素雅乾爽，寬闊的衛浴乾溼分離，堪比飯店高級套房。

「來，」蘇特助拿了毛巾和睡衣進到房間，「謝謝妳今天陪達達玩了一下午，很累吧。」

「怎麼會，」我忙搖搖手，「達達很聰明，我很喜歡陪他玩。」

「唉，妳不知道，要是每天都陪著他，那就辛苦了。不過啊，達達是真的很喜歡妳，他之前都吃不多，頂多半碗飯，今晚坐在妳旁邊，竟然就吃了兩大盤麵，我從來沒見過他胃口這麼好。黃小姐，妳以後一定要常常來。」

「嗯，這當然沒問題……」答應的話一時噎在嘴邊，「……唉，之後的事還不知道會怎麼樣呢。」

「啊，抱歉。公事歸公事，我們這是在過節，還是先不聊這個好了。」

「好……」讓她尷尬了，這正是好時機。「對了，晚餐的時候怎麼沒見到白董？他不在嗎？」

「他在的，」她難掩一臉擔憂，「只是，他的記憶力時好時壞，行動也不太方便，大多數時間都待在書房或臥室，已經很久不見客人了。」

「所以……他三餐都在書房吃嗎？」真是這樣就麻煩了。

「他從來不在書房臥室吃東西的，怕生出蟑螂螞蟻，頂多喝茶和咖啡。只是……唉……只是他現在的生理時間大亂，白天睡覺，晚上清醒，用餐的時間、用的量也不固定，柳姨總是幫他留一份在餐廳冰箱，他餓了，就會自己出來熱了吃。」

「他自己熱啊？不用別人幫忙？那……他自己用火安全嗎？」

「他都是用微波爐，安全這點倒是還好……只是他晚上脾氣特別大，別說傭人，我想上前幫忙，也會被他怒罵，久了之後，就連我也不敢太靠近，只能由著他，等早上再來收拾就是了。唉……」

「原來是這樣呀……」我已得到有用的訊息，連忙轉移話題，直到蘇特助回房。

等我洗完澡，吹乾頭，換上睡衣，達達果然又來了，拉了一車的玩具，有撲克牌、拼圖、繪本、象棋、積木、彈珠。才九點半，我自然非常願意陪他玩，幾乎所有能想到、他也會的遊戲都玩遍了，這孩子實在聰明，不需要放水就能勢均力敵，我玩得相當盡興。轉瞬已經超過十一點，達達也不禁打起瞌睡。我打開門，傭人和保鏢都站在門外，便在他們的陪伴下，我把達達帶上四樓房間，哄睡他。待我回房時，只有遠處樓梯口留下一個保鏢。由此看來，他們的目標是盯著達達，而不是我。

闔上門，我趕緊拔下充電器，趴在床上，從手機監看白家別墅的每一個角落，從一樓到四樓，再從四樓到一樓，死死盯著，不錯過任何風吹影動，希望白碩坤董事長的肚子快點餓，我才能趁機出動，卻因體力不支而逐漸睡去……

2021 12.25（六）

……我忽然嚇醒，忙看手機，已經凌晨四點，監視器裡的一切還沒有動靜，正當我不知要慶幸還是擔心，那個應該守在四樓的保鏢快步離開了崗位。隨即，身穿白睡衣的白碩坤董事長踏下樓梯，攙著扶手，一步一步搖晃，一步一步顛簸，慢慢慢慢走著，終於離開五樓，彷彿一抹歪斜的幽靈。

機會來了。我的心臟突突直跳。

他持續往下走，三樓樓梯口的保鏢也迅速撤離。我趁機出了三樓房間，順著白碩坤走過的路徑向下，跟著到了二樓的小餐廳，躲在陰暗的廊道裡，一邊整理情緒，一邊探出頭偷瞧。

瞧見他打開冰箱，單手端出預留的晚餐，輕輕放進微波爐，調整溫度，設定好時間，嘴裡還吹著口哨……，忽然感覺有些不協調，再細細觀察，驚覺是他的動作。他怎麼突然好了？背不駝，脖不歪，腰挺腿直，動作雖有一點卡頓，大致上算是很利索了……這真的是那個七十幾歲還中風過的老人嗎？比起上次見面時，至少好了一百倍……。怎麼回事？我錯估了什麼事情？難道這是個陷阱？

叮！微波爐時間到了。

「來了啊，」白董的聲音又低又沉，宛如發自懸崖之下，空空蕩蕩卻深不可測，「妳不錯啊，透過達達來到這裡，之前還利用阿松的那個蠢兒子，到處裝設了那麼多監視鏡頭。」

「呃……你……」我頓時不敢呼吸，心跳瞬間快了一整個小節，不得不緩緩走進餐廳燈光的邊緣，勉力吸進一口氣，「……您、您知道了……」

「是，」白董轉頭一瞥，略為混濁的雙目似乎能映出虛空，「我也在屋內裝了鏡頭監看，悄悄的，沒有任何人發現。」

「原來您也……為、為什麼？」

「妳問我『為什麼』，這是個好問題。但，如果妳不能知道我是為了什麼，那麼，我們這場談話，就沒有繼續的意義了。」

「這……」現在是怎樣？只要下一句話說錯，就立刻破局了嗎？我趕緊鎮靜下來，傾盡所有腦力，回想一切經歷過的事情與所知的資訊，拚命思考，白董他為什麼偷偷裝監視器……不，不對，這樣格局太小了，我應該要猜出來他的底牌、他的一切，得讓他相信——我絕對能夠幫助他。

白董戴上棉布隔熱手套，從微波爐取出餐盤，端到桌上輕輕放下，脫手套，拿出叉子、湯匙與紙巾，又端了一杯開水，緩緩拉開椅子，坐下，轉了轉叉子捲起麵條，放入口中，仔仔細細咀嚼品味……

「因為……您……」我的腦袋因過度運轉而發燙，「……白勝雪……您一直裝病是為了故意示弱，您想製造機會，想要找出白勝雪的破綻……您要扳倒白勝雪，搶回鉑宇系統公司，對吧？」

他拿紙巾擦了擦嘴，說：「嗯，還算可口。」

「這……」這樣說果然還不夠……大腦持續運作，大小汗珠全冒了出來。「……您……您明明痊癒了，卻不告訴任何人……您裝了監視器，卻沒人知道……您……您早知道白勝雪要害達達，不止一次，已經好幾次了……您擔心他再次下手，是不是？」

「嗯，」他叉起魚柳咬一口，「不錯，小柳的廚藝總是有驚喜。」

「對，沒錯，沒錯……」我知道的可多了，就要碰觸到了，繼續想，快想，要遠離牢獄、遠離判刑、遠離破產，就靠這一句話了！「……沒錯，對了，因為……因為您不相信任何人……對，就是這個，因為您不相信任何人，所以才要假裝，您想騙過所有人，您想要親自保護達達，是不是？我說的對不對？不，我確定，就是這個原因，這就是正確答案。」

「好，好，好呀。」白董抬起頭，第一次正眼看我，瞳孔裡幽幽有光，「既然妳已經明白，那事情就好談了。只要妳能扳倒白勝雪，讓我能保住達達、重掌鉑宇，我就會對妳撤告。」

「好，沒問題——」我頓時深吸一大口氣，感覺彷彿有聖光當頭照下，將全身的枷鎖盡數卸開……連忙走上前。「所以，你有什麼線索還是資料嗎？你能提供什麼幫助？還是你有安排了什麼人手？全部告訴我，我一定幫你把事情辦好！絕對不會有人發現是你指使的，而且我還有朋友可以配合，只要你把情報告訴我，我就會——」

「不，不是，不是幫我……妳必須自己去做，自己幫自己，我不會提供任何幫助，妳必須自己證明自己，因為啊……」他舀起湯，啜了一小口。

「……因為……」我在錯愕之中絞盡最後一滴腦汁，「……因為你……你不相信任何人。」

「對，沒錯。」

白董慢條斯理地吃了起來，任憑我再次發問，不再開口說話。

◇　◆　◇

雖然得到白董的承諾，現況卻沒有任何改變，只感覺身體愈來愈沉重，爬回三樓，經過蘇特助的房前，她似乎是被我的腳步聲吵醒，打開門來查看。我趕緊調轉方向，裝成剛出房間的模樣。

她睡眼惺忪說道：「黃小姐，這麼晚了，妳要去哪裡？啊！妳的臉色好蒼白喔。」

「喔……我……我那個來了，量很大，想說，可以跟妳借個衛生棉嗎？」

她直說沒問題，立刻轉身回房，拿了一個大化妝包給我，不忘提醒我多喝溫水、早點睡。

關上房門進浴室，打開化妝包，拿出一塊衛生棉攤開，從水龍頭流了些水再黏上，直接扔進垃圾桶。我拿起手機，想先跟藍秩雲討論，不小心翻倒了化妝包，掉出一小盒驗孕棒。我本不以為意，突然想起來，這個月的月經已經遲了兩個禮拜，霎時有股不好的預感，立刻脫下褲子……

……兩條線。

我一時傻愣住了，雙腳發顫，倒坐在浴室地板上，眼淚兀自滴落……直到下半身冷得失去知覺，大腦才恢復運轉。不行不行不行不行……這樣下去不行，我必須告訴白勝雪。

拿手機撥打，打了三次沒有人接聽。我改傳簡訊：勝雪，打給我，我有很重要的事要立刻跟你說！剛傳出去我就後悔了。不知道他會有什麼反應，不，是我希望他會有什麼反應：放過我？繼續愛我？還是……他會連我都不放過？……怎麼辦怎麼辦怎麼辦，要是他現在就回電怎麼辦？

手機傳來說話聲，嚇了我一大跳，趕忙冷靜下來，才想起是竊聽程式回傳訊號。鬆口氣之餘，忍不住拿到耳朵邊上，仔細聽。

「……真是的，」白勝雪喃喃道，聲音透著不耐，「都這麼晚了，那個女人想跟我說什麼呀？真的是……我手機都只剩10％電了。抱歉抱歉……」

「不會，談正事吧。」另一個男人的聲音離得遠，咬字又輕柔，得十分吃力才能聽清。「我已經讓手下混進陽明山的白家別墅，隨時都可以動手。」

「啊！」我不禁張大嘴巴，「什麼意思？」

「太、太好了。」白勝雪的聲音難掩緊張與一絲興奮。

「嗯……」男人停頓了一下，似乎吸了口氣，可能是在抽菸，「……那也是多虧白總裁你終於下定決心，這才好辦了。畢竟他們是白的，再有錢有勢，也永遠不可能防住黑的。啊，我忘了，白總裁你也是呀。」

「是、是、是。」

「什麼時候動手好呢？」

「還是愈快愈好吧，不如就今天——」突然嘟一聲，打斷他說話，「抱歉，我的手機只剩5％電了，可以讓我充電一下嗎？」

「嗯……？電用得這麼快？白總裁先別說話，你的手機該不會是被竊聽了吧？來，我手下有個專家，讓他馬上過來——」

斷線了，必定是電量已用盡。

我眼淚愈流愈多，渾身不停發抖。怎麼辦？傭人？保鏢？司機？別墅裡這麼多人，到底會是哪一個？今天？白勝雪剛剛說今天就要動手了，可惡，已經再也不能竊聽了。會是今天早上？中午？晚上？還是……就是下一秒？要不要跟白董說？讓他多加防備？要是他不信呢？……要是白董信了，然後呢？聽剛剛那個男人的語氣，派人滲透輕而易舉，躲得過今天，躲不過明天……但是今天有我在這，明天就沒有了……那就……那就只剩一件事可做了……

即刻撥打手機給藍秩雲，抹抹眼睛，並用力搥打雙腿使筋血活絡，響不到兩聲，立刻被接聽。

「喂，黃小姐妳——」

「藍先生，你現在就來陽明山的白家別墅，馬上！」

「好。」他果真問都沒問。我立刻聽見他在打檔，發動引擎，車子急轉彎。他又說：「我一小時之內一定能到達。」

「好，太好了！藍先生，我有一個計畫了，」奮力站起身，快步走到房間開始準備，卻怎麼都抹不乾淚珠，「我要立刻帶走達達，照之前的名單一個一個調查，只要查清楚達達身上的祕密，就、就一定可以對付白勝雪。他……達達，就是我最後的王牌！」

32／追尾

2022 01.03（一）

抵達鉑宇科技大樓十三樓，用警衛的員工證打開托兒遊戲室的門。藍秩雲一看見那個大球池，立刻了解我的想法，我們拿起一旁裝玩具的塑膠籃，裝滿中空的彩色塑膠球，不斷運到壁櫃裡收好。同時薄荷糖駭進了遊戲室的影音電腦，透過喇叭，問我到底想到了什麼主意？

我說：「我們兩個人要躲在球池裡面，加上這裡因為疫情停用，絕對不會有人來查的。當然，還要請你們幫個忙，把大樓的門禁紀錄和監視器的畫面全都刪除掉，可以嗎？」

「躲球池，哈哈哈，太有趣了，當然沒問題啊，」薄荷糖經過變聲，聲音低沉嚴肅，語氣卻像個孩子，隨即聽見一串低沉的鍵盤敲擊聲，「搞定，呵，真是好玩。」

「對了，當初是你們抓我的，怎麼突然就變成想要信我了……你之前還說……達達透過朋友的朋友，的朋友，的朋友……到底是怎麼回事？」

「很簡單，白昱達被妳帶走之後，就在網路上找了一個朋友，是他在語言治療中心認識的，把你們的事都告訴了他。這個朋友是個程式天才，而且他也有很多朋友，就在網路上留下暗號，大規模搜尋我們，一個傳一個，一下子擴散開來，最後聯繫上了我們其中一個成員。我們看了白昱達寫的東西，立刻就知道了，盜版蒙太奇 α 的幕後真凶，一定是白勝雪。」

藍秩雲說：「達達這孩子……真的是太厲害了，我們沒死在這裡，全靠他。」

「是呀……」我的冷汗還在流，「那你們有辦法找到證據嗎？你們有查過白勝雪的手機嗎？」

「唉……」就連薄荷糖也不禁嘆氣，「……他的所有電腦手機都查過了，沒辦法，這些事情都不是他親自做的，沒有任何有用的證據。」

藍秩雲看向我，我們都知道，還有一條路……終於藏好了與體積差不多的球，我們立刻跳進球池，鑽到底部，用塑膠球將身體完全覆蓋。薄荷糖留下了一個電子信箱帳號，與我們道了晚安，之後便離開了。一時間，耳畔只聽得見槍聲、吶喊聲、跑動聲，沒有二十分鐘，所有聲音停止，再過二十分鐘，警察查了上來，來回走動，四處搜索，從來沒想過要走進員工托兒遊戲室半步。

2022 01.04（二）

在球池裡躺了一晚，腰酸背痛，小腿還差點抽筋，就是睡不著。

清晨六點半，達達一起床就與我視訊，看到我身邊都是球，一直想過來陪我玩。我大致說明現況，讓他刷牙洗臉後拿東西吃，還教他變裝，跟著其他大人的屁股混進便利商店裡上廁所……見達達順利完成所有任務，終於安心一些，卻聽見藍秩雲的鼾聲愈來愈響，不禁好笑，輕輕踢醒他，準備等上班時間一到，混在人群中離開。

早上九點半，鉑宇的員工三三兩兩，人數少得出奇，細聽後才知道，今天取消上班，他們是為了協助警方調查才進來的。我和藍秩雲討論了半天，最壞的情況就是再等一天，警察必定會收隊……下午三點左右，可能是警方已大致完成調查，有四、五批記者，各自帶著攝影機和麥克風，浩浩蕩蕩、創作俱佳，幾次經過員工托兒遊戲室的外面。

機會突然降臨，我和藍秩雲爬出球池，走出遊戲室，跟在攝影機後頭，靠著一身黑衣黑褲，又順手拿了口罩戴上，面對記者，就混充警方人員，面對警方，就假裝電視台員工，四處繞來繞去……我低著頭，緊張得不敢用力呼吸，藍秩雲則是觀光一般，沿途欣賞著傾倒零落的慘狀，難掩得意與笑意。

傍晚七點半，記者們都叫了便當，我們兩人跟在他們身後，終於在警察的眼皮底下出了大樓，直奔黑影號與達達會合。

「好想你喔！」「好想你喔！」「好想你們喔！」全家人同時說道，隨即哈哈大笑，在一個大大的擁抱之後，開車上路。

堵了半個小時，車流終於通暢起來，藍秩雲頻頻回頭看向後照鏡，表情嚴肅中帶有緊張。

「怎麼了？」我問。

「有人跟蹤我們，而且……」他不禁瞇起眼睛，「……有五、六台車，可能不只一路人，其中一邊車開得比較暴躁，應該是三嶺幫。另一邊隱藏得比較好，卻受到對方影響，我猜……是警察。」

「三嶺幫和警察，天啊，怎麼會這樣？」一時腦袋發疼。

「他們或許已經發現黑影號，或是發現了達達。如果是朱志城那個喜歡搶功的警官，就可能是打算等我們回來，想抓現行犯……不過，他們一直都沒動作，說不定是同時都察覺了彼此，搞不清楚狀況，以為對方是我們的幫手，所以才不敢隨便行動。」

「所以……這算是一個機會嗎？」

「當然算，」藍秩雲抬頭看了眼紅綠燈，「快，綁緊安全帶。」

一聲令下，我立刻回頭確認達達的安全帶，再幫自己綁牢。藍秩雲隨即猛踩油門，加速瞬間貼背，黑影號闖了紅燈衝出去。後面幾輛轎車遲了一下才反應過來，一啟動就爭奪車道，兩台車發生碰撞，失控打橫。

黑影號繼續向前，後面四輛車隨即繞開緊追，擦撞頻頻，其中兩台車受不了了，拿出警鳴燈黏在車頂。另外兩輛車隨即減速，落在了後頭，本以為他們要撤退，想不到，他們開始衝撞警察的轎車車尾，發出碰碰響聲，逼得警察趕緊閃避後退……。情況陷入膠著，兩邊都想爭取領先，卻也想佔據後方優勢，互相磨擦、碰撞、推擠……藍秩雲神情專注，達達開心得大吼大叫，我緊張得要命……黑影號終於拉開距離，從北安路上台2甲線，離開內湖，上山。

◇　◆　◇

晚上九點，已甩開尾隨的車。

花了十一天，繞了台灣一整圈，我們三人再次回到陽明山上的白家別墅，一樣的路，一樣的房子，情況已經是全然不同：藍秩雲已經完成承諾，達達不再裝作啞巴，我也掌握了自救的關鍵線索，就連青田號都變成了黑影號……那時充滿絕望，此時則是充滿希望。

我按響外門對講機，想讓柳姨開門，按了半天沒有回應。藍秩雲立即爬上了黑影號車頂，跳進圍牆裡，雙腳才落地，狂暴的狗吠聲迅速奔跑過來。我急得跳腳，幸好藍秩雲在驚叫之餘，趕緊打開門逃出來，達達一個箭步擋到他屁股前面，卡夫和夫卡頓時認出小主人，又搖尾巴又舔臉。

我們加上兩隻狗互望一眼，三人不自覺哈哈大笑。走到別墅後門，我撿起一塊磚頭、藍秩雲脫下外套包起拳頭，正準備砸窗戶，達達已經輸入了密碼開門，我們三人又互望一眼，再度笑了起來。

進到廚房，達達給卡夫和夫卡倒了狗食，我與藍秩雲也忍不住拿了兩個麵包吃。我們三人拿出十二萬分的警戒，一步一步往別墅裡面走去，出廚房，穿過餐廳，爬上旋轉樓梯，過二樓客房，找到那扇暗門，達達輸入密碼，進入那間我曾誤闖過的大儲藏室……路上沒遇到半個人影。

儲藏室在壁燈的微弱照射下，櫥櫃、檯燈、瓷器、雕刻、油畫、鐘座、桌椅、餐具、電器……層層疊疊，混亂而華美，大致如同當時那一眼的記憶，最令我印象深刻的東西正佇立在角落，那裡放置了一台老式大型主機，設計笨重、機殼泛黃，就像是一座二、三十年歷史的大冰箱。

我將它連上電源，開機，五分鐘後才順利啟動，打開合不攏的面板，連結線路到藍秩雲的筆電，又花了十分鐘搜尋，終於找到了，蒙太奇1.0到9.0的原始檔案都在這，立刻下載並點開檢查。

「啊……」我感覺一陣清爽明朗，「沒錯，沒有錯，不是防盜編碼的版本，是完整的程式碼，可以說是最原始、最沒有經過改動的版本……」

「老婆妳太猛了！」藍秩雲緊緊抱住我，「妳太神奇！太厲害了！真的找到了！鉑宇，你死定了！」

達達也跑來一起抱抱，大聲說：「媽媽妳好棒——！」

「小聲一點，」我趕緊摀住兩人的嘴，「先別激動，老公，你有準備文本比對程式嗎？」

「有有有，當然有，就在我筆電桌面。」

我切換視窗到桌面，點開文本比對程式，將蒙太奇1.0到9.0的主要程式碼，分別複製到九個文本區之中，再從口袋拿出隨身碟插入，將之前就下載好的蒙太奇α原始碼放入第十個文本區，按下開始鍵，隨即跳出進度條，三分鐘後就能有結果。等待的過程，我又回到筆電桌面，適才瞥了一眼，看見一個壓縮檔，檔名是「給老婆的信.rar」，建立日期是二〇二一年十二月二十五日。

「呵，老公啊，你中槍那時候，我把你每一台筆電都查了，怎麼就忘了你正在用的這一台呢？」點開，需要解壓縮密碼，憑記憶鍵入524287，開出一個影片檔，是一段藍秩雲的自拍：

「老婆，當妳看到這段影片，我可能已經被逮捕，或是遭遇不測。很遺憾，不能繼續幫妳，然而少了我，妳成功的機率恐怕也不高。所以，我特別留給妳一個備案，請在確認我真的已經完蛋之後執行——現在就去自首，並將所有責任推到我身上。放心，我都安排妥當了，妳絕對能脫身——」

藍秩雲連忙按下暫停，並將影片刪除，說：「後面不用看了啦，我那時候把話說得太滿，要是沒有妳，我的計畫也不可能進展到今天。」

我說：「全推給你？」

「沒錯，全部推給我，其實我昨晚就想說了，」他朝我微笑，又摸摸達達的頭，「兒子，你也聽清楚了。因為我的計畫用了手槍和毒品，無論最後怎麼順利，還是會被揪住尾巴，免不了被究責。所以等全部處理完之後，妳就把所有擺脫不了的事，全都推到我頭上，那就沒問題了。」

「不行，雖、雖然我不是沒想過……但是我現在做不到。這怎麼可能沒問題呢，都推給你，你就完了。你說你有安排，什麼樣的安排會讓你完全脫罪，不可能，除非說你是個瘋子，要不然……嗯？」突然一個念頭鑽進大腦，「啊！是、是精神病！所以那些藥……那些異狀……」

「對，妳真的很聰明。放心，我連醫生都安排好了，妳只要把我表現出來的所有異狀全告訴警察就好，就說一切都是我逼妳的，妳能沒事，我也絕對會沒問題。」

我完完全全發自內心地說：「老公……你……你……你真的是有備而來……真的很厲害吔。」

「呵，這是妳第五次說這句話了吧。」他又笑，笑得實在非常瀟灑帥氣。

筆電進度條達到100％，交叉比對完成。我們三人全都湊到螢幕前看結果——

若是把蒙太奇α的所有程式碼當作100％，9.0版與α版的相似度高達98・7％，說它們是同一套軟體也不為過。再看時間相連的兩個版本，一代與一代之間，原始碼的差異度從未超過5％，4.0版與5.0版之間，甚至只差了0・6％。就連首代DOS系統專用的1.0版，與最新的α版之間，相似度也有69・4％。

「哇——」我和藍秩雲同時發出興奮的讚嘆聲，正要尖叫，彼此趕緊摀住彼此的嘴巴，只能用力握拳，拉弓，然後低聲歡呼，「——好吔。」

花了五分鐘，我將結果複製、拍照、錄影，全部儲存下來，寄到我和藍秩雲的網絡硬碟裡，也寄了一條下載連結到薄荷糖留下的網路信箱，甚至也寄給了盧逍，以防萬一。

我說：「老公，接下來就是最後一步，我們拿這些資料去找白董，威脅他對我們撤告。」

「好，」他拉著我和達達的手，「順利的話，甚至連妳『帶走』達達的事都能一筆勾銷呢。」

◇　◆　◇

處理好一切，我們一家人已是有恃無恐，昂首闊步往樓上走，卻是愈走愈慢，腳步也愈踏愈輕……白家別墅本該是燈火通明，到處都能見著傭人或保鏢，如今四下只點著壁燈，完全遇不到半個人，一片靜悄悄的昏暗，隱隱透著陣陣不好的預感……

躡著腳上了五樓頂樓，那個典雅的客廳已沒人看守，牆面中間的暗門虛掩著，裡頭燈光幽微，像一灘流洩不出的死水。我和藍秩雲同時壓了壓達達的肩膀，將他留在樓梯上，一起向前，才稍微靠近，就聽見裡面傳來模模糊糊的說話聲……

「……完了……我、我完了……毀了……全完了……全部都毀了……」是白勝雪的聲音，喃喃顫抖著，顯得虛弱又緊繃，渾如身在冰窖，「……你、你高興嗎……？」

「怎麼會呢……所、所以……達達呢？」是白碩坤的聲音，也在發顫，衰老而膽怯。

「……我的一切都沒有了……你的公司也危險了……都完了……你卻還在關心達達……？」

「我、我已經照你說的，遣走了所有人……你說你找到達達了，他、他人呢？」

「……沒有他……我……就不能來嗎？……」

「你、你根本沒……我……」深吸一口氣，「唉……你都已經這樣了，到底還想要做什麼？」

「……我就是想來……想在一切結束之前，跟你說……」他頓了頓，像是噎著了，「……跟你說清楚……我本來已經成功了，都是黃曉艾和那個藍秩雲……他們壞了我的事……我恨他們……我、我要他們去死……我是真的差點成功……我差點……就能殺掉他們……」

「這……唉……他們沒死，那你這次沒殺人，這樣很好……還有餘地。」

「……有嗎？有餘地嗎？……沒有了吧……太晚了，結束了……一定是達達還說了什麼……他們兩個這樣對付我……害我……完了，沒用了……」

「達達……？」白碩坤說。我與藍秩雲靠近門邊，感覺空氣中有股鐵鏽味，從門縫往裡面看，依稀能看見白碩坤端坐沙發，蒼白的臉像一張揉皺的紙。「……不可能，達達他、他怎麼能說話呢？」

「……呵……呵……因為你偏愛這個天才，才看不出來他在裝傻……他、他本來就會說話……」

「達達他會說話了？」白碩坤興奮得站起來。

「……坐下！」白勝雪大吼。

白碩坤連忙坐回原位，說：「你……你先把槍放下……」

又是大吼，又有槍，門外的我連續受到驚嚇。

「……呵……」白勝雪的方向發出喀喀聲，似乎正擺弄著手槍，「……達達從來都會說話……他可是你最愛的天才，他裝的，就跟你一樣……你的中風……也已經痊癒好一陣子了吧，就連蘇琳都被你騙過去了……因為她愛你……我也……就連我也、我也……一時沒看出來……」

突然感到一陣心酸，心想：白勝雪他這是在撒嬌呀，都已經到了這個地步，面對這個厭棄他的親生父親，竟還試著撒嬌、示愛、輸誠……真是太可憐了。眼眶一溼，差點嘆出聲。藍秩雲彷彿讀懂我的心，忙輕拍我臂膀，對我比了噤聲手勢，並從口袋裡掏出手槍應變。

「唉……」白碩坤又說：「……你就不該害死宇光。」

「……呵呵呵……是呀，我該讓他活著……但是，他又能活多久呢？……哥他不是不努力，但是他……他自己也知道，不是經營科技公司的材料……哥說了不願意……你、你硬是逼他……不過幾年，股價跌了百分之三十……我呢……一上任就停用所有舊版蒙太奇……推出網路付費版，還、還抓了盜版……股價漲了將近百分之八十……！」

「……」張嘴，卻發不出聲音。

「……說……說不出話了……那些企劃，我可從來都沒藏著……你讓大哥在公司當總裁的時候，我就統統向他提過了……他卻跟我講誠信，講、講道德，講……講研發……我們是在做生意……不談錢……什麼都免談。所以……事實證明，我是對的，然後呢？……你的態度呢？……你……你竟然想讓你的『天才』私生子，變成我的私生子……逼我，利誘我，假裝關心我……要讓我簽下協議書……要把我未來應得的一切，全都留給你的兒子……他才六歲……你……你就這麼看不上我嗎……？」

「……」臉色愈發鐵青。

「……去年秋天……要是那些木柴……沒有壓向達達……你、你會真的接受我嗎？」

「唉……」氣音輕得像呢喃，久久不斷，「……宇光走了之後，我是真的想過把公司交給你，誰知道蘇琳她……誰知道我竟然還、還可以……而且，達達他是天才，無論什麼困境都一定能突破，未來公司交到他手上，我這輩子的心血，絕對能更加發揚光大……你、你要體諒我，都是為了大局。」

「……所以說……那天你說的，還是在欺騙我……所以說，正版的沒了，你才想到我這個盜版的……突然……出現一個加強版……然後……你又厭棄我了，想把我扔掉……毀掉……是嗎……？」

「……」沉默依舊。

「……是嗎！」

「我……我不能再多一個私生子了……」白碩坤已氣若游絲。

「……所以……我怎麼樣都沒差……是嗎……？」聲音裡聽得到絕望。

藍秩雲伸出一隻手，輕輕壓在暗門門板上，緩緩用力，稍微推開一些。只見白碩坤的白色睡衣上似乎有著暗紅血跡，我們才驚覺剛剛聞到的是血腥味。突然有個小小的身影鑽過來，達達已耐不住好奇，一臉笑容跑到前線看熱鬧——藍秩雲趕忙停止動作，我也急忙摀住達達的嘴和眼睛。

白碩坤說：「無論你怎麼說……你就是不該對宇光下手……不該對達達下手。」

「……呵……呵……呵呵……咳……咳……呵……呵呵……呵……咳……呵……」笑得無比悽愴，「……說得好聽……大哥他……他在你的高壓栽培下……早、早就得了重度憂鬱症，這難道不算傷害他？……至於達達……呵，你就沒對他下過手嗎？……」

「我？我怎麼會對達達下手？我疼他都來不及，我怎麼會去傷害他——」

「……因為，你的第一個選項……是讓達達當白宇光的兒子。那時……蘇琳明明只有懷孕八個月，你、你和蘇琳竟然都那麼狠、狠心呀……要強行剖腹，早產兩個月也不在乎……達達的死活也不在乎……在達達還沒出生的時候……你就想著要害他了……那……為什麼我、我不行……」

「……」白碩坤張嘴又閉嘴，閉嘴又張嘴，「……你怎麼知道的？」

「……高雄榮總的婦產科醫師……也就那麼幾個人……」

「……」

「……其實……你在乎的，只有你自己……」

我與藍秩雲互看一眼。我們還沒在達達面前明說過這件事，就是怕真相太過殘忍……我忽然發覺，沒遮住達達的耳朵，低頭看向他，希望他聽不懂。不一會，感覺掌心一溼，達達的眼眶溢出滾燙的淚水……我實在太過心疼，不禁鬆開手，蹲下，抱緊他。他皺著小小的眉毛，一對泛紅的圓眼掛滿淚珠，彷彿受了傷，卻全然想不透原因……看得我的心也要碎了。

「你、你——」忽然間白碩坤的餘光瞟了過來，發現藍秩雲和他手中的槍，沒有注意到我和達達。白碩坤迅速又隱蔽地撇開眼珠子，微微擺頭，暗示著要有所行動。藍秩雲立刻點頭回應。白碩坤又說：「你……渴嗎？我渴了。要不要喝一點威士忌……對你有幫助的。」

「……不……我不……好、好……好吧……我也來一杯……多倒一點……」

白碩坤站起身，遠離白勝雪，走到門縫看不見的地方，隨即聽到打開櫃子與玻璃杯的碰撞聲，啵一聲打開軟木塞，咕嚕咕嚕地把酒倒出來……藍秩雲朝我擺擺手，我立刻帶著達達後退到樓梯口。

「喝吧，喝了會好一些……啊。」白碩坤一聲輕呼，玻璃杯似是摔在地上，發出刺耳的破碎聲！

「不要動！警察！」藍秩雲猛力撞開門板，拿槍指著白勝雪的方向，「我要開槍了！把槍放下！放下！呃，把槍……啊，你……老婆……快叫救護車，叫救護車！」

「怎、怎麼了？」我直覺不妙，趕緊跑進暗門裡的小客廳，一轉頭，差點腿軟。

白勝雪的膚色比紙還白，表情既專注又呆滯，攤坐在小客廳另一頭的單人沙發上，頭頸四肢每個關節都是歪的，一身亞麻色西裝幾乎全被染成暗紅色，肩頭與腰間處溼漉漉的，不時還有鮮血湧出，手上舉著那支象牙白鑲金雕花的古董手槍，顫抖著，直指他父親的心臟，直到白碩坤一溜煙躲進了沙發背後，依舊未扣下扳機……

「蠢貨……」或許是我心中對他的那最後一絲憐憫，或許是因為我懷著他的孩子，或許我想都沒想，立刻衝向他，用力抽走手槍並往後一扔，「……你真是蠢貨。」

我看著他，他看著我，我們一切的經歷化成追憶，追憶化為風，風化作嘆息……

「我、我先叫救護車……」藍秩雲把槍插入腰後皮帶，立即拿手機撥打１１９，迅速報了地址，正要再報警，別墅外頭已傳來警笛聲，想必剛才那場賽車是警察勝出，終於追了上來。藍秩雲跑到我身邊，又說：

「先讓他躺下，用力壓住傷口止血。」

我配合藍秩雲，一起把白勝雪搬到地上。我解開他的衣服，藍秩雲拿過旁邊的桌巾撕破，用來對傷口加壓，我按住肩頭，他按住腰間，溫熱的手感與血腥味，令人頭昏眼花。

我心想，必定是白碩坤開槍之後反被奪槍，不禁罵道：「他是你兒子吔！你怎麼下得了手？不只他……還有達達！」

「不是……」白碩坤緩緩爬出沙發背後，全身都在發抖，試著站起身，「……不是我開的槍，我拿槍只是想防身、想嚇他離開，他、他來之前就中槍了……」

「啊？」我忙低頭，看著他顛倒的臉，「勝雪，是、是誰要殺你？」

「……你……你知道嗎……」白勝雪雙眼盯著白碩坤，聲音無比虛弱，「……當我知道你只在乎達達之後，就開始賭博……欠了、欠了很大一筆錢，所以，才要盜用公司的錢……卻掉入陷阱，所以我才要……藉由抓盜版……拿了一億的和解金……本來……我還了錢、繼承一切，可以有機會擺脫他們……但是，你們……」他看向藍秩雲，又看向我，「……你們打敗了他們……也激怒了他們……他們背後的首領……就、就翻臉了……不指望我了……」

我說：「你是說……三嶺幫的彪哥和鳶哥嗎？」

「……」白勝雪點點頭，咽了一口口水，感覺就快不行了。

「孽子……」不知道什麼時候，白碩坤已撿起那把古董手槍，直指他兒子的頭顱，「敢威脅你老子，我要你死！」

「喂！你不要太過分了。」藍秩雲說，起身阻擋的瞬間，腰後的手槍卻被白勝雪一把抽走。

「為什麼……」白勝雪用盡僅剩的力氣，手槍再度指向他父親的心臟，發顫，「……我只是想在一切結束之前……跟你說說話……說句話……就連這麼小的事……你、你都不肯給我……你還拿槍指著我……為什麼……我什麼都沒有，什麼都要用偷的……用搶的！不公平！不公平！……」

「喂！別鬧了！」我伸手去搶白勝雪的槍，他明明已十分虛弱，力氣卻出奇地大，完全拽不住。

白碩坤情緒激動，幾次大吼，說要連藍秩雲都殺。藍秩雲本想要上前奪槍，卻被逼得進退兩難，只能利用站位干擾兩邊瞄準，一心想要阻止憾事發生。白勝雪的手被我用力搖晃，槍口幾次掠過藍秩雲的背心，扳機也幾次差點扣下……我這才驚覺，這對瘋狂的父子正逐漸失控，而所有的危險不斷落在藍秩雲身上，即將天人永隔的預感從心裡的陰影開始蔓延，擴張到全身，彷彿死神掠過我的身旁，把鐮刀架在他的頸邊，分毫之差，就能劃破這個世界……

……啾、啾啾啾、啾、啾啾啾、啾、啾、啾、啾啾、啾啾啾啾、啾啾、啾啾、啾啾啾啾……

那個奇怪的鳥叫聲又響起，就在房間外面，鳴叫的節拍前所未有的複雜，有如我失序的心跳與糾結的心緒，忙用餘光尋找，卻看見達達緩緩走了進來，他小小的身體站得筆直，滿臉淚珠，嘟著嘴，吹著一根小小的銀色短笛，原本無比珍視的香火袋已被打開，從指縫掉落……

突然，兩道黑影從他身後竄出。一道黑影高高跳起，咬去白碩坤手上的槍，嚇得他再次跌跤；一道黑影低身撲截，咬去白勝雪手上的槍，扭了他的手指。定睛一看，認出那是卡夫和夫卡兩隻杜賓犬，牠們叼著槍，繞了一圈，走到達達身邊坐下，端正英武，展現出完完全全的服從。

「天啊——」藍秩雲高舉雙臂歡呼，「兒子！你真的是天下第一！全世界最猛的兒子！」

「啊……原來是這樣……」我在驚嚇與驚喜之中深呼吸，滯塞的心臟終於恢復節拍，「……兒子，兒子……你又救了我們，救了我，你、你真的好厲害、好棒喔！」

「媽媽……爸爸……」達達看著我與藍秩雲，堅定又可憐的眼神好似一往無前，「……我、我可以永遠和你們在一起嗎？」

「好，一定！」我們想都沒想，不斷點頭。警笛聲近到樓下，腳步聲紛至沓來……

99／告別

2024
01.05
（五）

正中午，宜蘭的天氣無比晴朗，我左手推著嬰兒推車，右手牽著達達，站在精神病醫院正門口。

望了又望，看了又看，玻璃門內終於有了動靜，一個男人推開門，手上端著一個小巧的奶油蛋糕，包包、布鞋、牛仔褲、外套，與他進去那天穿得一樣，從陰影走至陽光下，好像是我這兩年來第一次看清楚他，似乎胖了一些，剃掉了落腮鬍，笑容更加爽朗瀟灑，像會發光……

「爸爸！我好想你喔！」達達立刻奔跑過去。

「兒子！生日快樂——！」藍秩雲大喊，兩人共享一個大大的擁抱，「才兩個星期沒見，你好像長得更高了，都快到我肩膀了，肌肉也有變多，也太會長了吧。」

達達說：「因為我每天都有運動啊，還有吃肉、喝牛奶、吃蔬菜。我最近還在網路上跟薛老師一起研究怎麼訓練貓咪，她還說，下次要送給我一支更棒的笛子喔。還有，我還開始學日語和印尼語了，每天都很認真，所以才長得特別快！」

「哈哈，真的啊，好棒，達達最棒了。但是也不要太累喔，別忘了，你才八歲。」

「我才不會累，這麼好玩的事怎麼會累？」

「哈哈哈，你真的是，也太優秀了吧。」藍秩雲看到我走近，便摸摸達達的頭，看向我的雙眼。「老婆，謝謝妳來接我。」

「老公，」我不禁眼眶發熱，「恭喜你終於出來了，真的被你瞞過去了。」

「那是當然的。早上開完電子腳鐐，院長還一直拖我去拍照、錄感言，把我當成功案例呢。別忘了，我可一直是『有備而來』的喔。」

「呵呵呵，你呀，還是這個樣子。」

「妳就是遙遙呀，」他蹲下身，看著車裡的嬰兒，摸摸她圓滾紅潤的臉頰，「星遙妳好嗎？妳還是這麼粉嫩，比照片裡還可愛吔！」

「……」遙遙囁囁嚅嚅，兩隻小眼睛眨呀眨，不太認得眼前的男人。

達達連忙搶過嬰兒車，說：「遙遙是我妹妹，當然是最可愛的啊，我媽媽是最漂亮的，我爸爸是最帥的。我來推車，我們快回車上吃蛋糕。」

我說：「好，你慢慢走，不要跑，離我們近一點喔。」

田間道路上，達達推著嬰兒車，興高采烈走在前面，我與藍秩雲肩並肩走在後頭。

「嗯……天天看書，看了快兩年，終於出來了……」藍秩雲仰頭看向藍天，有雲、有飛鳥、有台空拍機。「……好舒服喔……對了，立莉她怎麼樣了？」

「她很好，多虧你選在這間醫院，勸了立莉一年，她出院之後很認真休養，又恢復了很多，已經準備開始接工作了，盧逍還安排了要找她上電視呢。」

「那真是太好了。嗯……那等等我們要先去哪裡？我有好多東西想吃，也好久沒去健身房了。」

「老公，我先問你，之前跟你說達達那個朋友的事，你考慮得怎麼樣？我覺得，至少可以先解決眼前的事情。」

「先不急，」他對我笑了笑，「我在醫院太久，訊息很難掌握，先讓我弄清楚狀況。」

「好，你說，你要知道什麼？」

「嗯……」他一臉慎重，「所以，白家放棄了嗎？最後星遙決定姓什麼？」

「這、這很重要嗎？」

「怎麼不重要？我認為身邊的事情最重要了，當然必須首先了解。」

「呵，也是啦，」我明白他的意思，心裡一暖，「遙遙跟我姓黃，黃星遙。白董……不，白碩坤他不敢不放棄，之前對我撤告時，他就在那邊猶猶豫豫，再亂搞下去，連達達都不爽姓白了，說是要跟你姓藍呢。」

「呵，不愧是兒子，厲害。嗯？達達他怎麼不說跟妳姓黃呢？」

「達達他說啊，已經有妹妹跟我同一國，你又被關在醫院裡，怕你太可憐了。」

「哈哈哈，這孩子，太可愛了。那白碩坤這邊就搞定了。那白勝雪呢？他恢復得怎麼樣？」

「他呀，」我不禁嘆了口氣，「治療了兩年，記憶還是停留在十二歲，智力倒是有緩慢進步，那時候他失血過多，引發的缺氧性大腦神經受損，恐怕是永遠醫不好了。但是醫生說，就像個孩子一樣慢慢學習，幾年後應該能維持正常生活。而且，在潘大師的陪伴下，他也已經開始練習拿菜刀，雖然行動有點遲緩，廚藝卻沒有退步多少，連醫生也很訝異。」

「他會不會是裝的？跟我一樣，這樣才能判得輕一點。妳也是啊，看他這樣就心軟了，他要害死妳吔，妳甚至都沒提告。」

「唉，他不是假裝的啦。我上星期去台南看潘大師，白勝雪他竟然跟我搭訕，說喜歡我的大胸部和翹屁股，問我讀哪一所高中，要請我吃飯，那副早秋的青春期跩樣，哼——」想起往事，我依舊翻了一個大白眼，「他演技沒那麼好啦，騙不了我第二次……算了，能拿到監護權就好，其他不管了。」

「嗯……不過我怎麼也沒想到，白宇光竟然是自殺的，完全出乎意料。」

「是啊，那時柳姨拿出降落傘的固定鐵環，我以為穩了，想不到她又在白勝雪辦公室裡找出那封遺書，原來，兩個東西都是白宇光留下來的。」

「遺書裡到底寫了什麼？」

「什麼都寫了……白宇光真的患有重度憂鬱症，都是因為從小到大，白碩坤施加了過度的期望，造成長時間的壓力超載。也是他自己拆了降落傘，只是為了把公司都留給白勝雪……唉……我和法院的想法一樣，白勝雪應該是早發現了信，卻選擇不告訴任何人，雖然沒有直接動手，還是感到很愧疚，從此就認為是他自己殺了哥哥，這才會導致後面一連串失控的行為……」

「唉……那這邊也沒問題了……」他不禁搖頭，「所以，白碩坤是因為這封遺書才辭掉董事長的嗎？因為自責？因為他接連逼瘋了兩個兒子？」

「他要是會反省，就不叫白碩坤了。」我也搖頭，「先是沒有了白勝雪，之後達達也愈來愈討厭他，他發現所有的算計全都落空，大病了一場，之後身體就垮了。原本他還不想辭職，是所有董事會成員上門逼他，他不得已才就範的。」

「這……達達跟白碩坤以前還好好的，怎麼突然就變成這樣了？」

「唉，親耳聽到那樣的事，就算是親生的，恐怕也不行吧，何況達達還那麼聰明……」我看著達達堅強的背影，倏地心頭一悶，「……達達他現在不只討厭白碩坤，連他媽媽也不怎麼親近了。最可怕的是，蘇琳心裡只有白碩坤一個人，完全不關心達達，看達達每天都在哭鬧，竟然想把我接去白家別墅那裡住，好天天當褓母照顧他。我才不要去咧，直接說要把達達接來我家，結果她馬上答應，連卡夫卡都送來了，真的完全不在乎。」

「這樣看來，蘇琳也不成問題。那薄荷糖呢？妳還有再聯絡他們嗎？還是他們有聯絡妳？」

「都沒有吔……不過說到這個，我終於知道，白勝雪到底是怎麼還錢的。原來，當初抓盜版蒙太奇 α，所收的二十萬，是包含十九萬的權利金，還有一萬元的和解處理金，這一萬塊完全屬於白勝雪，一萬乘以一萬，白勝雪才能還得了一億元。」

「啊？和解處理金？我怎麼不知道有這種東西！」

「呵，你又沒跟他和解，當然不知道啊。其實他好幾次說溜嘴，只是我還以為他說的和解金，指的就是和解後付的權利金，這兩個金額又一直被混為一談，所以才沒有早點發現。」

「喔……原來啊。那後來是怎麼發現的？」

「呵呵，就是這部分最有趣。薄荷糖幫我們公開了交叉比對資料之後，全世界的蒙太奇用戶都坐不住了，紛紛上網抗議、抵制，甚至砸店的人都出現了。雖然法律是站在鉑宇那一邊，但是鉑宇受不了輿論壓力，不得已舉辦了一個活動來彌補——從蒙太奇6.0開始到9.0，只要有任一正版序號，就可以免費使用一年線上版的蒙太奇α。全世界這才願意放過鉑宇。」

「啊，我懂了，」他直點頭，「是使用盜版蒙太奇α的那一萬個人，他們跟我一樣，也有正版軟體，然後就要求退回二十萬權利金，鉑宇卻只收了十九萬，這才爆發出來的吧。」

「對，就是這樣。而且，我已經幫你換好了，你可以免費使用四年的蒙太奇α了。」

「哇，老婆，妳好棒——！」他衝過來擁抱我，差點打翻蛋糕，一陣慌亂，我趁機轉過頭，掩飾一絲羞紅的臉，卻看見達達轉頭偷看，偷笑。「……然後薄荷糖就沒再出現了？」

「對，就連留下的電子信箱也已經不收信了。」

「嗯……這樣也好啦。」他一邊思考，一邊往前走，「那就只剩三嶺幫了。」

「是啊，」我聲音微微發顫，走在他身邊，「毒品全被查獲，豹子、火雞、還有他們的手下也都去坐牢了。三嶺幫丟了貨，賠了人馬，還那麼沒面子，那個朱志城警官又非常積極，立刻搜索彪哥的星魚直播，還抄了鳶哥好幾間麻將館和撲克賭場，損失真的非常大。我有聽到風聲，說他們要報仇，要把這件事情全算在我們頭上——」

「風聲？」藍秩雲停下腳步，盯著我，他總是那麼懂我。

「唉……其實是恐嚇信和恐嚇電話。」

「這！妳應該早告訴我的！從什麼時候開始的？」

「就在你依照判決，進入醫院治療的隔天，一直到現在都沒停過。我怕你在裡面表現得太積極，會被看破手腳，所以就沒說。而且，我在星魚見過彪哥，也查過鳶哥，他們都是很有儀式感的人，我判斷，他們一定會想要一次做掉我們全家，要是我猜得沒錯，這兩天應該就會動手。」我環顧四周，感覺隨時會有危險。

「妳報警了嗎？」

「這、這又是另一個難題。那個朱志城警官，他從頭到尾就不信你，認為你根本沒得精神病、也從來沒威脅過我。」

「好險，我早有準備。」他得意一笑。

「呵，是啊，有長庚的陳醫師，還有你在醫院挾持我的事，再加上鉑宇的警衛，所有人都出來作證……最重要的，還是青田號的車內監視器，你故意沒把影片刪乾淨，留下我們第一次見面時，你拿玩具槍指著我的畫面。你每一步都算到了，他才終於沒辦法。」說著，我心裡依然十分佩服，「但是，他現在都當大隊長了，還盯著我們，想拿我們當誘餌，要等三嶺幫下手，好再搶一個功勞。」

「哇！我之前就覺得這個人很有趣，想不到這麼黑心、這麼有一套。」

「你還誇他咧……但是也多虧他，就跟我們離開內湖那晚的情況一樣，三嶺幫和警察都想對付我們，以至於兩邊互相牽制，都不敢出手，反倒讓我安心不少。」

「呵呵，這個朱志城，還真是壞心卻辦了好事呀……」藍秩雲朝天上一比，「……所以那台尾隨的空拍機是警方的？」

「沒錯。」我微微點頭，不想被拍得太明顯。

「所以妳才把車停這麼遠嗎？我們已經走了好久了。」

「對。我在車上裝了監視鏡頭，刻意走過來接你，把警方的監視暫時引開，製造出一個空隙，讓三嶺幫可以有充足的時間過去埋伏人手，只要他們一動手，警方就可以逮人，我們就沒事了。」

「老婆，妳這招很不錯喔。」

「呵，我也覺得不錯。可惜，到現在都沒有人靠近車子。」我拿出手機，給他看監視器畫面。

「嗯，確實是一片寧靜……等等，今天有點風，畫面裡的樹葉怎麼都不會動？」

「是嗎？」我拿過手機，「真的不會動吔，他們已經行動了！」

「妳車停在哪？」

「就在前面路口轉彎的地方。」

「兒子！你先等一下——」

藍秩雲話還沒說完，突然間一陣微小的破風聲從遠方往天上直竄，抬頭看，正好看見一支飛箭貫穿空拍機，火花爆裂後迅速落下，黑煙拉出一絲弧線。我和藍秩雲互看一眼，不敢相信眼前的畫面。再往前看，發現達達正推著嬰兒車一路往前跑。

「達達！停下來！有危險——！」我和藍秩雲大喊，蛋糕都砸了，拚命往前追去。

達達像是沒聽到我們的聲音，一邊揮手一邊大喊道：「石哥哥，你怎麼來了！」

「慢慢來，不要急。」男人的聲音十分溫柔飄逸。

我和藍秩雲忙看向更前方，一個高高瘦瘦的大男孩正站在那裡，身旁停著一輛電動機車。達達一路跑到他身邊，說說笑笑，聊得十分開心，還介紹妹妹給他認識。這個大男孩不時摸摸達達的頭，也向遙遙微笑揮手，感覺非常親切有禮，似乎沒半點威脅。

我與藍秩雲終於趕到，趁著喘氣，看向這個長相清秀的大男孩，他喉嚨兩側分別貼著三個圓形電磁貼片，並藉由電線連結到手上的筆電，似乎只需低聲呢喃，筆電揚聲器就能發出極為真實的人聲：

「你好，我叫石佑亭，是達達在語言治療中心的朋友。」

我說：「你就是跟我通過mail的那個石先生？」

「對，就是我。」

達達說：「這位石哥哥很厲害，這個會說話的程式是他自己寫的喔，只要用喉嚨錄一篇文章，就可以用ＡＩ算出聲音，再用震動的方式說話，本來還要用打字的，現在都不用了，本來還有點卡卡的，現在變得超級順，超好聽的。啊？我的蛋糕！你們先聊，我先去救蛋糕！」說完，一溜煙就向後頭跑走了。

我忙提醒道：「不能用手，應該有附餐具，找一下，只能吃上面、只能吃沒有碰到地上的喔。」

「好——」他說，已跑遠。

藍秩雲看著我偷笑。說道：「所以，那時候就是你和你背後的組織，到處幫我們聯絡，才終於找到了薄荷糖？」

「是的，」石佑亭輕輕頷首，「我們的首領一直有追蹤兩位的新聞，之後也透過各種渠道，了解事情的前因後果。他認為：你們有勇有謀，又非常團結，為了公平正義、為了彌補過錯、為了自己，願意不惜一切去爭取，雖然不是一家人，卻更勝一家人，是我們組織不可多得的人才。再加上你們現在所面臨的困境，所以才提出邀請，希望你們能加入我們。」

「真的是你們，這……之前能夠順利，真是太謝謝你們了！」藍秩雲連忙鞠躬。我也跟上。

石佑亭點了一下頭表示回禮，態度不卑不亢，令人感到一股沉穩的力量。

藍秩雲又說：「確實，現在黑白兩道都容不下我們，但是我並不了解你們的組織，這讓我有點擔心。而且，恐怕他們正在附近，這也不是說話的時候。」

「請看這邊。」石佑亭輕輕一笑，帶著我們走向停車的地方，已變回綠色的青田號安然無恙，繞到另一側，五個男人被五花大綁，東倒西歪躺在地上。我與藍秩雲立時看向四周一圈，遠方的樹木與草叢裡，似乎隱藏著許許多多的目光……

「這是？」我說，心中對他們的實力已經沒有半點懷疑。

「這些是三嶺幫的手下，他們剛剛駭進了你車上的監視器，想在你們車子底盤裝炸彈，已經被我們攔下來了。」

「啊？」我可沒想到有炸彈這一招，「青田號沒事吧——」

「沒事啦，炸了就炸了。」藍秩雲朝我一笑，拍拍我的手臂，表情完全無所謂。

石佑亭繼續說：「因為事態緊急，我們就先把他們都抓起來。還有，那些警察躲在附近的廟宇，也已經被我們牽制住。我們成立這個組織，就是為了一般民眾，打擊那些法律難以處理的不公不義，雖然行事低調隱密，卻是絕對可以信任的正派團體。如果你們願意，請立刻跟我們離開，我們有一個計畫，只要你們加入一起執行，就可以讓他們雙方罷手，不再針對你們找麻煩。」

藍秩雲說：「喔……要是……我們不願意加入呢？」

「要是你們不願意，那我們也會執行計畫，直到確保你們一家人安全為止。」

我說：「那、那兩者的區別是什麼？」

「套用一句我們首領的話，差別在，『我們是否能夠做得更多、更好、更合適。』」

「有意思！」藍秩雲忍不住用力拍了一下大腿，「你們的首領很有意思吔，他是誰？如果能確認他的身分，我們就願意參加。」

「……」石佑亭猶豫了一下，闔上筆電，把我們兩人的耳朵招向他的嘴邊，用支吾結巴、碰齒噎舌的聲音說了一個嘈雜的名號。

我一時沒聽清楚，直說：「你說什麼博士？是什麼火？還是什麼佛？」
「是他！」藍秩雲大聲說：「太有趣了！兩年多前，我在公會蒐集資訊，有個朋友在剪接影片時就聽過他：有幾場學生集體訴訟告倒了兩間學店，另外還揭發了許多假學歷，拉下了十幾個大學教授和講師，甚至還有中研院院士因此被撤銷資格……這些事傳說都是他在背後主導的，是真的嗎？」
石佑亭燦笑著不停點頭。
「太猛了！加入，我加入！老婆，妳加入嗎？」
「我當然加入，但是，他說的那個什麼博士到底是誰？」
「等等車上再告訴妳。」他朝後頭大喊，「達達！走了！我們有新任務了——！」
「真的嗎？好！我來了！」
達達滿嘴奶油蹲在地上，再吃下一叉子的蛋糕，站起身，一路跑過來。藍秩雲打開青田號車門，看見車上已經改裝成四個座位，不禁呵呵輕笑，先幫達達綁妥安全帶，自己再坐上駕駛座，我也將遙遙放入安全座椅中扣好，收起嬰兒推車，坐上副駕駛座。
「妳早就知道我會答應加入。」藍秩雲對我說。
我說：「因為我和達達都很想加入嘛。」
「呵，早點說呀，我們是一家人，你們想去哪，我就一定會跟著去哪的。那我們就——」他微笑，環顧眾人，大家一起喊道：「出發——！」遙遙也牙牙學舌。
青田號一路前進，跟著領路的電動機車，駛向未知，卻必定精彩刺激的遠方。

〈全書完〉

釀冒險78　PG2967

大盜蒙太奇

作　　者　圓　角
責任編輯　劉芮瑜
圖文排版　許絜瑀
封面設計　圓　角
封面完稿　魏振庭

出版策劃　釀出版
製作發行　秀威資訊科技股份有限公司
114 台北市內湖區瑞光路76巷65號1樓
電話：+886-2-2796-3638　傳真：+886-2-2796-1377
服務信箱：service@showwe.com.tw
http://www.showwe.com.tw
郵政劃撥　19563868　戶名：秀威資訊科技股份有限公司
展售門市　國家書店【松江門市】
104 台北市中山區松江路209號1樓
電話：+886-2-2518-0207　傳真：+886-2-2518-0778
網路訂購　秀威網路書店：https://store.showwe.tw
國家網路書店：https://www.govbooks.com.tw
法律顧問　毛國樑　律師
總 經 銷　聯合發行股份有限公司
231新北市新店區寶橋路235巷6弄6號4F
電話：+886-2-2917-8022　傳真：+886-2-2915-6275

出版日期　2024年3月　BOD一版
定　　價　350元

Printed in Taiwan

國家圖書館出版品預行編目

大盜蒙太奇 / 圓角著. -- 一版. -- 臺北市：
釀出版, 2024.03
面；　公分. -- (釀冒險 ; 78)
BOD版
ISBN 978-986-445-916-2(平裝)

863.57　　　　113000482